十月放歌

庆祝中华人民共和国成立70周年征文作品集

霸州市文联
霸州市作家协会 编

天津出版传媒集团
天津古籍出版社

图书在版编目（CIP）数据

十月放歌 ：庆祝中华人民共和国成立70周年征文作品集 / 霸州市文联，霸州市作家协会编. -- 天津 ：天津古籍出版社，2019.10
ISBN 978-7-5528-0837-7

Ⅰ. ①十… Ⅱ. ①霸… ②霸… Ⅲ. ①中国文学－当代文学－作品综合集 Ⅳ. ①I217.1

中国版本图书馆CIP数据核字（2019）第199907号

十月放歌：庆祝中华人民共和国成立70周年征文作品集
SHIYUEFANGGE: QINGZHU ZHONGHUARENMINGONGHEGUO CHENGLI 70 ZHOUNIAN ZHENGWEN ZUOPINJI

出 版 人　张　玮
作　　者　霸州市文联　霸州市作家协会
出版发行　天津古籍出版社
　　　　　天津市西康路35号　邮编300051
经　　销　全国新华书店发行
印　　刷　廊坊市恒泰印务有限公司
版　　次　2019 年 10 月 第 1 版
印　　次　2019 年 10 月 第 1 次印刷
规　　格　787毫米×1092毫米　1/32
字　　数　197千字
印　　张　9.75
定　　价　68.00元

序 言

在纪念改革开放40周年之后，我们又迎来了中华人民共和国70华诞。

70年，筚路蓝缕，风雨兼程；70年，春华秋实，砥砺前行。70年来，我们的人民经历了岁月的洗礼，我们的国家在中国共产党的领导下，从积贫积弱，不断走向富强，走向复兴。尤其是党的十八大以来，党中央确定了全面建设社会主义现代化国家的战略任务和实现“两个一百年”奋斗目标的宏伟蓝图，中国特色社会主义进入了新时代。宏伟蓝图已经绘就，历史由此翻开崭新的一页。

70年的霸州，同样值得赞颂。在中共霸州市委市政府的正确领导下，65万勤劳、智慧、勇敢的霸州人民创造了令人瞩目的辉煌业绩，经济建设迅猛发展，城乡面貌焕然一新，市民生活文明富裕。

欣逢中华人民共和国成立70周年之际，霸州市文联、霸州市作家协会联合主办了主题征文活动，向国庆隆重献礼。全市市民、文学爱好者，以小说、诗歌、散文、报告文学、回忆录、口述史等形式，记述和反映了中华人民共和国成立70周年以来取得的伟大进步和辉煌成就；记述和描写了中国人民在党的领导下，在建立新中国、建设新中国的过程中，前赴后继、不懈奋斗的伟大精神和感人事迹；反映了中国共产党为实现中华民族伟大复兴所经历的流血牺牲、百折不回、无私奉献的光辉历程；反映了中华优秀传统文化的核心思想理念，弘扬中华传统美德，传承中华人文精神；反映了源远流长的燕赵文化，并为围绕新时代全面建设经济强省、美丽河北的伟大实践贡献一份力量。

为了搞好这次活动，征文期间，霸州市文联、霸州市作家协会利用《新霸州》《霸州文苑》、微信平台等媒体发布征文信息。作家协会曾多次组织作家到霸州市万亩景观林区、河北美丽乡村南孟镇建设区、牤牛河历史文化公园等地进行采访，同时深入到基层，采写先进人物、先进事迹，并利用各种媒体宣传新中国成立70周年以来霸州城乡社会生活和人民群众精神面貌的巨大变化。

回首一路走来的岁月，我们看到的是一个日益强大、日益自信的中国。崭新时代，华夏儿女将不忘初心，牢记使命，砥砺前行，匠心筑梦，为中华民族的伟大复兴贡献全部的力量。

目 录

春华秋实

盛世欢歌

祖国礼赞

峥嵘岁月

岁月之上

胡芳艳

一

华北平原上的早春二月，乍看跟冬天没什么区别，大大小小的村落依然那么静默而萧索。然而，只要留神，就会发现，不言不语中草根已隐隐返青，柳条也软了腰身，还有村边那条刚刚开化的虹江河，明亮如镜，水面上漂荡着几只鸭子。它们偶尔拍拍翅膀，高声大叫，诉说着蓬勃的春意。

虹江河是一条时令河，雨水密的时候，水就大；经过了“二八月地箩筛”，河底很快就要干了。当然，干河底也有干河底的好处，村民们可以挖出河底泥，垫房基、垫猪圈、脱坯盖房等等。想当年，建村落户的先民们就是这样，挖深了河，垫高了村子，顺应着天时地利，生生不息地繁衍下来。

东北岸，是虹江河畔一个有几百户人家的小村，我家就在东北岸村的东南头。坐北朝南的五间蓝砖房，配东西厢房，一色的青砖铺地，秫秸杆做的顶棚。窗户分上下两部分，上面是糊纸的雕花吊窗，下面镶了玻璃。小时候，我最爱倚在窗垛上，透过窗子往外看。窗垛修得很厚，抹成了半圆形。我曾经问过父亲，为什么修这么厚。父亲笑笑，说，结实。还有那两扇厚厚的松木门，上面不规则地分布着很多手指粗细的孔洞。哥哥说，那是枪打的弹孔。

听村里的老人们讲，这房子是我爷爷那时候盖的。当时是两进的宅院，我们现在住的是二道院，前面那道院最显眼的就是大车门。它宽敞高大，坐在大门槛上就能看到西粉营村通往东北岸、中北岸、西北岸三个村的大道。我很好奇后来为什么拆了，可是不敢问父亲，从前的事情他什么也没说过。

二

都说我们家曾是大家主儿，不过，在我的记忆中，父亲杨同玉和三伯杨同三都是手很巧的庄稼人，勤劳本分。父亲学的木匠，曾在长辛店的坦克兵学校当过模型工，而且在大比武时还获得过坦克模型一等奖。据说，当年人民大会堂悬挂的第一颗大型红五角星也是父亲做的，他的木匠手艺到哪儿都是没的说。父亲干起农活来也是一把好手，麦畦、棒子埂儿、垄沟、棉花垄儿，还有田间小路，总是整得笔管条直，没风的天气里也能把麦子和麦余子扬成两弯好看的月牙。三伯是个瓦匠，又是生产队里的场头和菜头儿，一年到头不是带领一大群妇女在菜地里精耕细作，就是在场院里指挥生产队所有的劳力抢收麦子、棒子。他人能干，脾气也暴，动不动就着急、骂人，生产队里的人对他是又敬又怕。我们这帮小辈儿就更是不敢惹他，虽然见面时他总对我们憨憨地笑，露出几颗结实的牙。

要说与庄稼人不同的地方，就是父亲从不让我们喝生水，得喝茶。还有，每天吃完晚饭，父亲和母亲都要端坐在八仙桌旁，让哥哥或我敬茶，然后听我们读读书，说说这一天发生的事儿。

奶奶倒像是从大家主儿生活过来的，指使气十足。有时候明明她想要的东西就在手边儿，可她偏要别人递给她；什么事稍不顺心，她劈头盖脸就是一顿骂。尤其是生病后，身子不能动，她愈发难伺候了。父亲从长辛店回来，就把奶奶接到家里。他对奶奶嘘寒问暖，穿衣做饭，端屎端尿，照顾得无微不至。直到奶奶去世，我才听村里的老人说，这个奶奶是后奶奶，亲奶奶是在闹日本时过世的。

相比奶奶来说，我们小孩子更喜欢去姥姥家。姥姥家住在村北，四间平房，一个小院儿。院子朝东开门，青砖铺就的小路旁种着蔬菜瓜果，最里面还种了一棵桑树，高大茂盛。每当桑椹成熟时，这个小院就成了我们的乐园。不论谁家的孩子去摘，姥姥都不约束。她一边忙活计，一边紧张地嘱咐我们要小心，千万别摔着。在院子里玩儿够了，我们就随姥姥进屋，她拿出存着的糖果给我们吃。我们嘴里含着糖，眼睛跟着出来进去忙乎的姥姥转。姥姥忙完地上的活儿，就端一个线笸箩，坐在炕上补衣服、纳鞋底。姥姥身后的墙上有个砖砌的墙洞，挂着布帘儿。我们知道里面放着姥爷的骨灰盒，用党旗包着。要是舅舅来接姥姥进城，她就会默默地把骨灰盒打在包袱里，抱在胸前。姥姥是走到哪儿都要把它带到哪儿的，直到最后她和姥爷一起长眠在虹江河畔。姥爷叫李云祥，我上学以后才知道，他是抗日英雄，《霸县志》上有他的事迹。

三

1983年春，我14岁。那是个傍晚，太阳还很好，土墙上斑斑驳驳的太阳光泻下来，披了老母鸡一身。小狗冲着鸡群蹿了两下，它们架着翅膀躲开了。我正看得出神，哥哥从门外跑进来，兴奋地说，咱爸说，咱家要翻盖房子了。

果然，没过几天，村里的乡亲们来帮忙拆房了。大人们吆喝着干活，我们几个孩子也快活地跟着东一头西一头地乱撞。随着房顶上的苇箔和土被“簌簌”地扬到院子里，隔断墙“呼啦啦”地被推倒，房子一点点地矮下去了，灰头土脸的人们脸上满是笑容。突然，拆西房山的人喊了一声，这里有个地洞呀！大家都住了手，走拢过去看，我也挤了进去。紧挨着房山的地面上豁然露出一个洞口，有胆大的钻进去，说，里面可以装10多个人呢。大家把目光都投向父亲，父亲笑笑，说，没事儿，大伙儿继续拆吧。

夜晚，忙碌一天的人们都各自回家了。父亲接过我敬的茶，一口一口慢慢地啜着。他看一眼按捺不住好奇心的我们，说，抗日时期，咱们家是联络站，那地洞是用来掩护抗日干部的。他又带我们在院子的西北角挖出一条枪，枪身锈迹斑斑，枪口也被泥泥死了。父亲说，这是你三伯当年打日本时缴获的，如果不是挖出地洞，早就忘了。

父亲说这话的时候，微微仰着头。早春的月，白净，清亮，还带着丝丝寒意。它那么澄明地与父亲对视着，仿佛和他一起回到了那段尘封的岁月。

四

爷爷杨孟春，1884 年生人。他有两个弟弟，杨仲春和杨季春。他们的父亲每日混迹于街头市井，游手好闲，使本来就很清贫的家变得更加穷困潦倒。没办法，作为长子，爷爷十几岁就被送到太保庄的郑家学徒。在那里，他白天干着繁重的体力活，晚上还要偷偷地练字和打算盘。两年后，他又转到苏桥刘家的天恩板店学木匠。不久，永清的彭玉轩看中了他的聪明、厚道，资助他在马庄开了泰来板店，经营木板。

爷爷生性豪爽，讲究诚信，与他往来的商户越来越多。很快，他就在口头村开了一家分号，让三弟杨季春打理。二弟散淡慵懒，就由他在东北岸村里照看家眷和几十亩耕地。

转眼 10 多年过去了，爷爷凭着自己的精明强干和敏锐的感觉，像一个老练的舵把子，带着这个家躲过了军阀混战、土匪骚扰，建宅起屋，经商置田，结交达官贵人，也救济了不少贫民百姓。他把这条船使得游刃有余。

夜晚，他总爱静静地站在杨家宅院里，听偶尔从屋里传来的一两声咳嗽和简短的轻声细语，加上那丝丝缕缕、似断非断的檀香的味道，更显得现世安稳，心里踏实。虽然这年头兵荒马乱，但他深信，有他在，有板店在，这样的日子就会绵长久远。他自己已经到了知天命之年，等再过几年，把店交给孩子们打理，自己就归耕田园，含饴弄孙了。每想到此，他都忍不住微笑。

五

灾难是突然降临的，突然到爷爷嘴角上的微笑还没来得及隐去。

1937 年的 9 月，夏日炎天已过，眼看就到中秋节了，田里到处都是成熟的庄稼。棒子地里，风吹得棒子叶“啪啦啦”直响。豆叶子也成了焦黄色，露出底下一串串的豆荚。收获在即，田地里骤然热闹了很多。年轻人割豆子、掰棒子，手里忙着，嘴里说着嫂子小叔的嘎咕话；年长的累了坐在地头上，揣着手，算计这些粮食够不够一冬一春的嚼咕。

突然，天空中传来一阵怪响，大家抬头去寻，只见几架飞机几乎是擦着头皮飞了过去。

虽然这里的人们早就听说了日本兵打过来的消息，不过说归说，不是还有国民党 53 军么，他们应该像当年杨六郎镇守三关那样，把日本兵挡回去呀。

惊魂未定的人们加紧了手上的动作，怎么也得把这苦巴苦拽熬了一年的收成抢回家。谁知，“嘎啦啦”，数不清的飞机仿佛乌云般压了下来，在人群中抛下炸弹。霎时间，火光、尘土冲天而起！

紧接着，9 月 16 日，侵华日军一部沿永、固边境向南进犯，在霸县姜家营和固安南王起营一线遭到国民党 53 军、第 4 骑兵师和当地民众武装的奋勇抗击。遭受重创的日军疯狂地扑向姜家营，对全村百姓进行了残暴的灭绝性大屠杀。

在东北岸，这个与姜家营共饮一河之水的小村子里习惯了日出而作、日落而息的人们一下子被这惨绝人寰的浩劫惊呆了。空气中弥漫的血腥味儿使他们感到一种从未有过的愤怒和惶恐。

爷爷从马庄的板店赶回来，一家人心里茫茫然不知如何是好，都睁大眼睛望着他的脸，希望从他的脸色和神情上寻着主心骨。爷爷的脸色阴沉，眼里布满了血丝。他说日本人到处杀人放火，逃不是办法，得守。接下来的几天，他带领家人在房顶上砌女儿墙，又买来枪支和土制手榴弹。他告诉家里的每一个女人，如果鬼子敢进来，就拉响手榴弹，跟他们同归于尽。

六

一晃几个月过去了，转眼到了第二年春天。爷爷越来越忙碌了，他从马庄回家的次数也多了起来，几乎每次都带来买卖上的朋友。

村里的人们经常看到奶奶坐在大车门的门槛上做针线活儿。门前的老槐，安然挺立，枝干遒劲，满树纯白的花儿在火辣辣的太阳光下泛出微黄的晕，漏下的光影散落在奶奶的衣襟上。时不时的，大概是脖子发酸了，奶奶就撂下手中的针线，直直腰，往前面的大道上望一望。

日子仿佛恢复了平静。

突然有一天深夜，父亲从熟睡中被惊醒。他悄悄来到西屋，看见爷爷和二伯、三伯穿着短衣服在挖地洞。他们一点一点地把土从地洞里运出来，趁着夜色，倒进虹江河。爷爷看看掀着门帘儿、还有些发愣的父亲，什么也没说，递过一把铁锹。

从那时候起，只要爷爷来了客人，父亲就背个筐子去虹江河河堤。站在河堤上，他就能看到过往的人和坐在门槛上做针线活儿的奶奶。

父亲并不知道爷爷究竟做了什么，他只知道，每当有鬼子遭到打击的消息传来，爷爷那沉稳的步伐中就会带出轻快，眼睛里也迸出一簇火光来。他和常来串门儿的邻居郑守业，村北的李云祥（后来成了我姥爷）、杨静云以及好多不认识的伯伯一起做了一件了不起的大事。

七

虹江河的秋意是由芦苇下的潮气释放的，冲着鼻子贴上去，沁凉。芦苇深密，漫堤铺开，光很难透进去。夕阳下打远处看过去，满是无边无际的深邃墨绿。芦苇中有几只水鸟鸣叫着，冲向天空，芦苇下的蛙也鼓噪起来，声浪不可遏止地在水面上扩散开来。

父亲就躲在这片芦苇下面。

父亲已经记不清这是第几次去送信了。信送得很顺利，只是回来的路上碰见了鬼子。他拼命地跑，跑过田地，一头扎进虹江河的这片芦苇丛。此时的父亲，任由虹江河水托浮着他的身体，听着岸上鬼子的叫骂，竟然迷迷糊糊地睡着了……直到后来，他被亲人们的声音唤醒，从芦苇丛中走出来时，已是满天星斗了。

还有一次，父亲一口气跑到了口头村的板店，藏在一堆破筐子里。一直等到鬼子走了，三爷收拾场院时才发现他。三爷后怕得一边流泪一边说，孩儿呀，你要是有个三长两短，我可怎么跟你爹交代呀！

父亲的胆大在村里这帮孩子中是出了名的。他敢把停在西粉营鬼子汽车上的车灯拧下来扔掉，还敢把误撞进院子的鬼子一个手榴弹炸跑。有一股土匪要绑票，半夜上了房，爷爷让女人都趴在地上，男人拿枪还击。父亲就倚在厚厚的窗垛上，隔着窗户往外扔手榴弹。激战了半宿，土匪退去，门扇、窗扇上全是弹痕。十几岁的父亲在爷爷和伯伯不在家的时候，在女儿墙上打更放哨，用他还略显稚嫩的身体保护着这个家。

八

1940 年 8 月至 1941 年 1 月，八路军发动百团大战，给日寇以沉重的打击。从 1941 年 6 月 10 日起，日军集结重兵 2 万余人，对大清河以北抗日根据地进行所谓“铁壁合围”“驻屯清剿”，建立伪大乡，进一步实行保甲制，宣布窝藏、掩护八路者杀无赦。6 月 12 日，敌人扫荡到霸县，霎时间血雨腥风，山河变色。

爷爷就是这时候被鬼子抓走的，关在宪兵大队（现实验中学）。手铐脚镣生生磨出了骨头，任凭鬼子威逼利诱，他始终没有透露一个字。告密的人也拿不出证据。鬼子一怒之下烧了马庄的板店，然后通知重金赎人。

等家里变卖了所有田地和宅子的前院，把爷爷救出来的时候，饱受严刑拷打的爷爷已经奄奄一息了。

醒来的爷爷听到马庄板店被烧的消息，清瘦的脸上没有一点表情。已近耳顺之年的他，一生的心血就这么被付之一炬了。那把火，从他的板店一路烧到他的心上，也烧到了全家人的心上。

不久，爷爷又开始做起了卖酱油的生意。村落、田野、河堤，处处都留下了他的足迹。

他的两个儿子，年长一些的杨同三参加了抗日游击队，刚刚十几岁的父亲杨同玉给四分区区长韩茂做了警卫员。

……

九

我家老辈的故事就这么结束了。任我再怎么搜寻，也没有精彩的情节出现，就像沉入海底的宝藏，再也捞不到了。

20 多年过去了，我始终留意着霸县每一段抗日历史的记载，希望哪一次战役、哪一段故事会有他们的名字，可惜没有。而且，他们竟然连党员都不是，他们就这么默默地被湮没在历史长河中了。

在一个阴雨天，我和杨家最年长的老叔（75 岁）坐在过道屋里的小地桌旁，一边喝着酒，一边聊着往事。

老叔说，又不是拍电影电视剧，哪有什么故事？那时候的人做了就是做了，从来也不会说。我记得的，也是从别人那里听来的。那时候咱家是堡垒户，掩护了不少干部，据说有个写文章的，叫杨沫，还有冀中军区的一个干部叫杨进修，后来做了廊坊军分区的司令员，是咱家的常客。

老叔说，你爷爷那么大产业，说没就没了，咋个不心疼！一夜之间就好像老了10多岁呀。可是为了抗日，也舍了。

老叔说，你可别小瞧你奶奶。那个小脚老太太，会打枪，为了掩护战士，被鬼子用枪指着脑袋都不怕，豪横着呢!

老叔说，你三伯和你父亲抗日的时候拿起枪是战士，胜利了扛起锄头就是农民。在那个年代，这样的人多得是，不光他俩。

老叔说，你姥爷李云祥，那么大的功臣，把他唯一的女儿嫁给了你父亲，让她当农民。他去世后就埋在虹江河河堤上，和祖祖辈辈东北岸村人一起，连个墓碑都不立。

老叔说，现在的日子就挺好的，能稳稳妥妥的过日子，挺好的。

透过竹帘，雨仿佛被隔成一段一段的，有一些模糊，任凭我怎么瞪大眼，也难看清每一滴雨的样子。然而每一滴雨又是那么真实不虚，它们顺着屋檐滴下来，击打到青石台阶上，荡漾出一片回声。院子中央积出了一大片水洼，雨滴落在上面，敲出一个水泡，两个水泡……即生即灭。就是这些雨，滴落、汇聚、流淌，成了湖，成了河，成了海，成就了岁月，滋养了春华秋实。

老叔的话，如同这雨，让我的心一下子就平静了下来。是呀，他们不图个人立世扬名，他们只是在尽他们的本分而已。他们做过的事一直鲜为人知，也终会被岁月的尘土掩盖，但是他们的英雄精神已化成根脉，日月轮回，延绵不绝，永远会生长在岁月之上!

这，就足够了。

（本文根据杨国生口述资料撰写）

乡下来的英雄

刘 仪

“京油子，卫嘴子，保定府的狗（勾）腿子。”听我嫂子跟我妈念叨，说我姐姐搞了一个对象，是宣武区图书馆的馆员。本人是北京户口不假，可老家是保定农村的，这将来还得时不时地接待他们老家的那些个穷亲戚，头首这嚼咕就不好办，哪儿找那么多粮票儿去呀？我哥也觉着不合适，说：“我妹妹虽说中学毕业分到河北省怀柔县文化馆去了，可毕竟离北京城才一百多里地，听说将来很有可能划归北京，算是北京的一个远郊县什么的呢。”

我姐姐比我大5岁。她长得好看不好看我倒没理会，就知道她一有好吃的就都让我吃了，她连尝一小口儿都舍不得。学校里的老师和同学们都喜欢她，那些男孩子有事没事总爱往我们家跑。有个邻居，我们管她叫六姨儿，你什么时候见她，她都是满脸的笑，挺爽利的一个人。人们都说她最有心计，最会谋划。那时，她有个上中学长得非常帅气的儿子。她对我姐姐出奇地疼爱，常悄悄地给我姐姐好吃的，背地里还老给我姐姐零花儿钱。

不说见天去我们家串门子，她也是隔三差五地去一趟，直到我姐姐中学毕业分配到了怀柔县城后，她才没了踪影。

1963年的年底，三年自然灾害已经结束，不过北京城的大街小巷还经常能见着讨饭的。一天下晚儿，在路灯还没亮的胡同里，我妈远远地看见一个穿一身黑色棉袄棉裤，两手揣在袄袖子里，腋下夹根棍子的人过来了，看样子是个要饭的。正当我妈扭身进屋的时候，这人走到我们家门口站住了，他倒没张罗讨饭，只说："劳驾我跟您打听个人儿，有个叫刘秀清的在这儿住吗？"刘秀清是我姐姐的名字。我妈吓了一跳，细看来人，是个年轻的小伙子，腋下夹的也不是棍子，是一根傻大黑粗的甘蔗。

一愣神儿的工夫，我妈想起来了，明白过来了：上礼拜，我姐姐来信说，要把对象带家来让我妈看看。可今儿闺女没回来怎么这小伙子倒先找来了呢？赶紧往屋里让吧。

原来，他们约好今儿来我们家，没想到火车晚点了，他等了两个小时没等着姐姐，他想，是不是走岔了，她自己先回家了？

我姐姐事先就跟他说："你又没钱，什么也甭给我父母买。我哥哥有个5岁的女儿，你就给孩子买点儿吃的算了。"所以才被我妈看成拉棍子讨饭的。

还真让我嫂子给说着了，乡下来的人跟我们城里人就是不一样。京城里就是那些没钱的穷主儿，日子过得也是大手大脚的，农村人过日子就是细。我姐姐新婚不久，我上她家去借书，这个新姐夫对小舅子那可真是热情有加，非留我吃饭不可，并说："三弟你头一回来，可得吃了饭再走哇。"我说："我就不给你们添麻烦了，回去吃吧。”他说：“一点儿都不麻烦。我们今天晚上喝粥，留你一块儿吃，再加瓢水不就都有啦。”听他这么一说，我庆幸没带我女朋友来。要是带来了，我这位姐夫就得往粥锅里加两瓢水了，粥碗往桌上一端，准能当镜子使。

全凭他日子过得细致，一个十几岁的孩子只身来到京城，能在北京落户娶妻生子，老家还有从土里刨食的父母和 4 个弟妹需要他时常接济。我姐夫两口子凭几十块钱的工资养育着两儿一女，个中的艰辛不难想见。

两个儿子中学毕业后也找不到正儿八经的工作。大儿子倒是去了一家大酒店当了一阵子服务员，后来也不知是怎么档子事儿，干得好好儿的就不去了。本是挺好的工作，领导也真赏识他，派他去上海学习了很长一段时间，回来就让他当大堂领班，可无缘无故就不去了。人家大酒店可就不乐意了，让他出 1800 块钱的培训费，不然就不给档案。那时候一个人要是没有档案，任何单位都不敢接收。这可急坏了我姐夫两口子，哪儿找这么多钱去呀，只能求朋友找亲戚地去借。好不容易凑了 800 块钱，又跟酒店软磨硬泡地说了一大堆好话才把档案要回来。还算不错，回来没多少日子就又找到一个打着灯笼都难找的待遇优厚的工作：建国门外一个叫“世界之窗”的涉外饭店。皆因他在前一个酒店有了实践经验，又出去培训过，来到“世界之窗”，在众多服务员中就成了佼佼者。不久，酒店又派他到香港去学习，一回来就当上了大堂经理。多好的事由呀！没成想他又不干了。这孩子是不是脑子进水了？

快到五一节了，我们孩儿他妈说：“给姐姐送 200 块钱去吧。”那时我已承包了校办厂，手中能见俩小钱儿了。我姐姐的日子过得还是顾头顾不了腚的。大儿子好好儿的工作不干了，二儿子见天见地打游飞，闺女还在上中学。我们问起她的大儿子又找到了工作没有，我姐姐说：“听说他上东北了，这孩子可真是让大人操不完的心。”

我也是净跟孩子着急。放暑假了，儿子吵着要我们两口子带他去旅游。好么！旅游，那是咱这家境能赶得了的时髦儿吗？又坐火车又住店的，那得多大的挑费呀。我这儿正愁钱呢，我姐夫他们两口子来了，给我送来了 5000 块钱。他们俩每月的工资加一块儿还不到 200 呢，哪儿来的这么多钱呀？

敢情他们的大儿子昨天晚上从东北回来了，拎着一大手提包的钱回来了，说这是 10 万块，说是在哈尔滨承包了一个大酒店。这两口子惊得都站不稳了，赶紧找地方坐下了。他们住的是里外屋两间房，儿子在那外间屋倒头呼呼大睡，两口子静下心来数钱。最大面额的是 10 元，还有 5 毛一张的呢，两口子数了一宿也没数清楚。

甭说我姐姐他们两口子了，就是我们两口子听他们这么一说，也都是一激灵。他们走后我赶紧给我哥哥打电话。我们哥俩一寻思，都说这可不是件好事，这外甥怎么会挣那么多钱呢，会不会是干了什么倒卖毒品之类的非法营生呢？那可是杀头的罪过。外甥要是有个三长两短，那不得要了我姐姐的命。这话可没敢跟我姐夫他们两口子说。我们哥俩一商量，决定让我到哈尔滨看看去。

这个酒店别提多好找了，原先是个军区招待所，现叫金桥大酒店。一个身穿大红旗袍的细高身材的中俄混血礼仪小姐十分热情地迎问：“先生您几位?”“就我一个人儿。”“您往里请。”好家伙，大厅里座无虚席，喧嚣声使人情绪亢奋。她领我穿过大厅，来到相对安静些的楼道里。我想，这一定是请我去单间。谁想她就在楼道里靠边儿给我找了个单桌儿。我有点儿不乐意了，说：“有单间吗?”“对不起先生，单间几天前就订满了。”“我不吃了，我找你们老板。”她可能是见我的脸色不大好看，就有点儿紧张地招呼领班。领班陪着职业笑容，小心地问：“先生您有什么不满意的地方请跟我……”“三舅!”我一回头，大外甥正站在身后。我们都有些激动地看着对方。我是他千里之外见到的第一个亲人。外甥见了我的亲热程度让旁边的人都很惊讶，服务员和就餐的款爷们对我这一身牛仔服的穷酸舅舅都刮目相看。

我没发过大财，自然不知那是个怎样美妙的感觉。我姐夫是个文化人，他把钱看得很淡，可周围的人们都尊称他为老太爷了。儿子成了大款，他的辈份就长了。单位的同事不必说，就连领导也都高看他一眼。

然而，我嫂子对我姐夫的态度仍然停留在他腋下夹根甘蔗的讨饭形象中。原先如何看不起他，现在还是外甥打灯笼——照舅（旧)。

我姐姐刚结婚那几年，每逢星期天，两口子都要到我们家来，一待就是一整天，不吃了晚饭不走。每次我姐夫一进门，我嫂子就半开玩笑地嘲讽说：“又蹭饭来啦。”现在我姐夫一到我们家就把我们全家都请去大饭店，哪顿饭也得花个千儿八百的。我嫂子不去，她撇着嘴说："我吃不惯那行子。自己个儿在家鼓捣点儿吃得多滋润呢。干净，吃着踏实。"

不过，这回不去可不成了，我大外甥结婚，在北京饭店大摆婚宴，这个大舅妈再不到场可就说不过去了。

我嫂子这回可真有点儿犯难了。她是真不愿意搭理我姐夫他们老家那帮穷乡下人。跟他们能说得到一块儿去吗？我姐姐结婚这么多年了，两家亲戚就没有过来往。按说这么近的亲戚，谁家里有个大事小情的都应有个礼数，然而，我姐夫他们家兄弟姐妹那么多，谁家娶媳妇聘姑娘的我们家都没有来往过。当然，也有离得远的借口。可是，我姐夫的母亲去世这样的大事，我们家也没一个去的。我姐夫兄弟姐妹 6 个，除了我姐夫，我从没见过他们家别的人。究其原因，可能是当初我姐姐搞对象时，我嫂子就说过："好么，乡下有这么一大家子穷亲戚，往后老往城里跑，哪儿有那么多粮票对付他们呀。"我妈图得是我姐夫人长得精神，性情又好，就说："皇帝还有几门子穷亲戚呢。"我嫂子哼了一声说："皇帝他不缺粮票不是。"

我琢磨着我姐夫准是把我们嫌他老家是农村的事对家里人说了。那个年代，一个乡下来的青年能在北京城里找个媳妇，那就像是得到了一个国宝级的宋瓷古瓶，一大家子人会提心吊胆地呵护着，生怕磕了碰了，所以没谁敢进城来搅和。

婚礼这天，被请的宾朋们都对自己的穿着费了一番心思。男士西服笔挺，女士高雅入时，不然怎能和这豪华酒店相配呢！

我姐夫的一个同事在大厅里特别惹眼，她不但人长得漂亮，衣着也相当时尚，让人想起外国沙龙里的阔太太。这人我认识，她是图书馆外借组的，我每次借书都找她，别人每次只能借两本，我借 4 本。她平时的穿着十分俭朴。有一回听她和一个馆员闲谈说："我们那邻居如今可发了大财了，两口子摆摊儿卖服装，天天晚上下馆子。"听她那口气，对下馆子十分向往。我心说，你吃过什么见过什么呀，卖服装忙了一大天了，没时间做饭，在胡同里的小饭馆吃碗烩饼，也叫下馆子？今天这样的场面她许是从来没见过，她今天可要大开眼界了。甭说她，我也一样。今天来的宾朋也大都是上班族，在这富丽堂皇的大厅里，眼睛都不够用的。

再看此时的我嫂子，她那瘦小干瘪的身躯坐在肥厚巨大的沙发上，显得更瘦小了。而她倒是一脸常态，不但没被这豪华气派给镇住，还一脸不屑地说："我就不作兴有了钱就臭显摆的暴发户。"我觉着她这是气人有笑人无的小市民心态。她总是用老北京人的旧眼光看待乡下人。她说："等那帮乡下人来了，一进这大饭店，准有乐子瞧——走在红地毯上，擤完鼻涕一抬脚，手就往后鞋帮上抹。抽烟更差德性——烟屁烧手，紧嘬两口。"

但是，等到我姐夫的家里人一来，出洋相的倒是我这位嫂子了。

大厅里的人们突然激动起来，新郎新娘出现了，我的外甥和新娘一左一右搀扶着我姐夫的父亲走过来。通常情况下，参加婚礼的人们都热切地期盼一睹新郎新娘的风采，然而现在呢，这位美艳的新娘却没有她搀扶的老人更吸引人们的眼球：这位瘦高的、红光满面的老人胸前挂了一大片闪光的奖章。原来他是当年的抗日英雄。我嫂子听我外甥一说，她当时的表情真有点儿吓人，脸激动得都有点儿变形了。在这喜庆的场合，实在有点儿不雅。她张着大嘴木在那儿了，就像人们常说的那个傻大姐儿似的。

婚礼主持人用话筒放大着她那甜美的声音，再三敬请宾朋们入席。婚礼马上就要开始了，人们却围着老人不肯散去。这俗套的婚礼怎会比老人胸前的奖章更精彩！再美艳的容颜、再名贵的服装也没有老人胸前的奖章更好看。这些奖章，正在无言地讲述着我们中华民族的一段悲壮历史。

我姐姐把公爹扶到主宾席就座，人们还不顾礼节地往老人跟前凑，让我姐夫礼貌地请开了，只有我嫂子骄傲地陪在亲爹身边。我的父母都过世了，如今嫂子就是我们家的最高领导，亲爹自然由她来陪。她对老人的亲敬远胜过在座的所有人。她指着亲爹胸前的奖章问："您这都是打日本鬼子得的？"老人微笑着点头。嫂子的两眼就含满了泪花。在这大喜的日子里，实在有点儿不像话，但要是知道了她的身世，你准会谅解她的失态。她的母亲是被日本鬼子强奸后自杀的。那时我嫂子才 3 岁，在她的记忆里找不到母亲的影像，她从小没得到过母爱。她此时最后悔的，是这么多年过去了，竟然没和我姐夫他们家有过半点儿来往。她哪里会知道，我姐夫他们一家子全是打鬼子的英雄呢。姐夫的亲叔叔如今就长眠在保定烈士陵园里。

其实，我嫂子的本心倒不全是嫌弃我姐夫的老家是农村的，只是对他的第一印象非常糟糕，还没见着我姐夫本人，单听说他老家是保定的，就从心眼里腻烦了。保定府那不是出汉奸狗腿子的地方吗？再加上她那一贯城里人看不起乡下人的小市民心态，才造成了今天的懊悔。

听了亲爹的一席话，我嫂子才知道这是个天大的误会。老人说："'京油子'说的是北京人见多识广，为人处事圆滑和气；'卫嘴子'是说天津人嘴上能说会道；'保定府的狗腿子'，不是狗腿子，是勾腿子。这勾腿子是摔跤时用的一个绊子。这招儿挺厉害，十有八九能把人给摔倒喽。这是说保定人打架厉害，不像北京人、天津人。你看两个人打架，围了一群人看热闹，都盼着这二位赶紧打起来，有那急性子的还在旁边起哄，打呀，打呀，快动手呀！你再看这二位，你一句我一句的在那儿逗贫嘴，光说不练，且不动手呢。我们保定人可不是。你要跟保定人打架，他笨嘴拙舌的说不过你，说不上三句话就开打，一个勾腿子就把你撂倒了。'京油子，卫嘴子，保定府的勾腿子'是这么来的。这话都说了好几百年了，小日本儿侵略中国才多少年呢！我孙子今天娶媳妇，图个发财的吉利数——8 月 18。50 年前的前天，是日本投降的日子，到前天这才 50 年。"老人若不提起，大伙儿都给忘了，1945 年，到今年 1995 年，日本投降整整 50 年了。

老人说保定人擅长打架，这话我还真信。当初，我这外甥上不起托儿所，不到 1 岁就送老家去了，3 岁多了才接回北京，让我妈看着。我妈那时为了帮我还结婚时欠的 300 块钱的债，正做家庭手工活儿呢。她给鞋钎子上片儿（女人穿的扣襻鞋上的副件），小外甥蹲在旁边看着。他操着保定乡下口音问：“捞捞(姥姥）上一个给你多少钱?”我妈说：“这一个？这么一大堆还不到一斤呢。上够一斤才给两毛五分钱。”外甥听了小脸儿一沉：“嗒（打）他汪（王）八担（蛋）跌（的）。”我妈当时乐得什么似的，说：“不怨人们都说保定府的人厉害，这么点儿个小孩儿就这样儿了。”

现在想来，这正是保定人的脾气。他们憨厚耿直，绝不甘心受欺负。小日本儿杀他父兄，淫他妻女，他能不跟小日本儿玩命吗！刚才老人说的他三弟牺牲的过程，大伙听着可带劲呢，没有悲伤，只有激奋。当时，我姐夫的三叔正在老乡家和两个雁翎队队员研究打伏击的事，结果被20多个鬼子包围了。他们赶紧躲进了院中的“蛤蟆蹲”。鬼子没找到八路，拉扯出老乡的媳妇就在院子里强奸。三人几乎同时掀开草盖跳出“蛤蟆蹲”，赤手空拳扑向鬼子。这个鬼子此时正在忙着制服拼命挣扎的妇女。我姐夫他三叔迅速抽出鬼子腰间的东洋刀劈死鬼子，两位雁翎队队员迎着赶过来的几个鬼子就夺枪，结果被鬼子用刺刀戳死了。我姐夫他三叔手起刀落，又接连砍倒好几个鬼子才被捉住，被绑在大柳树上活活烧死了。

我嫂子听到最后，恨恨地说：“死也值了，死得一点儿都不憋屈。我妈当初要是嫁给保定人，也不会死得那么窝囊了。”

我曾听我妈说，我嫂子她妈妈被日本人强奸的时候，她爸爸就在跟前儿看着，吓得只剩下哆嗦的份儿了。鬼子走了，他连个响屁都没敢放。我妈说买卖人就是怂。

我看着面前这位老人，想起了初中时学的课文："在敌后的广大土地上，到处有坚强不屈，就像这白杨树一样傲然挺立的守卫他们家乡的哨兵……在华北平原纵横决荡，用血写出新中国历史的那种精神和意志……"

在席间吃饭和饭后喝茶的时候，我姐夫那颗一直提着的心总算是落了地了。多年来，我姐夫对我嫂子的印象是说话尖酸刻薄："发财了也没用，土包子还是土包子，多好的衣服穿在柴禾妞儿身上还是柴禾妞儿。"这些话要是让我嫂子不经意间说出来，让他弟妹和孩子们听了，那可怎么好！老家人的自尊心可都强着呢。没想到我嫂子今儿见了他老家的人就像见到了久别的亲人，我姐夫和我姐姐别提多高兴了。不过，我哥哥这下麻烦可大了。我嫂子让他这 60 多岁的老头子练习几天独立生活的能力。婚礼一结束，她就兴冲冲地随着我姐夫家的车队回他们老家了。她多想在保定那块光荣的土地上走一走，多想和英雄的后辈聊聊天，多想去烈士陵园献上一个大花圈啊！

我老娘的革命故事

张风顺

我老娘叫李忠先。这个名字本来是抗战时期在敌占区使用的假名，就是“忠于革命先烈”的意思。因为很长时间都这么叫，所以后来也就成了真名字。1920 年 10 月 20 日，她出生于河北省雄县老岗村，因为是农历庚申年的九月九日，所以我姥爷李庆和给她取乳名李九申，再后来取大名李秀鸾。接下来她的几个妹妹分别叫做李秀清、李秀花、李秀艳，都是排着“秀”字叫下来的。当然，在抗战时期，更多的人称我老娘为张科嫂、大嫂、大姨、表姐等，几乎没有人知道她的真名字。

参加共产党

据中共霸州市委史志办公室编撰的《霸州市革命斗争大事记(1934—1949)》一书记载，从 1939 年 10 月 8 日开始，日军、伪军 6000 余人对大清河北新城、固安、永清、安次、雄县、霸县进行了长达 20 天的秋季大扫荡。10 日，敌人在临津村杀害郭泉和鲍玉辰二人，12日在姚庄村杀害钱瑞清和王大齐二人……就在这期间的某一天，20岁的老娘嫁到了霸县西下岔河村，和16岁的老爹举行了婚礼。结果正赶上敌人出击，张家置办的十几桌酒席，包括几锅大米饭和几锅半尺多长的鲫鱼，都被敌人吃了。更让我老娘心疼的，是她的嫁妆几乎被他们抢劫一空。我姥爷李庆和曾在芦台开办过布匹和袜子工厂，他给第一个女儿打点的嫁妆应该说还是相当不错的。我家曾经保留下来一个梳头匣子，全身漆黑发亮，并且绘有镀金的彩色花鸟。它的饰件和提手都是用黄铜制造的。我小时候经常把两个提手竖起再推倒，让提手拍击匣面发出清脆的响声。匣子用的是花梨紫檀之类的木料，下面三层小抽屉都非常精巧，最上一层是玻璃砖镜子，拉出来往上一提正好架在匣子顶上。在这些小抽屉前边是一个“Γ”形插盖，盖顶的桃形饰件下隐藏着舌簧锁，非常巧妙。遗憾的是，因为匣子埋藏在柴房角落好长时间，所以被老鼠啃坏了一个角。我家还有一个长方体的红色的针线板子，正面是镂空的一排苹果及其枝叶图案，两端各有一个盛针线的小抽屉能够同时拉开，也很精美。

霸州市编史修志委员会编撰的《霸州人民革命史》一书记述这一次秋季大扫荡时写道，扫荡过后，被难村庄一片凄惨景象。日军在信安、辛店、马坊、金各庄、高庄、西下岔河这6个村都安上了据点……对于我们西下岔河村来说，据点就是我家东邻董财主家的大院子。董财主的大儿子叫董相辅，曾是吴佩孚的军法处处长。他家的院子豪华宏大，由南房、腰房、北房三排青砖瓦房组成。院子的北边、东边、南边三面临街。正门开在南大街，为正阳门。门洞有一间房大小，门口是用青条石砌成的大台阶。我家是他家的西邻，门口大约相距三四十步远。本来在我们两家中间还有一家，但是日军到此安下据点之后就把这一家人拆迁赶走了，并且在他家房基地处挖了很深的隔离沟，土方堆到西边，几乎同我家的房子一样高，还在上边插了密密的枣树枝子。日军在董家大院的东北角和东南角各修了一座两房高的方形岗楼。岗楼也叫炮楼，因为日本鬼子在顶上架了小钢炮，经常向四邻八村打炮，搞得老百姓不得安宁。日军还在村子的正西部、西南部、正南部挖了一条弧形的深宽各为 6 米的封锁沟，现在的大旧河(西大沟和南大沟）以及妇女河就是在此基础上修建起来的。

我们村本来叫“西下岔河”，日本人说起来就变成了“卡风尬”。日本人贴出告示，让“卡风尬”逃难的老百姓都回家……于是我老娘等人就回来了，同时共产党八路军的工作队也悄悄地潜伏进来了。他们首先看中了我家紧邻日本据点的有利位置，从而便于侦察敌情和组织进攻，加之我老娘有抗日思想并且有文化，于是八路军女干部赵英（本名梁贵芳，曹庄人，娘家在雄县）等人就介绍我老娘参加了共产党，我们家也成了离敌人据点最近的堡垒户。为了掩护地下党在我家居住和开展革命活动，我家离敌人据点最近的南门口被临时堵上了，然后通过西邻我二爷爷的院子在西北角走后街的门口。我家西墙的豁口用几捆秫秸挡住，人只能钻过去。这样，我们家虽然住在敌人据点底下，但是位于西北角走后街的门口却离敌人据点很远。

关于我老娘入党的时间还有另外一种说法。据我二姨李秀清回忆，我老娘早在出嫁之前就入党了。当时我姥姥全家曾经回牛岗娘家住过几年，房东是吴海奇。在抗日战争期间，我舅姥爷牛百元是地下党（后来暴露，被关进胜芳水牢，后被弄到日本做劳工，一直到 1945 年日本投降才回来)，在他家住了许多八路军战士，其中有个叫刘建刚的，还有杨沫、马书敏等几个人就介绍我老娘入了党。于是，十七八岁的她就剪掉了辫子，留起了“小分头”“青年头”这类发型，到处进行抗日活动。后来我姥姥知道了，就说我老娘是“把脑袋掖在裤腰带上”。这可能是 1937 年或 1938 年的事情。《中国共产党河北省霸县组织史资料（1938—1987)》记载说，刘建刚在 1939 年 2 月被免去霸县妇救会主任职务，这说明我老娘是在此前入的党。杨沫在自传中这样写道：“1938 年 5 月，调冀中区任妇救会宣传部长；1939 年 5 月，调冀中十分区任妇救会宣传部长。”通过推算可知，1938 年 5 月，杨沫调冀中区任妇救会宣传部长时只有 23 岁，老乡们称她“小杨”。后来赵英、李明、马书敏、关大妈（亦称官大妈，本名刘大娟，容城县小先王村人，娘家在孙村，与魏巍交往很深，是魏巍长篇小说《东方》里杨大妈的原型）常驻我们西下岔河村，和我老娘建立了深厚的感情。我老娘说，当时的入党誓词很简单，就是“要有民族气节”“保守党的秘密”“不出卖自己的同志”等等。

夺取三八旗

《霸州市革命斗争大事记（1934—1949)》记载说，从 1939 年春天开始，在党的领导下，全县的妇女工作蓬勃展开，很多村庄都成立了妇救会，任务是组织识字班，学文化，学革命道理，唱抗日歌曲，做军鞋、军衣，动员参军，募捐，慰问支前，照顾伤病员等。并且有一批妇女脱产参加了县、区工作，对霸县的抗日斗争起了很大的推动作用。我老娘入党之后，就以西下岔河村妇救会主任身份，在敌人的眼皮子底下，迅速组织起一支300多人的妇救会队伍，学文化、做军鞋，有力地支持了八路军的抗日活动。

1940年春，霸县县委决定，将在该年8月份举办的宫岗村万人大会上，评选出全县最优秀的妇救会组织和先进个人，并且奖励一面三八旗，于是在全县几百个妇救会组织中掀起了一场声势浩大的夺旗运动。当时，全县各区、村几百个妇救会组织都摩拳擦掌，志在必得。其中，由东下岔河纪率贞（外号纪老婆子）组织的东下岔河妇救会夺旗的呼声最高。那时东下岔河号称“全县第一个农村党支部”，纪率贞的丈夫张福奎（外号张老头儿）曾是霸县临时县委书记、一区副书记，所以她们底气很足，大唱抗日歌曲，营造了很大的声势。由我老娘组织的西下岔河妇救会，因为本村驻有日军和伪军，不能大张旗鼓地唱抗日歌曲，因此我老娘只能默默地组织全村妇女做军鞋。军鞋和民鞋没有什么区别，所以我村几乎每家妇女的针线笸箩里边都有半成品的军鞋，却没有引起敌人的注意。客观上，西下岔河村无论在面积还是在人口数量上，都比东下岔河村大五六倍，我老娘组织起300多名妇女做军鞋，每人做一双就是300多双。这个成绩是东下岔河村唱抗日歌曲所不能比的，所以我老娘夺旗的呼声也很高。然而，成就我老娘夺旗成功的关键一环，还是1940年8月在宫岗村召开的全县万人大会上的考验。

1940 年 8 月，全县万人大会在宫岗村举行。这个大会的全称是“霸县各界民主代表大会”，大会选举孔庆英为县长，还选举了各界知名人士为县代表。这次大会还为各界人士出了一道严峻的考题：大会正在热烈地进行中，突然东北方向响起了激烈的枪声，之后东南方向也响起了枪声，传言有几万敌人突袭大会，于是会场就乱了套，绝大部分代表队都乱了队形，甚至有些代表队开始四散奔逃，只有我老娘和她率领的西下岔河代表队稳如泰山纹丝不动。原来这是县委组织的一次军事演习。结果，我老娘和她率领的西下岔河代表队毫无悬念地夺得了全县妇救会组织评比第一名，而那面被全县几百个妇救会组织激烈争夺的三八旗，也就毫无悬念地奖给了我老娘。除此之外，县委又出了 6 道题，我老娘也都答对了。她得到的奖品还有一个砖头一般厚的笔记本、一个学习用的小石板和一个算盘以及奖状等等。我老娘向队友解释说，如此重要的全县万人大会必定有周密的安保措施，即使真的有情况，我们也要跟随县委一起转移才是最安全的。队友们认同这个观点，所以西下岔河代表队未受干扰。当时，西下岔河的村支书董凤彩为我老娘获得全县第一感到非常自豪。我老姑张绣彩说，那天半夜起来到村外集合，绕过敌人的几道岗楼，步行 15 里到达宫岗村时天已经亮了，开一天会，回到家时已经晚上 10 点多了。

早在 1940 年 7 月 15 日，我老娘就光荣地出席了在大魏庄召开的全县第一次党员代表大会。接下来我老娘才以西下岔河村妇救会主任身份参加了这次全县万人大会。在这次大会之后，我老娘又参加了在狄庄召开的一个重要大会。《霸县人民革命史》记载说，县委在 1940 年 9 月下旬，于前狄庄召开了“发动群众，反对妥协投降”的动员大会。参加大会的有各村的农救会、青救会、妇救会的会员和自卫队员，共有四五百人。在那个时候，当妇救会主任是很危险的。其中，和我老娘经常来往的一区妇救会主任高森就是在 1940 年 11 月牺牲的；那个曾经在全县万人大会上，和我老娘争夺三八旗的东下岔河妇救会主任纪率贞则是在 1948 年 5 月被敌人杀害的。

攻打西下岔河据点

夜袭西下岔河村日军据点是霸县抗战史上最经典的战例之一。《霸州人民革命史》在介绍百团大战时，就集中描述了这次战斗的经过。然而有些细节是不准确的，在这里仅就我所知道的作些说明。

其一，文中说：“8 月 26 日……县大队政委孔岫生在牛岗村对全大队指战员作了战斗动员。”这里的时间应该是 10 月 26 日，《霸县志·大事记》说是 9 月 27 日也是错误的。通过查看万年历可以知道，这年的阳历 10 月 26 日恰恰是阴历的九月二十六日。战斗从 10 月 26 日晚上 9 点开始，撤出战斗已经是 10 月 27 日了，所以有的资料也写做 10 月 27 日，有的资料则把阴历误写成了阳历。只有《霸县志》的《军事篇》在介绍“袭击西下岔河村日军据点”时，对于时间的描述是准确的。另外，这里的地点“牛岗村”也是错误的。事实上，应为现在雄县双堂乡的老岗村。当时霸县成了敌占区，霸县县委和县政府就到了现在的雄县宫岗村。1939 年 10 月，上级决定将新城县的宫岗、双堂、大魏庄等 22 个村划归霸县第六区。从宫岗村到老岗村再到西下岔河村呈“牛郎三星”状态。这次战斗的前敌指挥部由宫岗村延伸到老岗村本质上是靠前指挥的行为。《霸县志》和《霸州市革命斗争大事记》等资料的记述也是老岗村，所以我们以老岗村为准确记述。

其二，文中说敌人“开始向院内投掷手榴弹，小队长宝科也开动了机枪扫射，我军遂退出战斗”。这个叙述也是不准确的。实际上敌人除了投掷手榴弹之外，还施放了化学武器毒瓦斯。这种气体在几分钟之内就能致人死亡，因此我军不得不撤出战斗。在这一点上，《霸县志》和《霸州市革命斗争大事记》等书籍都有类似的记载，因此应该得到更正。

其三，文中说：“此次袭击，共击毙日军 9 人……我 1 人牺牲，3 人负伤。”这也是不准确的。当时，日本小队长宝科在施放毒瓦斯以后，面对这突如其来的化学武器，我军不知所措，只能撤出战斗。其中一名奋勇队队员被呛得慌不择路，没有找到据点的出口而被活活熏死。同时，与敌人据点只有一墙之隔的我们全家人也被呛得咳嗽成一团。我有一个刚出生不久的姐姐叫张梦桃，也被活活熏死，成了一名没有参加战斗的“小烈士”。因此应该说在这次战斗中，“我 2 人牺牲”才准确。直到这次战斗以后，大家才知道了用湿毛巾捂住鼻子对付毒瓦斯的办法。

其四，文中说：“日军房上岗哨又有警觉，趁他探身外观之际，内应王克绪一手把他推到墙外。”这也是不准确的。因为作为日本据点的董家大院有正阳门，设在东北角和东南角的两个岗楼距离正阳门都比较远，如果把鬼子从岗楼上推下去，他必然大喊大叫发出警报，王克绪再去开门就来不及了。知情人介绍说，当天晚上，王克绪确实找借口把大部分鬼子用酒灌醉了，只有小队长宝科喝酒比较少而没醉。所以当天晚上 9 点钟王克绪很顺利地就打开了据点大门，住在门房的日本医生珍田听到王克绪来开大门，很松懈地问了两声就被王景新一铡刀劈死了。

其五，文中说：“由日本据点内的内勤王克绪作内应。”王克绪的身份，按着日本人的说法叫做“博役”。《霸县志》注解为“使役人员”，《霸州市革命斗争大事记》解释为“服务员”，都不是很准确。当时在西下岔河村日本据点里总共有两个华人博役，一个是伙夫王克绪，另一个是勤杂工张安（我的大伯。外号大高，身高约 1.85 米）。他们两个的分工是伙夫王克绪负责给日军做饭，勤杂工张安负责打扫卫生和买些油盐酱醋之类。王克绪和张安有时也被强迫穿上日本鬼子的军装，但是他们两个人和拿着枪跟随日本鬼子出击的伪军有着本质的区别，所以敌工部部长李桂芳在我老娘和赵英的协助下，争取了这两个人投诚。此外还有一个翻译官叫杨宝恩（光头，外号鸡蛋），做过坏事。早些时候他在去牛岗炮楼的路上，被我敌工部战士伏击身亡。他母亲与敌人私通，也被八路军处死。

我爷爷张有勋和我二爷张有生是亲兄弟。我爷爷排行老大，只有我老爹张科一个儿子，我二爷则有张安、张印两个儿子以及我老姑张绣彩等。因为张有生是我老爹的亲叔叔，所以我老娘入党之后，就很顺利地封堵了我家院子的南门，并且扒开西墙与我二爷共走他家西北角的门口。我老姑张绣彩是我老娘的坚定支持者，多次冒着生命危险搭救我老娘，同时也非常积极地参加我老娘组织的妇救会工作。我大伯张安虽然搬出去单独过，但也经常回到这个老宅。

赵英的丈夫李桂芳是曹庄人，曾任霸县二区的区长，后来出任霸县敌工部的部长。敌工部全称叫“敌军工作部”，主要任务就是侦察敌情，并且分化、争取敌人内部的正义人士和“动摇分子”反正以及铲除汉奸等。赵英当初发展我老娘入党，一个重要原因就是看中了我家紧邻日本据点的有利位置，从而便于侦察敌情和组织进攻。当赵英和李桂芳夫妇得知我老娘和张绣彩、张安以及王克绪之间的情况时，就决定争取张安和王克绪投诚。在那个时候，八路军的武器和子弹都很少，所以他们处决汉奸的办法就是拉出去活埋。这一天张安正在家里吃晚饭，当敌工部部长李桂芳带领两名八路军战士突然出现在他面前时，他吓得噌的一声就坐到炕尾的被摞上去了，嘴里直说“我不是汉奸，我不是汉奸……”，直到李桂芳把他带到一间空房中说明来意，他的情绪才稳定下来。《霸州人民革命史》对于夜袭西下岔河村日本据点的介绍说：“事前，我军侦知日本据点的住房情况，随军医生（珍田）住外院门道左侧，士兵住中间腰房两侧，小队长宝科住后院。”这就是从张安那里得到的情报。李桂芳争取王克绪投诚，也是通过张安的穿针引线。

赵英自从发展我老娘入党开始，就叫她随时注意日本据点里的情况。我老娘经常以上房晒粮食为掩护，观察日本据点内的动静。当时，我家由正房和东厢房构成的天井中间有一个锅叉形（V形）梯子，就是用来上房观察鬼子动静的。由于我家距离鬼子据点最近，所以站在我家房上对鬼子大院内的情况会看得一清二楚。当然站在鬼子的岗楼上也可以对我家看得一清二楚。

在那次战斗中，不但我老娘李忠先、我堂大伯张安在情报方面作出了贡献，而且我老姑张绣彩也作出了重要的贡献。当时，日本鬼子因为兵力空虚，所以就同八路军玩起了“迷踪拳”。他们隔三差五就运来两汽车日本兵，同时又运走两车，表面看来是连排单位在换防，给人的感觉就好像在西下岔河据点中住了许多日本鬼子，然而这个鬼把戏被我老姑给戳穿了。因为我家与日本鬼子隔墙为邻，所以日本据点里的说话声可以听得一清二楚。我老姑发现，日本据点中这些刚刚运来的“日本鬼子”竟然说起中国话，甚至有些人还说霸县话和文安话，“侉文安、倔霸州”的口音特别明显。后来经过认真分析和辨别终于弄清楚了，原来这些运来又运走的“日本鬼子”都是由伪军化装成的，日本在这个据点的真实兵力只有10个人，这就给霸县县大队攻打西下岔河村据点增强了信心。

霸州出版的几本党史资料中，凡是介绍这次战斗的都只说了后半部分，就是战斗的经过部分。对于前期怎样侦察敌情和怎样争取王克绪投诚几乎少有提及。这是为什么呢？并不是上级党委有意抹杀我老娘和赵英等人的工作，而是根据当时恶劣的环境以及敌工部的特点才这样做的。尽管如此，那个用铡刀劈死日本鬼子的王景新还是被敌人给侦破了。王景新是杜岗村人，打完西下岔河据点之后他就返回杜岗村过起了隐蔽的农民生活。次年麦收，他正在场上打麦子，突然被敌人包围了，他迅速钻进麦糠堆，但还是被敌人发现了，一刺刀扎入他的大腿，然后被乱刀扎死。我堂大伯张安因为夜袭西下岔河据点那天晚上不在据点内，所以没有受到日本鬼子的怀疑，也回老家种地了。

“窝藏”岳士勤

在《霸县志》的烈士名单中，有一个西高村的烈士名叫岳士勤。在抗日最艰苦的岁月里，这个岳士勤就被我老娘“窝藏”在我们家中，长达一年多的时间。

百团大战以后，敌人对我抗日军民进行了疯狂报复。正是在这个极其艰难的时候，八路军干部岳士勤因为无处安身才被我老娘“窝藏”起来的。岳士勤乳名岳小水，昵称小坏水。他当时只有 20 来岁，是西高村人，但是不敢回西高村去住，因为他的名字早就上了日寇抓捕的黑名单。他妻子董三女的娘家是我们西下岔河村。岳士勤先是在他丈人家住了几天，但是仍然感到很不安全。他丈人几乎整夜不睡觉，就站在院子里为他放哨，无论白天黑夜他都不敢出来活动。经赵英介绍，他知道我老娘是共产党员，于是就找到我老娘说明了他的情况。我老娘毫不犹豫地让他搬到我家来住，名义上就说我家地多人少，找一个外甥来帮助过日子。

岳士勤搬到我家之后，夜里睡得好，白天还能公开出来活动，比住在他丈人家里感觉安全多了。但是这并不能保证他完全没有危险。有一天，敌人突然包围了我们西下岔河村来搜查八路军。岳士勤感到情况紧急，就跑到院子里，背起粪筐，拿起粪叉就要走，嘴里对我老娘说：“大姨，我不能连累你家。”我老娘打开当街门一看，满街都是敌人，走不了啦！于是我老娘立即把岳士勤拉进屋子，并且把一个褡裢装上几棵白菜放到他面前的炕上，叮嘱他“就说外甥子给大姨送白菜来了”。刚布置好，一队伪军就闯进了院子。其中一个队长模样的人用大枪刺刀挑起屋里的门帘，发现了岳士勤就盘问起来。岳士勤面色惨白，一言不发，老娘却像阿庆嫂一样提壶沏水，面不改色，对答如流，滴水不漏，还叫岳世勤“快出去挑水，给老总饮马”，终于骗走了这个东洋走狗。他到了村维持会还对此事耿耿于怀，并对维持会长说：“东边那家有个穿蓝棉袄、系褡裢的小子，我一看就像个八路，真想把他拉出来……”我老爹正好在维持会值日（村干部值班)，听到此言不由倒吸一口凉气，心想：那个穿蓝棉袄、系褡裢的小子，不正是隐藏在自己家里的八路军岳士勤吗！

虽然我老娘多次掩护岳士勤化险为夷，但是最后他还是被敌人抓去杀害了。事情的经过是这样的：有一次，岳士勤出去执行任务，听说他妻子要生孩子，就忍不住偷偷回西高村家中探望，不幸被捕，壮烈牺牲。我老娘说，岳士勤真够得上英雄，敌人严刑拷打，甚至用粗铁丝穿上他的锁子骨游街示众，他仍然骂声不绝，直到最后他也没有招认出藏身之处和各位同志。他的尸体被运回西高村之后，我老娘冒险去看他，发现他的脸都被敌人打烂了。事后，我老娘才处理了岳士勤留在我家里的重要文件。如果岳士勤没有经受住考验，出卖了我老娘和这些文件，后果将不堪设想。

多次遇危险

我老娘虽然是西下岔河村的党员，但是并不参加西下岔河村党支部的活动，而是通过赵英直接与上级联系。因为西下岔河村住有日本鬼子，所以村党支部建立的时间比较晚。尽管如此，我老娘还是出面组织起了西下岔河村妇救会。那时候，党员、干部以及抗日群众的活动都是秘密进行的。不过，我老娘出任西下岔河村妇救会主任，已经成为公开的秘密。特别是 1940 年 8 月夺得那个三八旗之后，全县各地的人几乎都知道西下岔河村有一个叫李忠先的妇救会主任了。我老娘也就成了敌人抓捕的目标。

一天下午，我老娘被日本鬼子堵在了家中。当时家中只有我老娘和我老姑两个人。我老姑乳名“老黑儿”，当年只有 15 岁。日本鬼子猛砸当街街门，我老娘感到实在无路可逃了，就拿起炕上的剪刀，一则准备拼命，一则准备自杀。我老姑便将我老娘藏在三节大柜中，盖上大皮袄，还给大柜上了铁锁。盖上盖子我老娘出不来气儿，我老姑又将扎腿带折叠好掩在柜缝中。此时，几个日本鬼子已经砸开街门冲进了院子，其中一个鬼子用刺刀对着我老姑的前胸大叫“死了死了的”“马猴子（八路军）的干活”“良心大大地坏了”…… 好在我老姑机灵，趁鬼子不注意，一溜烟儿跑到村维持会。维持会长董殿忠及时赶到，哄走了那些日本鬼子。事后我老娘说，那个日本鬼子进屋以后寻找地道口，用枪托敲遍了地上的每一块地砖。如果是以抢劫财物为能事的“白脖子”，必定会打开三节大柜，那么我老娘和老姑肯定就完了，到现在我老姑想起来还后怕。

另有一次，我老娘和大姑、二姑、四姑等正在家里吃饭，鬼子突然闯进我家搜查。我老娘迅速跳到外间屋马槽边，用草料篓子把自己扣起来。鬼子拿起炕上针线笸箩中的鞋底打了我几个姑一顿嘴巴，还把吃饭的筷子折断威胁扎死她们，但是她们最终也没有说出我老娘的去向。

当然，有时候也闹一场虚惊。有一次，赵英正和我老娘商量工作，突然大街上来了敌人。她们就带着我二姨李秀清、小房客王绍昌等两个孩子，还带上大饼、湿毛巾，钻了地洞。过了一会儿突然有人砸地洞口，她们都吓出一身冷汗，以为地洞口被鬼子发现了。可是等了半天也不见鬼子下来，仔细一听才知道是王绍昌的母亲。她说：“鬼子走了，都出来吧。”从那儿以后，我家的地洞改造成了地道，直通野外。那时候是白天干农活，夜里挖地道。湿土不敢倒在自己家中，就倒在村边空地上去。即使这样，也引起了敌人的怀疑。有个伪军队长找到我老娘问这一带有没有地洞。我老娘说有哇，村边经常出现湿土哪能说没有呢！伪军队长高兴了，要我老娘带他们去找。我老娘说那是八路军藏身的地方，能让咱们老百姓知道么？伪军队长泄了气。我家的地道就在正房的东套间，与日本鬼子据点一墙之隔，好像挖到了鬼子炮楼的底下。地道口是炕沿底下的炕箱子，木板上镶卧砖，关上这个小门，外边根本看不出来。

还有一天下午，四五十个伪军直奔我家而来，把门口都堵上了。我老娘和老爹实在无路可走，就蹲在院内新修的半截厕所里边，不被发现更好，倘若被发现就说是正在坌厕所。这时一个当官的伪军走进院来直呼“表姐”，我老娘认出是打入敌人内部的地下党才敢出来。那人说：“表姐别怕，我不让他们进来。你要赶快通知大魏庄的党组织转移，今天晚上，敌人要对他们采取行动，我是其中的一路。”于是老爹装成走亲戚，一路小跑通知了大魏庄的党组织，然后才顺便到老岗村我姥姥家真正走亲戚，次日还帮我姥姥家干了一天农活，直到傍晚才回来，害得我老娘在家里白白着急了一天。

我奶奶靳荣花说，有一回赵英还带来一个受伤的八路军战士，在我家里做的手术。当时条件很艰苦，没有手术台，就把我家吃饭的桌子当手术台。没有麻药，我老娘只好用毛巾把他的嘴捂住。做完手术，过了几天他就被接走了。我老娘上过几次前线，回来后对“枪林弹雨”这个词有了与众不同的解释。她说，为什么叫“枪林弹雨”呢？因为许多枪一齐开火，那声音是“唰唰唰”的，就和下雨的声音一模一样。

解救董凤鹅

我家的南街坊叫董凤鹅，我们两家隔道为邻。他是典型的老贫农，因为一只眼睛有残疾，所以相亲是让他堂兄董凤芹代替的。他老婆嫁过来之后发现真相就整天地哭，两只眼睛都哭瞎了。后来她生了个儿子，两只眼睛却是好好的，因此他家被乡亲们戏称为“三口人，三只好眼，三只坏眼”。

董凤鹅有个远房亲戚叫牛某荣，在我们村里当八路军的驻村干部。有一天董凤鹅的老婆急急忙忙找到我老娘说：“他老婶子，快救救你二哥（董凤鹅）！他被牛某荣带着八路军抓去要活埋，奔村北去了。牛某荣说他盗卖公粮是汉奸。天大的冤枉啊！”我老娘听后立即追上他们，发现几个八路军战士和村干部将董凤鹅五花大绑正要出村去活埋。我老娘挡住了路，坚决不让他们草菅人命。牛某荣说：“董凤鹅是汉奸，把村里藏到他家的几万斤公粮给盗卖了。”他还威胁我老娘说，保护汉奸，就与汉奸同罪！我老娘认定这是一个冤案。她了解董凤鹅，认为董凤鹅没有那么大的胆子，也没有那么大的能力。在我老娘的坚持下，另外几个八路军站在我老娘的立场上，暂且将董凤鹅关押起来，待事情查实后，再作处理。

后来我老娘通过在县里工作的一个“表弟”，叫来调查组才查明了事情的真相。原来，以牛某荣为首的几个村干部为八路军某部征收了几万斤公粮，不敢藏在自己家里，就藏在贫农董凤鹅家的玉米秸垛中。因为敌人经常出击，董凤鹅怕被翻出来担不起责任，也怕自己全家遭殃，所以就经常催促牛某荣把这批公粮弄走。后来牛某荣听说这支八路军队伍已经被敌人消灭了，不可能再来取这批公粮了，于是他就伙同其他几个村干部给盗卖了。没想到过了些日子，这支“被消灭”的八路军突然来取公粮。他们都吓坏了，谁都不敢说实话，所以他们就栽赃董凤鹅。等上边弄清了事情真相后，几个村干部都受到了批评教育，并且如数归还了公粮。董凤鹅两口子除了感激八路军及时纠正错案外，还经常提起我老娘对他家的救命之恩，称我老娘是“活菩萨”。

出席“群英会”

我老娘自从参加共产党以后，不但在对敌斗争方面作出了重要贡献，而且在解决群众生活方面也竭尽所能。值得一提的是，她把家里的积蓄拿出来，买了一套碾子、石磨和一个大扇车，并且专门为它们盖了两间房屋，供全村及邻村人免费使用了几十年。每年年根儿底下，到我家碾米磨面的人络绎不绝，排序到四五天之后。

新中国成立后，我老娘多次受到县区政府的表彰。1960 年 7 月，她光荣地出席了霸县县委组织的霸县畜牧水产群英会，受到了县委的表彰。直到改革开放初期，我家墙上还贴着两张底纹印有“无尚光荣”和牡丹花图案的奖状。奖状的纸早就发黄变旧了，主要内容是“成绩突出，以资鼓励”之类。在我的记忆中，正文都是用毛笔认真书写成的，年头较早的一张文字秀气，是冀中十分区颁发的，较晚的一张文字粗犷，是霸县委员会颁发的。另外还有一个中号的白漆茶缸子，对着手柄的正面用红漆油写着“霸县文教系统先进集体先进工作者代表会议奖”。其中“霸”字用的是“坝”，“县”字下方呈菱形，“系”字的上端呈药葫芦形，“工”字类似“互”字，“者”字日的右上方多一点，

“奖”字很大，居于其他小字围成的半圆形中央。

党组织在哪里

1947 年 8 月至 1948 年 2 月，国民党反动派对平津保三角地区进行了大规模的反复的拉网出击，进而将这里全部占领。地痞流氓、恶霸地主组成保警队和还乡团，县内有 70 多名党员、干部和土改斗争骨干被杀害，我们本家大伯张海，就是在这个时候被还乡团砍死的村干部。大清河以北地区一片白色恐怖，我老娘所在的赵英那个党支部只好撤到大清河以南，我老娘和我老姑等人留在地方工作，从此她们便与党支部失去了联系。新中国成立以后，她们这个支部所在的霸县一、六区，如宫岗、老岗、双堂、冯村、大魏庄等都划归雄县，所以在霸县史志办公室和档案馆找到的资料就很少了。

尽管我老娘是西下岔河村的党员，但是她并不直接参与西下岔河村党支部的活动，因为不是同一个支部，不过她同西下岔河村党支部有着许多横向的联系，并且一直担任西下岔河村妇救会主任的工作，所以在西下岔河村的一本横向翻看的老《村民花名册》上，为我老娘这样记载道：“李忠先，1920 年生，1939 年12 月入党，1947 年 8 月党组织去（大清）河南，失掉了联系。”

新中国成立以后，我老娘一直想找到与她失掉联系的党组织。20 世纪六七十年代，她虽然打听到了赵英夫妇等人的消息，却赶上了当年与她生死与共的老战友都受到了严重的冲击……80 年代，老娘派我去于家庙村找区助理员多端福。多端福曾经被敌人捉住，被关在土坯房里准备处死，他居然边撒尿边掏洞一夜之间跑回来了。可是多端福怎么也想不起来李忠先是谁了，只记得我老娘的一个队员叫董月。他儿媳告诉我，公爹得脑血栓好几年了，有许多事记不起来了。事后我老姑张绣彩说：“你妈那名字是假名，没人知道，当时你应该说‘张科嫂’他就知道了。”就在2009年夏，我老娘带着这个遗憾和对党组织的眷恋离开了人世，按照农历来算享年90岁。弥留之际，她多次呼唤：“赵英，你在哪儿呢?”

我老娘用她一生的实际行动，践行了她忠于革命、为共产主义事业奋斗终生的誓言。

胜芳人民的红色荣耀

孙东振

2019 年 2 月 16 日，己亥年正月十二，我们采风团一行在女作家胡芳芳的陪同下游览胜芳，近距离接触这座千年古镇的风土人情。芳芳挎着相机，步履轻盈地带着我们穿街走巷，边走边聊。她介绍说，胜芳古镇可看的内容很多，张家大院、王家大院远近闻名，是必看的地方。

此时正值胜芳盛大花会闹元宵，胜芳成了欢乐的海洋。我们穿过人流，从武庙前街右转，向西走进一条不宽的街道，前边不远有一处精美的清代建筑，这便是张家大院了。

张家大院是一座有着 189 年历史的大宅，至今保存完好。游览这座省级重点文物保护单位我是有心理准备的，无外乎奢华、精细、高大等等吧。类似的大院在各地我也去过一些。进到大院，一切想象都得到了验证。这是中西合璧的北方民居建筑的范本，四周高大院墙上的垛口和女儿墙昭示着建筑的时代特征和主人的防御心理——战乱年代这里完全可以作为一座居高临下的坚固堡垒，易守而难攻。一行人观罢豪宅，让我们发出惊叹的是，这里竟是一处极其重要的革命文化历史遗存！

让我们回到 1948 年 11 月 20 日，即中央军委作出发起平津战役决定后的第三天。为顺利接管天津这座帝国主义势力和国民党政府长期盘踞经营的中国第二大工商业城市，中共中央指示东北局："请黄克诚以尽快速度结束工作，率干部随东北野战军南下，黄并准备担任天津军管会主任兼天津市委书记。"当时，47 岁的黄克诚正在中共冀察热辽分局书记兼冀察热辽军区政治委员任上，接到中央指示，他火速率一批干部入关，其中包括由周恩来和陈云从沈阳抽调的 30 多名干部。入关后，黄克诚被中央任命为中共天津市委书记兼军事管制委员会主任，黄敬为市委第一副书记、军事管制委员会副主任兼天津市市长，黄火青任第二副书记，办公地点就设在这个张家大院。

随后，从中共中央华北局、华北人民政府、石门市委、渤海区党委、冀鲁豫区党委等部门抽调的 7400 余名干部以及之前为保存力量从天津撤到胜芳的地下党员，各区党委党校和大学学生及少数工人积极分子都集结到胜芳，进行接管天津的各项准备工作。华北古镇胜芳，因为城镇规模较大，经济基础较好，距离天津前线的距离合适，水陆交通便捷，又有长期积累的坚实的党组织和群众基础，因此幸运地成为了此次重要集训的最佳选择。历史把这个光荣交给了胜芳，胜芳稳稳地接住了。

从张家大院引出的电话线通向周围广大范围的民居里，各个方面的接收单位被分配到不同的老乡家。7400 多人啊，即使每户住上十几名干部，也要六七百老乡家支持，小村还真揽不下这个大活儿。相关命令从张家大院源源不断发出。据说，黄克诚经常是左右两只耳朵同时听电话，回答来自各方面的请示。在张家大院，200 万天津人民的生活，天津的党、政、军、民、学、工、商、交通、水务、金融乃至与天津租界的关系，国民党特务的破坏活动，反动会道门的诋毁和他们对不明真相群众的煽动都是黄克诚必须认真考虑的。这是一个庞大的系统工程。天津地下党组织转来的密信不断被送进张家大院。中共中央和毛主席对黄克诚等同志寄予了厚望，密切关注着胜芳方面传来的消息。这真是一场大考。

前后算起来，黄克诚负责接管天津的准备时间是 54 天，工作极其复杂、艰苦。这一次，不仅要把城市接下来，而且要接得好。

我们可以想象，胜芳镇里住满了身着黄绿色军服的解放军干部、教师以及商人模样的人。他们不少人戴着眼镜，上衣兜里插着钢笔；他们身上满是征尘和硝烟的气味，很多人从未去过天津这个大城市，好多人熟悉的是乡村斗争，是堡垒户和游击战，他们当中绝大多数人缺乏与城市打交道的经历和经验。他们按照未来的分工集中在不同的院落里，听东北赶来的 30 多名同志介绍接收沈阳的经验教训——在这方面他们就算是专家。大家埋头学习《天津市军事管制委员会工作纲要》《关于接管工作中几个原则问题的决定》，背诵《接交注意事项》《移交守则》《军管人员入城纪律》《入城须知》等接管政策。为警示所有参训干部，郭沫若的《甲申三百年祭》成为必修课。这篇文章深刻揭示了李自成等农民领袖胜利打进北京后，因为骄傲与腐化迅速导致失败的教训。文章发表那年正是李自成起义失败 300 周年。延安时期，毛泽东同志曾号召全党学习这部著作，以便中国共产党人跳出民主人士黄炎培与毛泽东议论未来时提到的“其兴也勃焉，其亡也忽焉”的历史周期律。

农家院落升起了袅袅柴烟，老乡们尽量把炕烧得暖一些。这些天津未来管理者几乎忘记了休息，忘记了寒冷，他们在奋力学习。不时有背着公文包、挎着步枪的解放军通讯员从张家大院跑进跑出，传达接管委员会的指示。黄克诚同志正在大院的办公室里伏案疾书，桌上的文件足有半尺厚，桌上的电话摆成一排。隔壁参谋们尽量把摇动电话机手柄的动作放轻缓，接打电话的音量尽量压低些。

1948 年 12 月，干训班结束那天，黄克诚健步走进设在张家大院里的接管天津高级干部会议现场。他发表了著名的《关于接管天津的任务与方针》。这篇文章坚决贯彻党中央毛主席“各按系统，自上而下，原封不动，先接后分”的指示精神，吸收沈阳接管经验，结合天津接收工作实际，成为接管工作的行动指南。

1949 年 1 月 14 日，天津攻坚战打响。与此同时，黄克诚与黄敬率领接管天津的 7400 余名干部进入战役指挥部所在地杨柳青，战役总指挥刘亚楼同志已经在那里等候。就像接力赛一样，这就是交接棒的一瞬间——接管工作已经箭在弦上！

1 月 15 日 15 时许，13 万国民党军被歼，守将陈长捷等 29 名将军级军官被俘，天津解放。1 小时后，黄克诚冒着尚未散尽的硝烟，在周围不时响起的零落枪声中，率领军管会干部进入市区各处，在地下党组织的配合下，开始对天津进行全面接管。

下面是接管工作取得的辉煌成绩，充分验证了胜芳集训工作扎实有效：

天津解放当天下午6点，冀北电力公司天津分公司所属的两个发电所和一个变电所开始发电，天津自来水厂和济安自来水公司开始向市民供水。次日，天津第一发电厂复工，全市供电恢复。第三天，电车开始通行。第四天，公共汽车大部恢复通车。第五天，各医院相继开业。第六天，天津市菜市场全部开业，粮食、蔬菜源源入市，市贸易公司粮油部开始配售面粉，一般物价渐趋稳定；人民银行公布兑换金圆券比价，天津分行通告优待兑换办法，金融稳定；邮局开始营业，电话大部分可用。第七天，市区供水全面恢复。第八天，7条有轨电车通车。第十天，各路公共汽车全线通车。正月初六，全市公立、私立大、中、小学相继开学。正月初八，已有350余所各类学校正式复课。正月十一，南开大学正式复课。

为了使广大市民过好天津解放后的第一个春节，军管会颁布了《暂时工资发放办法》。各工厂、邮政、电信、铁路及技术机关，1月份工资折成人民券发给，采取现金与实物按比例形式配给，广大市民深受感动，热烈欢迎。

至1949年2月中旬，军管会共接管国民党天津市政府及所属机关、单位737个。在近一个月的时间里，天津工商业陆续开工复业，社会秩序和人民生活稳定，城市功能迅速恢复。共产党人以自己的实际行动向天津人民交出了合格的答卷，创造了我党在城市接管工作中的“天津方式”。

天津的解放与顺利接收再一次有力地证明，从长征、抗日等血与火的历练中走来的中国共产党不仅有能力战胜貌似强大的国民党反动集团，而且有能力管理好一个城市，给那里的人民带来幸福与安宁。北平、南京、上海等尚未解放的大城市中的人民受到极大鼓舞，人民热切地盼望着共产党解放军的到来。不久，北平和平解放。

天津的接收工作所起到的示范作用得到了毛泽东主席的充分肯定。1949 年 5 月，毛主席在北平香山召见黄克诚，对天津的工作大加赞赏。会见结束后，毛主席用两个炒菜一个汤，外加上一碟霉豆腐的盛宴款待黄克诚。对于黄克诚来说，这无疑是个殊荣。不久，黄克诚与程潜被中央派往湖南，因为那里解放在即。

张家大院见证了人民解放战争的重大历史事件，见证了中国共产党人在前进征途中不断学习进步的那段辉煌历史。发扬革命传统，争取更大光荣，这也许就是我们最需要做的。

走出张家大院，向右一转，便是武庙前街。震天的锣鼓声中，密集的人潮如绚烂的河流一般翻腾着欢乐的浪花，向文昌阁进发。南面的大牌楼已经赫然在目。转过牌楼，阳面“护国庇民”四个大字正在阳光下熠熠生辉。我的眼中恍惚出现了胜芳人民欢送解放军开赴前线的壮美画面，中亭河上胜芳人民为军管会安排的船队也正蓄势待发……

津西纪事

杨树臣口述　阎伯群整理

魏大光举旗抗日

1937 年日本人占领天津后，津西地区到处都是拉杆子的抗日武装，魏大光和他的 27 支队是最有名的。

魏大光是霸县大韩家堡村人，一家子给霸县台山村韩家当佃户。韩家是大财主，就是韩复榘的家族。

魏大光从小好交朋友，什么人都交，其中就有个叫辛有成的人。辛有成是个土匪。1935 年，商震的抄匪队来霸县，没抄到辛有成就抓魏大光。因为魏大光给隐藏在青纱帐里的土匪送过吃的，被人告了密。正巧，魏大光去赶集，知道后没敢回家，跑到了天津。魏大光的爸爸魏宝顺遭连累，被抄匪队弄到堂二里镇，放在了铡刀下，多亏大韩家堡的村长郝兰求情才没下手。不过，后来魏宝顺还是被枪毙了，死在信安镇。

在天津，魏大光有一个表舅叫张乙臣，在天津警察总局特务队，魏大光就投奔了张乙臣。张乙臣安排他在码头扛大个儿，晚上在特务队住。特务队每天有请假回家的，谁走就住谁的被窝，一个队的人都管他叫“外甥子”。这个阶段，天津掀起抗日救亡热潮，魏大光认识了好多爱国青年、有识之士。

有一天，魏大光联络沧县的一个小伙子，还有天津警察总局局长程希贤手下一个姓刘的人，偷了张乙臣的撸子（一种手枪），半夜钻进日本工厂里面掐了电线，砸了设备，还写了抗日标语。

为这事，张乙臣差点掉了脑袋。沧县的小伙子让日租界的侦探长王子清给抓住了，交待出是张乙臣的枪。特务队队长杨恩华亲自审问张乙臣，最后确认手枪是被偷去的才拉倒。

魏大光被关了半年多，赶上七七事变爆发，犯人们砸开监狱，魏大光也跑了出来。

魏大光跟张乙臣商量，准备回家拉队伍抗日，张乙臣很支持。这之前，张乙臣给老家的三弟张炳臣买了一把头号的撸子，提防村里的仇人找麻烦。魏大光这一回去，正好可以壮大张家的势力，抗日救国更是好事。张乙臣给了魏大光一支驳壳枪，还推荐了自己的盟兄弟李长太跟着魏大光一块儿回乡。李长太外号大老黑，是文安县城东李家庄的，在特务队混过，拉队伍有一套。

魏大光找到张炳臣，又联系了牛百万村的马金堂、策城村的曹玉康兄弟，劫了一辆汽车，前往大韩家堡村收财主的枪。村长郝兰听说魏大光是组织抗日队伍的，头一个捐了枪。又在村里收了 10 多支大枪。不久又收了北董家堡、郝场、四间房等村的枪支，人也发展到好几百，按照津西一带 12 支民众抗日武装的排序，队名叫“八大队”。

这支抗日队伍主要活动在永定河以南、大清河以北，也就是武清、安次、永清、霸县几个县的结合部，是一支绿林武装。

出入廊坊

七大队的队长叫王庭文，与魏大光是过命的弟兄。魏大光第一个联合的就是王庭文。两队合并为一处，统一指挥。

王庭文是堂二里村人，他父亲王玉山是本村保卫团的团总，他接任父亲的职务，打出了抗日的旗号。

魏大光和王庭文找到堂二里村大资本家冯孝光家的管家筹集抗日经费。这时，冯家已经搬到天津避乱，东家也已经吩咐给管事的，只要是抗日的就一定资助。所以，魏大光筹集到一大笔钱。

魏大光打听到，卢沟桥事变时，国民党 53 军驻守永定河一线，撤走以后在廊坊车站附近的一个村丢下了枪支、迫击炮、弹药等，一个叫吕七的商人花钱买下来，转手倒卖。魏大光派四舅家的表弟陈绍田负责买武器。陈绍田曾在天津当钳工，熟悉枪支制造、修理。

那时候的廊坊只是一个车站，周围是小村庄，属于安次县管辖。陈绍田通过关系找到吕七，吕七却说："枪是有，可我的枪是直奉交战时张作霖留下的破烂货，早该扔了，你看不上。"把陈绍田给挡在了门外。

陈绍田没有走，在附近村里转悠了好几天，摸清了情况，又找到吕七的儿子小库，把自己的底细讲了，和小库交了朋友，吕七才相信他。原来，吕七的货有了主顾，准备卖给安次县的一支队伍。陈绍田说：“我也不叫你为难。长短枪我一把不要，随你卖给谁。我光要机枪和小钢炮，不怕家伙大！”

吕七被陈绍田的口气镇住了，不敢再搪塞。陈绍田套大车，往返拉了几次。廊坊一带，日伪、土匪横行，永清县还有汉奸王二的队伍，路上一关接着一关。为了防止暴露，每次都是采取不同的方法通过关卡，还要保证路面上安全。其中有一次，陈绍田组织了一场热热闹闹的“大出殡”，把机枪藏在棺材里。

参加出殡的人都是魏大光的队员，借了一副棺材，有扮杠夫的，有扮孝子的。只有赶车的老头是雇来的把式，居然不知道这是演戏。陈绍田穿着一身孝服，手里提着蒲包，包里有的是点心，有的是钱票子，准备随时买通关卡。蒲包是精心准备的，按当地风俗，白事的点心蒲包上是一层蓝签儿，挂着两个纸做的金锞子。路过伪军的关卡，递上点心，伪军打开就吃，一路放行。路上遇到劫道的土匪，就打开盛钱的蒲包，土匪也不为难。

陈绍田一共弄来机枪 4 挺，迫击炮 3 门，手榴弹、子弹、炮弹多箱。他经手的钱没数，却没贪污一分钱。

魏大光也对得起陈绍田，给自己的四舅陈国明送去了两车礼物。陈国明说：“趁早儿拉走！”没留下。陈国明拿出了自己在天津做买卖赚的钱，交给魏大光买枪，还领自己的二儿子陈绍义也参加了队伍。

黄久征的部队称为“黄旅”

津西一带，独立于 12 支抗日武装之外的，是黄久征领导的一支土匪抗日队伍。他们活动于大清河沿岸，西起雄县，东到杨柳青，被称为“水匪”。

黄久征，原名黄金武，霸县黄庄子村人，以给本村财主打短工和捕鱼为生。

1935年霸县闹土匪，危及官僚地主的利益，国民党派来唐永良团剿匪。这次剿匪，由于情况不明，真正的土匪跑掉了，错杀了不少好人。黄久征也被抓了起来，白坐了8个月的牢，还因为受刑将腰弄残。他一气之下，于当年冬天真的当了土匪。

黄久征在石城村借来一支枪组织黑队，有刘士荣、邱金、牛小晌、岱小林等人，到年底就不干了，揣着一支枪上天津拉洋车。去天津前，他还在武将台村弄了一支枪，送给了牛小晌。在天津，黄久征砸了一家银号，被捕，后来被堂兄黄金库搭救出狱。黄久征出狱后，在台山村岳父家借来枪和钱拉队伍，夏秋之际，利用青纱帐活动。冬春之际，乡下没有了屏障，他就上天津藏身，加入帮会，认郭仁堂做师父，和袁文会有了联系。

到抗日战争全面爆发前夕，黄久征手下已有七八十人。这时，他打起了抗日的旗号，在静海台头的苇荡里打了日本小汽船，在信安收缴了原国民党的两个警察局，在霸县打开监狱，放火烧了文书档案，放走了犯人，沿大清河向西发展，队伍扩大到近千人。

黄久征想弄一个名正言顺的番号，牛百万村的马金荣和黄树型出面去省里找张荫梧联系。张极力想扩大自己的力量，就给了一个“河北抗日民军独立混成旅”的番号，任命黄为旅长。到

1937年的农历腊月中旬，战士们都戴上了黄地红字的“河北抗日民军黄旅”的臂章，“黄旅”是大字。从此，黄久征的部队被称为“黄旅”。后来张荫梧向“黄旅”要1万元的费用，黄久征说：“我们没有钱给，过去当三儿（土匪的俗称），抢老百姓的，现在上哪儿弄去呀！你得给我们发给养和枪支弹药，否则我们就自己干。”马金荣和黄树型去找张荫梧谈判迟迟没回来。

1938年1月，天津日军和汉奸袁文会想收买黄久征以扩大汉奸力量，派黄金库来当说客。

黄金库家住天津，早年加入青帮，是黄久征的副旅长。他从天津带来青帮师兄沙树平和两个日本军官，在腊月二十一来到黄庄子村，用升官发财拉拢黄久征，日封黄为“津西司令”，袁文会封黄为“津西护航大队长”。

这时，活动于任丘、雄县一带的八路军河北游击军五路军总指挥高士一也派代表高宏图通过联络人徐宪章一起来到黄部，住在黄久征家对门黄金品家，和黄久征的妻子黄绵绵及副官张金树接触，讲明联合抗战的来意。

淹死日军说客

腊月二十四夜，黄久征在家中召开了主要头目的会议。参加会议的有董桂芳（黄旅一团团长，其他团未成立）、李宝伦、冯振海、郝庭桂、张金树、黄绵绵、黄金库，主要决定部队投向哪里。大家争论得非常激烈，有三种意见：第一种，以董桂芳、李宝伦为代表。他们出身国民党的保卫团，又是民团主力，支持河北抗日民军黄旅，认为这是正牌军，自己也得到了委任，都戴上了臂章，而且符合大家的抗日目标，应该干下去。董桂芳说：“目前，马金荣和黄树型去河北民军司令部谈判，不能轻举妄动，失去机会。”

第二种意见以黄金库为代表，接受日军的委任，当皇协军，这样有钱有枪，升官发财、吃喝玩乐的目的可以达到，一旦不行了就散伙搬到天津一住了事。

第三种意见以黄绵绵、张金树为代表，接受八路军改编，当真正抗日的兵，绝不投日寇当汉奸。黄绵绵在民族大义上是非分明，非常支持丈夫的抗日行动，更愿意丈夫跟共产党走。

黄久征拍板说：“我们宁可当土匪也不当汉奸。国民党抗日民军是假抗日，我们归了他们，他们不但不给给养，不发武器装备，而且向我们要钱。我们自己干也不跟他们。八路军说话算数，是真正抗日的，我们还是当八路的好。”

争论的结果，只有黄金库坚持投靠日本当汉奸，黄久征一看当面不好说服，就说：“咱们俩单独商量一下吧。”二人到了黄久征的后院，仍然僵持不下。最后，黄久征说：“咱们还是回去吧!”

出了后院，顺胡同走，黄金库在前，黄久征在后。黄久征想，回去也是没办法，灵机一动:“我将你赶跑算了。”于是掏出枪，照着黄金库头顶连放三枪。黄金库吓坏了，冲出胡同向西跑了。黄久征并不追赶。前院开会的人都拿枪出来，碰上了黄久征，黄说：“没事，我把他打跑了。谁想当汉奸，我就和他断交，哪怕是亲弟兄。”

回到屋里，大家做出了决定：接受八路军改编！黄久征当即命令张金树、郝庭桂、徐子元、黄维俭等将两个日本说客捆起来，撂到村南冰窟窿里。他们趁夜色将两个日本军官抓来，在邱家河凿了一个冰眼，将两个日寇扔了进去。

还剩下沙树平。有人建议一不做二不休，一块儿干掉。黄久征说："杀日本人是我的主意，我兜着。沙树平不能杀，当年我在天津躲着的时候，仗着沙树平掩护，我不能忘恩负义。让他给袁文会送个信吧，就说我宁死不当汉奸，铁心抗日了！"于是，派一个拖床（冰爬犁）把沙树平送到了杨柳青。

抗日自卫会深入津西

在王庆坨、东沽港一带，活跃着群众抗日武装十一队，队长是徐立树。

七七事变前后，日军的两个宣务班到津西宣传"大东亚共荣圈""中日友好"等，可是军队一出动就是烧杀抢，王庆坨、东沽港几次被烧杀，究竟杀死多少人，也弄不清了。国民党的县长为了阻止日军追击，号召大家扒铁路，徐立树也参加了。不过后来县长逃跑了，剩下无依无靠的老百姓。在这种情况下，徐立树在东沽港成立了自卫队，保卫周围的村子不受日军、伪军、土匪的骚扰。

徐立树的队伍来源有两支，一是马道口村民团，二是陶河村民团以及 26 支队的部分人员。这支队伍活动于津保公路两侧的村庄里，宣传抗日，打击汉奸特务，4 个多月的时间，发展到了

400 多人，队伍改称“抗日自卫大队”，徐立树任大队长，吴淮之任副大队长。1937 年 10 月，抗日自卫大队曾去攻打王庆坨敌人据点。当时我军装备差，中队虽有一门小炮，但由于炮弹是通过内线从天津敌人那里买来的，结果打在敌人岗楼上不爆炸，加之我军是新组织起来的，只有消灭敌人的勇气，缺乏实际战斗经验，又因攻打时间较长，王庆坨的敌人邀来杨柳青敌人一齐出动，所以我军遭受了很大的损失。

因为距离天津最近，所以徐立树的队伍成为了共产党领导的地下组织华北人民抗日自卫会争取的目标。

华北人民抗日自卫会派安玉树、郭端、王同安、李公侠到东沽港，讲抗日救亡的道理，号召大家团结抗日，一致对外。

安玉树是王庆坨三河曾人，熟悉这一带的情况，能够出谋划策、指导队伍的发展。郭端是个女同志，上海人，夫妻二人来到天津从事党的地下工作，善于宣传，人称她“大老郭”，霸县东部地区许多早期发展的党员都是她发展的。王同安是个大学生，东北人，知识分子，人称“王眼镜”。李公侠是霸县樊李杨村人，1935 年就在天津市党特科工作，多次回老家组织进步青年传播革命思想，进行党的秘密活动。七七事变后，李公侠还组织了家乡的抗日游击队。

不过，在徐立树的眼里，魏大光是个土匪，所以他们互相有戒备心理，都守着自己的地盘。八大队向他们要粮，他们不敢不给，因为实力不如魏大光，惹不起。后来通过打交道，他们发现都是抗日的队伍，因而彼此联系紧密起来，交了朋友。

安玉树、王同安等人在争取徐立树部加入华北人民抗日自卫会后，又进入了魏大光的队伍。早在天津避难时，魏大光就受到了爱国学生抗日救亡运动的影响，对共产党全民抗战的主张非常拥护，安玉树等人一来，正合魏大光的意，立即接受了华北人民抗日自卫会的领导。

魏大光受命团结津西十几股抗日武装，组成一支联合抗日队伍。

“留胡子的人”

李公侠是1931年在天津参加革命的，1935年入党，西安事变后回老家，与组织失去联系，在家乡组织了抗日游击队。1938年他又重新入党。

与李公侠一起拉队伍的都是樊李杨村、寨上村、策城村的亲戚朋友、青年学生，由李公侠和翟仰之挑头。李与翟都是本村学堂的教员。李带着他的两个弟弟，翟带着他的两个侄子、表弟，还有族叔，随八大队去永清南关打汉奸。随后，青年学生四五十人陆续参加队伍。

这一年，翟仰之已经41岁了，看上去很老成。翟生于读书世家，23岁时在北京陆军讲武堂当军需官，25岁在北京故宫护军管理处当书记官，26岁在京师警察厅当科员。31岁这年，翟仰之的四哥翟缉卿在直鲁联军第16旅当旅参谋长，翟仰之被四哥邀请，去当书记官。第16旅扩编成军以后，他还当书记官。第二年，直鲁联军被白崇禧缴械解散，翟仰之兄弟二人回了家。

1938年年初，李公侠和翟仰之的游击队并入八大队的行列，归魏大光统一指挥。李公侠配合华北人民抗日自卫会，在八大队内部工作。翟仰之给魏大光当参谋。

有一天，魏大光突然问翟仰之："翟先生，你说咱们这部分力量怎样才能存在下去，成为正规部队打日本？"

翟仰之回答了一句笑话："非留胡子的不可！"

"留胡子的人？"魏大光不懂。

翟仰之没解释，给他个闷葫芦猜。

隔几天，魏大光又问了两次留胡子是怎么回事，翟仰之还是不挑明，笑笑就过去。

这段时间，华北人民抗日自卫会的同志秘密来到堂二里，不断与魏大光等少数几个人探讨、协商，改编工作已经有了眉目。翟仰之也感觉出魏大光从里到外的变化。

魏大光看四外没人，捅捅翟仰之说："胡子就是这个吧。"他用手比画了一个"八"字。翟仰之点点头。

魏大光说："我琢磨了挺长时间，没有八路军、共产党，我这一帮弟兄还是一盘散沙，早晚叫日本吃了，根本打不了日本。这可不是一般的打仗，是国家对国家，不拧成一股绳不行。"

翟仰之说："不这样，咱们不能在一块儿干的。"

魏大光又告诉翟仰之："从前，咱们两个人谁也不认识谁，谁也不了解谁，所以这话是轻易不能出口的。现在，你我了解了，谁全知道谁的心思，才敢说出来。不过，这套话出我的嘴，入你的耳，千万不能向别人泄露。不然的话，要是坏人知道了，我就一个脑袋，对我大大不利。"

翟仰之成了魏大光的心腹。无论有什么事情，魏大光都先找他商量，然后再决定。

王锡三部遭屠杀

信安镇有多股绿林武装，有九花娘、王锡三、杨洪才、刘凤全等，七七事变以后都打着抗日的旗号，魏大光极力团结他们，打算一起抗日。

九花娘是个 40 多岁的女人，年轻时是赌场女老板，后来当了土匪，使双枪，在霸县东部很有名，王锡三推举她当了自己队伍的首领。魏大光为了联合抗日，从九花娘入手。九花娘向魏大光提出，如果魏大光认她做干娘，就同意联合抗日。魏大光同意后，王锡三担心九花娘踢开自己，就活埋了她，自己又当上了头子。

驻天津的日军瞅准了空子，派四名特务到信安，秘密与王锡三接洽。特务以发军装、武器为诱饵，诱骗王锡三投靠天津汉奸袁部队并离开信安。王锡三满口答应，只是提出不离开信安。再加上王锡三不断跟魏大光、黄久征部联系，引起日寇、汉奸的不满，打算灭掉他。

日本特务刚走三天，日军就来了，是在 1938 年 2 月 3 日下午。日军先在离信安四五里地的尹华山村打了几炮，信安维持会去人联络，把日军接进信安。日军 200 多人，坐 25 辆汽车到了信安，村外停了 18 辆，7 辆开到娘娘宫，包围了王锡三所在的永和公钱庄。这里住着百十来号人，其中大部分是刚招募来的老百姓，永清渠头村的人最多，还有十几个是做饭烧水的勤杂工。日军翻译说换军装、发枪。日本人在房上架上了机枪，王锡三的护兵李小二说："有这么发枪的吗？打吧！"王锡三说："这是日本人上了咱的当，送东西来了。"王锡三不让打，叫手下把枪从屋里往外扔。日军进来把大家捆上，押着往东走，出村奔了刘家坟。到了坟地，日军把大伙围住，开始用刺刀挑，人们往一块儿挤，压在一起，日军又用歪把子扫射。

幸存的人中，刘培德是个糊匠，在王锡三那儿干活，在永和公钱庄院子里举着一把大刷子跑了出来，活了下来。李云峰是被维护会雇去干杂活的，他被挑在肋部，后背被机枪打着了。康士杰是做饭的大师傅，被挑了膀子和脖子，但人摞人，幸存下来。王汝亮被挑的后心，因有"腰里硬"，没死，在家躺了半年多，没等全好就投奔了魏大光，参加了 27 支队，也是做饭。

包围永和公钱庄的同时，另一拨日军包围了信安万福当，驻扎在这里的 18 人被拉到村西南的外杨家坟。18 个鬼子一人挑一个，直接挑气嗓，全弄死了。有一个人会武术，两手攥着日军的刺刀刃，手掌上肉翻了花，日军从背后又刺了一刀才死。

信安惨案，日军共杀死 87 人，十几人逃生。王锡三怎么磕头也无济于事，被刺刀挑死。

杀完人，日军开车奔了霸县县城。

日军洗劫邱滑黄三村

制造了信安惨案的第二天，驻霸县日军接到命令：剿灭黄久征部。

日军80多人，乘5辆卡车直奔黄庄子而来。当时，黄庄子村里驻黄久征部300余人。村周围都是水，从中亭堤到黄庄子只有一条小路。敌人到小东庄时，因我方破路时将小堤挖断了，所以汽车无法前进，敌人便抓来民夫填沟。

杀死两个日本军官后，黄久征估计敌人不会善罢甘休，便做好了战斗准备。前一天，当得知日军汽车到达信安时，黄久征曾派出了一团的副官长郝庭树和通讯员高光明前去探听情况，进入王锡三的部队时，不幸被日军一起抓走挑死。郝庭树与黄久征部郝庭桂是兄弟。郝庭树被杀的消息传来，五路一团的战士们都想复仇。

村长黄汝池、黄绍州不同意打，找黄久征说："如果一打，不管胜败，这个村就完了，乡亲们就无法生活了。"

为避免老百姓受损失，因此村里动员各家暂时转移，可以找门路躲避，也可以跟部队一起行动。黄久征率部顺小南堤向靳家堡方向走，大部分群众也都奔这个方向，河堤正好拦住敌人的枪弹，比较安全。村里有拖床，在冰上走不比汽车慢。也有向东北逃的，也有向西逃的。

由于日军填沟耽误了时间，村里的群众基本跑光了。敌人过了沟，把汽车停在北大堤上，踏冰迎上来，兵分两路，一路从北面直奔黄庄子村，把重机枪架在大窖上，向群众射击。一路由滑庄子、邱庄子过来，有几挺轻机枪，朝向南跑的人扫射。村民黄永顺向东北十间房方向跑，一手拉着女儿，一条胳膊挎着包袱，敌人子弹打在腰上又穿透胳膊，经过抢救，落了个终身残废。一个王庄子村来拜年的人在逃跑中被打死。邱庄子的邱立年身中两弹，倾家荡产医治无效，不久死亡。志英的奶奶出村不远，腿中双弹……

进入邱庄子、滑庄子、黄庄子三个村的日军先后抓到周老四、邱大黑、王辅臣、滑起成，还有两个外村人，让他们用拖床运送抢来的东西。几个人在搬运重机枪时，不小心摔在地上，除邱大黑外，其他三个人全被挑死。

邱大黑被敌人抓去后，他的老娘在后面跟着，到北大堤，敌人也要挑他，他妈跪着求饶，碰上了个心软的敌兵就放了他。从那儿回来他就当了八路，投了贺龙的队伍，曾在延安大食堂做饭。

敌人进了村，挨户搜查，每家的门都被劈碎，屋里的家什被砸烂。黄金品家房子好，值钱的东西全被抢了。敌人重点破坏了黄久征家，因他儿子黄志民原计划正月初八结婚，把搭棚的东西都借来了，东西也买齐了，敌人把所有东西都捣毁了，水缸里的水流了满屋。

这场劫难促使黄久征立即走上了坚决抗日的道路，部队撤到苏桥镇集结，全队 2000 多人，正式改编为游击军五路第一团。

胜芳商团

津西东淀也叫胜芳淀，东西 40 里，南北 10 余里，胜芳镇就在东淀中游北岸，历史上是著名水乡，也是华北地区商业重镇，有“小天津卫”之称。

1935 年，津西一带闹土匪，胜芳商人联合起来，筹款买枪，组织了一支商团，维护地方治安。大家推选胜芳商会会长戈福生当团总，张星垣当教练。胜芳警察所巡长王祝清在全镇召集了20多个青年，配备武器弹药，渐渐扩大到三个连，300余人，对外称“保卫团”。商团驻北留耕堂祠堂，平时在门前操场训练。再加上胜芳原有的六个路（片区），每路有二三十人的分队，与商团一起巡逻，还动员全镇老百姓修筑了城墙工事。

七七事变后，胜芳镇政府机关随国民革命军第29军一个营南逃，胜芳商会和各路士绅接管胜芳，人们保家卫国的热情高涨，各界齐动员，商团发展很快，扩大到近千人，在西城门、北城门修建了炮台，架起了铁炮。戈福生也成为了胜芳的头面人物。

戈福生，老家鄚州，军阀混战时期在吴佩孚部下当过团长，手里有点钱，退伍后定居胜芳，在胜芳一些大商号里投资入股。

1937年11月的一天，文安县伪县长带20余人从天津乘汽轮来到胜芳，被商团阻于城外。商团中多是爱国青年，准备歼灭这股敌人，公开打起抗日旗帜，参加抗日行列。不过，戈福生和胜芳镇镇长薛文彬等人闻讯赶来以后，制止了商团的行动，将敌伪人员迎接进城。

胜芳镇的财主豪绅们一面周旋应付伪县长，在镇里设立了伪文安县政府，一面将商团的主要兵力隐蔽在村北一个财主大院里，加紧训练，储备力量。

抗日武装人民自卫军第五路决定派人进胜芳做戈福生的工作。他们选中一个叫徐宪章的人。徐的老家是任丘苟各庄，离鄚州不远，与戈福生算同乡。徐过去在胜芳有名的德厚长绸缎庄当厨师，戈福生是德厚长的股东，经常到店里吃饭，很赞赏徐宪章做的饭菜，又是老乡，因而对徐宪章有好感，经常来往。徐宪章能说会道，见过世面，很有韬略。经过研究，第五路派徐宪章以总指挥高士一副官的身份，并以特使的名义，拿高士一的亲笔信到胜芳拜会戈福生。

徐宪章又邀请了德厚长绸缎庄的老板王汇清一同出面。言谈中，徐特别提到第五路总指挥高士一是任丘县四大财主之一，毁家纾难，以此来激励戈福生。经过三番五次做工作，戈福生终于同意了。

1937 年 12 月，第五路授予胜芳商团“第五路第 21 支队”的番号，任命戈福生为支队长，张星垣为参谋长。但是胜芳商团编归第五路后，并未有任何抗日行动，仍然是“顺风倒”。

当黄久征部被收编以后，戈福生坐不住了，知道到了痛下决心的时候了。

第五路进军胜芳

正当戈福生举棋不定之时，第五路总指挥部送来通知，总指挥高士一要到胜芳视察部队。第五路总指挥部的态度很明确，是要戈福生和胜芳商团亮明身份，公开打出抗日的旗号。

如何欢迎高士一的到来，是摆在胜芳当权者面前的一个关键问题，如果公开迎接第五路总指挥进城、视察部队，就等于向全镇老百姓宣布了自己的抗日主张。可是，镇里的敌伪政府人员如何处置？

1938 年 2 月下旬的一天，戈福生从天津请来名角在胜芳唱戏，把伪县政府的要员都请到了戏园子，晚上还要宴请他们。

戏还没散，胜芳镇外响起了枪炮声，一个商团队员找到戈福生报信，说是来了军队攻城。戈福生和在座的人都吃惊不小，戏园子乱了。伪县长一帮人要自卫团守住城门。

戈福生赶紧叫来团副询问情况，团副说："来的是大部队，是自卫军的第五路游击军，好几千人，我们自卫团挡不住。"戈福生安慰在座的伪县长等人说："我们和第五路没有过节，即使打进城来，也不会为难我们。"团副说："五路军喊话了，要活捉文安县长，处决汉奸走狗。"

伪县长吓坏了，后悔来看戏。平时他白天来胜芳，晚上回天津住，就是担心胜芳不安全。伪县政府的其他人员更是吓得不轻，寄希望于戈福生，要么顶住第五路攻城，要么找一个藏身之处。

镇外的枪声还在响，打到半夜，戈福生说："恐怕不行了，赶紧撤离吧！第五路进城是早晚的事。我已经给你们备好了船。"趁着黑夜，戈福生派船把这帮人偷偷送出了胜芳镇。伪县长等人被蒙在鼓里，不知道这是戈福生导演的一出戏。

第二天，一个营的第五路军在高士一的率领下进城，胜芳镇老百姓隆重欢迎。此时正是农历正月，十五虽然已过，但过年的气氛还没散尽，老百姓拉出了高跷秧歌队，欢迎这支抗日的队伍。戈福生站在城楼向胜芳镇的父老宣布：胜芳商团抗战到底，不当亡国奴！

自此，胜芳商团正式改编为人民自卫军第五路第三团，团机关组建了参谋处、经理处、军医处和政治部。部队编成四个营和一个直属特务连，将原自卫团的三个连编为第一营，将六个路的武装分队合编为第二营，另有由富家子弟自带手枪组成的手枪营、由武术会组成的武术营，在第一、二营各连选调了一部分人组成团直属特务连。团长戈福生、参谋长张星垣、经理处处长杨泽民、军医官井振邦、政治部主任蔡仰曾。

第五路军派来靳金、李兰芳等党员到团政治部工作，并从胜芳部队中选调了一些青年学生到军政干部学校和冀中军区抗战学院学习，并秘密发展党员，建立了党支部，成为共产党领导下的一支革命武装。

魏大光被汉奸告密

魏大光与王庭文的部队合并后，统一行动，先后攻打了永清县三圣口、冰窖等村的伪军，获得了一批武器装备。在三圣口村，魏大光牺牲了一个班的人员，打垮了当地的伪军部队。

永清县汉奸王二带着日军四处追击，想把魏大光消灭。1938年2月27日晚，下着小雨，魏大光率队转移到永清县吴家场村，被汉奸告密。第二天一早，刮着大风，日军包围了村子，开始炮轰，后来强攻，包围圈越来越小。魏大光部死守在四合院，三面防守，留下东北面作为退路。魏大光命令王庭文挖开墙洞突围，去搬救兵。

通过房上墙垛口的枪眼，魏大光发现村子东北坟地里的敌人炮兵阵地，每打一炮都是烟气腾腾，魏大光命令机枪手王海轩道："大哥，打炮兵阵地！"王海轩是山东人，当过国民党机枪手，魏大光管他叫大哥。王海轩一阵扫射，日军炮手慌了手脚，一时装炮不慎，引起自炸，死伤10多人。

魏大光又看到南边敌炮以坟地为掩护，便命令炮手王大个子打掉这个阵地。王大个子是胜芳人，也当过国民党兵，有经验，开炮时他只加了半个药包，魏大光不懂炮技，看到王大个子往外倒药就有点怀疑，说："你要投降吗？"王大个子回答："队长不懂，多加了就打过了。"果然，一炮正好落在日军迫击炮跟前，当时炸毁两门炮，日军钢盔飞上天，全班死亡。

日军急了，抓来老百姓，叫人抱着柴禾，提着煤油桶来放火，日军在后面督阵、进攻，几次突击都没成功。游击队放过百姓，枪打日军，敌人连续伤亡20余人，不敢贸然进攻，改为四面包围，一探头就打。我方也无法出击，双方对峙。

下午日头偏西，日军援军到来，又带来迫击炮，连打了四五炮。魏大光的通讯员张树海爬上房，四下望望说："哪来的炮啊？"刚说完，被日军一枪打穿了腮帮子，受了重伤。还有两个人中炮牺牲，一个叫浩国河，一个是马夫。魏大光仍然镇定指挥，准备突围。

这时，十二大队张广太带队伍从西北方向来增援，吹着号，打着枪，老远就听见。徐立树从东面杀过来，他没有接到增援的命令，只是听见老百姓说这里打起来了，估计是魏大光的队伍，便立刻赶来增援。王庭文带着辛章"瞎六"的队伍由东南面来增援，后又改变方向，在西南面进攻敌人。"瞎六"原本在黄久征的队伍里，因为反对黄金库投靠日本人，所以拉起队伍单干，在辛章一带活动。一时间号声、枪炮声、喊杀声四起，日军乱了套，拉着死尸、伤员，逃回天津。魏大光带人乘 5 辆大车，奔向信安方向。

这一仗，日军死亡 40 余人，游击队阵亡 4 人，伤 20 人。当地老百姓都说魏大光是好样的。

27 支队成立

1938 年 2 月 11 日，吕正操领导的人民自卫军派独立第一团（也称“人民自卫军北上抗日先锋队”）在安平整训后，由朱占魁率领北上，开赴大清河北。朱占魁联合河北游击军十二路柴恩波、五路军一团黄久征的队伍攻打霸县县城。早在 1937 年 9 月，日军就占领了霸县，并从天津派过来一个伪县长叫张冠英。侵占霸县的日军，在烧杀完牛庄伙、栲栳圈、善来营三个村子以后不敢在霸县县城久留，撤回天津，只剩了伪保卫团。所以，他们很快被朱占魁等人消灭了。

攻进霸县县城以后，堂二里以西 8 股抗日武装开会，商量下一步怎么办。其中一支回民武装的队长马维周说：“我找朱占魁打日本去。”其他几部分不同意。魏大光说：“我不去，我独立干。”从此，这 7 股武装拥戴魏大光为首领。

3 月初的一天，津西 12 股抗日武装的主要人员聚集堂二里三皇庙，选举 27 支队的领导人。大家一致推选魏大光为司令。

杨洪才主持会议，并从学生代表手中接过了一个红布包，里面是委任状。魏大光宣布华北人民抗日联军27支队成立。学生们带领台下士兵一起喊口号。士兵们集体演练了大刀操，吸引了老百姓围观，也吸引了许多爱国青年，当场就有三四百人报名参军。

27支队的编制也随即产生，副司令荣振华、政委王同安、政治部主任李公侠、参谋长翟仰之。当时党组织是秘密的，以后改编为120师独立2旅时才公开。

27支队设八大处、四个总队、一个直属队。八大处：后勤处（处长刘凤全）、卫生处（处长张作厚）、军法处（处长臧景山）、修械处（处长陈国林），还有军需处、副官处、书记处、政治处。四个总队：一总队（队长王庭文）、二总队（队长杨洪才）、三总队（队长魏大光兼任，刘养吴代理），四总队（队长徐立树）。直属队是警卫队，队长韩让。27支队全队4000多人。

27支队的主要人员结拜为八兄弟。大哥是一位大财主，资助27支队抗日，老二王庭文，老三刘养吴，老四李公侠，老五姓张，疙瘩村人，在27支队成立初期作出过贡献，老六徐立树，老七魏大光，老八韩让。

盟誓时，魏大光把手枪向桌子上一拍，说："不能同生愿同死，抗日到底不变心！"八兄弟饮了血酒，表示："为兄弟敢于两肋插刀，为抗日不怕赴汤蹈火！"

成立后，吕正操司令员派朱占魁到27支队视察工作。朱占魁到27支队后，见到了魏大光和刘凤全，还在27支队吃了一顿饭。朱占魁与魏大光交谈很投机，双方留下了很好的印象。朱占魁向吕正操司令汇报后，吕正操很满意，认为27支队把住了冀中东大门，使天津日军不敢轻易沿津保公路西犯。

良策

刚刚成立起来的27支队很快就发展到5000多人，人多枪少，很多人就是一把大刀，还有赤手空拳的。

27支队首要的问题就是搞枪。参谋长翟仰之给魏大光出主意，建议27支队依靠武、安、永、霸一带老财的店铺，发行票子，即边币，让八路军所辖区域银行收购民间白洋，筹款买枪。27支队通过关系从天津买到印刷机，将机子拆卸成零件，藏在各种包装里，运往堂二里，等零件凑齐后请天津的师傅组装，教给大家印刷技术。27支队晋察冀边区银行很快就印刷出头一批边币。在不损害老百姓利益的情况下，27支队以边币兑换伪钞，用兑换来的伪钞从天津购买枪支弹药。

堂二里镇的大财主冯家、荣家，信安镇周家、王家所开设的店铺都支持27支队发行的票子。也有的公开对抗，霸县的富绅刘玉辰在霸县、天津都开有店铺，仗着官面的势力，拒绝兑换边币。魏大光派军法处扣押刘玉辰的母亲作为人质，派警卫员到天津同刘玉辰交涉，在张乙臣的帮助下，刘玉辰答应了27支队的条件。

有了资金，就有了买枪的本钱。天津的地下党组织打通敌伪人员，大批购买敌人的枪支弹药。

枪支弹药联系好后，如何安全运回根据地，魏大光等人颇费思量。翟仰之见多识广，有了主意。仍然是利用关系，从天津购买食用碱，将碱溶解后，将枪支和碱一起铸成大块碱，枪支就被藏在了里面。运枪分水旱两路。水路运往胜芳，途中买通关卡，到达胜芳后联络胜芳商团予以放行。旱路由扮成军警的 27 支队人员护送，只要通过王庆坨柳小五和扬芬港张凤池部队两个关卡就算成功了大半，再用钱买通本地伪警人员即大事告成。过了这两道关卡，27 支队在半路接应，碰上土匪或地方反动武装拦截，只要一说是 27 支队的货物就放行了，无人敢惹。

大约运了十几次，弄到百十支长短枪、弹药。翟仰之说："这不是长久之计，一旦被发觉，此路必断。"果然，27 支队买枪的事暴露了，被日伪查扣了一批。

魏大光追查下来，发现问题出在队员李伯淳身上，是他不小心走漏了风声。军法处马上抓来李伯淳，准备以奸细罪名枪毙。

翟仰之找到魏大光，说："没有真正的罪证，杀自己的队员不可行。泄密是你我意料中的事，早晚会有人不小心说走嘴。不要把自己的队员推到我们的对立面去。像李伯淳这样的人，即使不在咱队伍里干了，做朋友也行，只要不做违背抗日的事都是我们的好朋友。"魏大光说："大哥我听你的，由你处理。"就这样，翟仰之连夜叫李伯淳离开 27 支队，奔天津谋生去了。

兵工厂

魏大光的老舅陈国林被任命为 27 支队军械处处长。

早在 1935 年，商震的剿匪团来霸县，真正的土匪听见风声早跑了，抓去小韩家堡村一个叫贾春元的人。这个人不务正业，勾结土匪，剿匪队一来，他为了保命就胡乱招供，拉出了一大帮无辜的老百姓。剿匪队队长刘寿清隔着竹帘审讯，贾春元也在竹帘里面，负责辨认匪人，凡是押上来的嫌匪，经他确认后，一点头就杀，所以外号“点头阎王”。

当陈国林被带上来时，贾春元来不及认出到底是谁，就稀里糊涂地一点头，陈国林被押上了法场。

枪毙犯人时，轮到陈国林，剿匪队的机枪出了毛病，怎么也打不响。陈国林大胆走上去，说：“老总，让我看看。”刽子手踹了他一脚，不许动。陈国林说：“我是干手艺的，修过这玩意。再说，枪不中用，我还等得着急呢。”刽子手汇报给刘寿清，刘寿清挥手让他试试。

经陈国林三弄两弄，机枪居然修好了。刘寿清很高兴，饶了陈国林一命，收到队伍里，跟着修枪。后来，陈国林找机会跑回了家，参加了 27 支队，当了军械处处长。

军械处成立了兵工厂，地址选在距离胜芳 8 里地的于家坟。刚开始有 20 多人，在一个大土丘旁盖了五六间房，搭了几间棚子，有刨床、车床，还有一个王八形状的机器，突突响着，屁股后边冒烟，据说是发电机。

后来陈国林把 12 股队伍里的其他小型兵工厂也合并到这里，房子盖起了五六十间。从老远看，除了一片坟地就是人家，像是给大户人家看坟的。工人也增加到 50 多人，不过，因为大多是生手，所以吃闲饭的人不少。

规模扩大后，兵工厂又去天津请师傅。陈国林怕师傅不来，答应给人家多少多少工资，出了成品还有赏。结果来了两个师傅，连夜干，头一个星期就造出了两挺机枪，安装好，试了试，质量挺过硬。两个师傅见了陈国林，提出兑现当时承诺的工资和赏钱。陈国林没想到这么快就弄出了两挺机枪，一时没有准备，拿不出钱来，就说了几句瞎话搪塞人家。可是两个师傅听出陈国林吞吞吐吐，感觉不踏实，过了几天就偷着跑了，回了天津。陈国林后悔没有拢住两个能人。

师傅跑了，军械处干脆改为修械处，除去炮弹改头、子弹换火外，主要是修理机枪、大枪、手枪，另外还造地雷、手榴弹。在樊庄子村开辟了一个手榴弹厂，每天工人们往外运送手榴弹。

这个兵工厂对充实 27 支队军力起了重要作用。1938 年 11 月，27 支队奉命向大清河南转移，改编为八路军第三纵队独立第五支队后，兵工厂移交冀中军区管理，继续为冀中军区服务。

魏大光驰援阎力宣

阎力宣是安次县大沈庄人，民国初年毕业于北京法政专科学校，曾在安次县教育和交通部门任过职务，因不满官场腐败，辞职回家。

阎力宣为人忠厚，讲义气，嫉恶如仇，在社会上结交了各方面的朋友，又有高尚的民族气节，乡亲们都非常尊敬他。他身材魁梧，胡须有半尺多长，后来在冀中十分区任副司令时，人们背地都称他“大胡子司令”。

七七事变那年，他已经 50 多岁了，主动联系附近村庄的群众，献出枪支，组织了抗日游击队。阎力宣还把自己家的钱全部拿出来，买了 4 支步枪和 1 挺马克沁重机枪。这支队伍多是“跟枪户”，就是自己使用自己搞到的枪支。

1938 年春，阎力宣的抗日游击队已经发展到 500 多人。部队没有军装，战士们就穿自己的衣服。有时打完仗还要回自己家中吃饭。部队唯一的标志是右臂上戴一个三角白布臂章，印有戳记。

1938 年 4 月初，阎力宣为了收编地方武装，派了 9 名战士到安次县得胜口村面见保卫团头子，晓以民族大义，争取他们共同抗日救国。保卫团不但不接受收编，还将 9 名战士关押在财主李焕一的院子里。后来保卫团中的亲日分子与日伪勾结，将 9 名战士秘密杀害在李焕一家的粮仓里。

阎力宣知道后，马上率军问罪，来到得胜口村，敌人施以稳军计，否认杀害了 9 名战士，一面虚情假意地将阎力宣让到村中院内，一面派人到王庆坨密报日军。保卫团将阎部团团围住，露出了凶相，企图将阎部一举吃掉，并发起了攻击。激战半日，因力量悬殊，阎部渐渐不支。

正在双方激战之时，驻扎在汉沽港的魏大光 27 支队得到了情报，但对于是否增援阎部产生了分歧。有一部分人认为，阎部不属于 27 支队，以往未有过交往，没必要冒险出兵。

魏大光说：“不管是否属于同一支队伍，只要是抗日的武装就是朋友，只要是日军来犯就一定要打！”魏大光还说：“别人不敢打我打。我有一个警卫班，我带着我的警卫班打头阵，你们做后备。”魏大光抽调了一个小队和一个警卫班，100 多人，飞马奔向得胜口村。

万分危急之际，魏大光率军飞奔而来，阎力宣听到村外枪声，又见敌阵混乱，知道援军到了，带领战士们奋勇冲杀，里外夹攻，敌军大乱。魏大光身先士卒，从西街口冲入村时，首先缴获敌机枪一挺。阎力宣也率军冲出，两军会合，又反扑敌阵。一场鏖战后，日伪 200 人伤亡过半，在 27 支队后续部队大规模增援的形势下，仓皇逃向王庆坨镇。

阎力宣对魏大光的无私支援非常感激，双方也结成了患难之交，之后在津西抗日战场上共同奋战。

土城御敌

1938 年 6 月 27 日，胜芳上空来了两架日本飞机，盘旋了几圈就飞回了天津。由此判断，驻扎在天津的敌人将要进犯胜芳了。飞机一走，胜芳镇就开始加修防御工事，准备迎敌。

早在 1934 年，为了防匪、防水，胜芳镇就在村北半部修筑了一道土围墙，墙高 2 米多，厚 1 米多，东西两端都和村南部中亭堤连接，从地形看，利于防守。这次，在围墙上挖了射击工事，在围墙根部挖了防炮洞。围墙有东门和北门，在两个门洞内用麻袋装土堵塞，只留人行通路。城门外大路两侧埋了土造地雷并设路障。在村东 3 里处的大坟内埋了地雷。

戈福生做了兵力部署：第一营是主力，在村北半面围墙上防守；第二营在村东南面防守；手枪营、武术营在村中巡逻，维持秩序和负责供给工作；特务营配置在胜芳西北 5 里的崔庄子村，防敌从西北方向沿中亭堤向胜芳进攻。

我方判断，敌人进攻的主要方向是从北面和东北面沿两条大路两侧进攻，因为除此之外，都是泥泞的水洼地，不便行军。基于这个判断，我军布置了第一营三个连的防御位置，另将团直属的特务连配置在村西北端中亭堤围墙处，防敌可能从西北方向进攻。杨琪良、戈福生在村中团部指挥并掌握全面情况。此外，还设立了前线指挥所，由参谋长张星垣负责指挥战斗，指挥所在北门内。

28 日下午，天津日伪军 500 多人，带着几门小钢炮，经王庆坨、石家堡路线进至胜芳村北 5 里的兽头房子村，当夜住下，29 日上午 9 时开始炮击。

戈部除留少数人员在围墙上观察敌情外，大部人员都隐蔽在防炮洞内。当敌炮摧毁土围墙时，战士们立即在炮火下用麻袋装土堵上缺口。上午 10 点多，敌军开始向胜芳进攻，守城战士沉着应战，瞄准射击。日伪军向护城河匍匐前进，我军早把钓海鱼用的大钢钩放满了护城河，敌人一下水，大钢钩就钩住敌人，我军在城墙内正好向敌人射击，用这个办法打死敌军 30 多人。

敌人在无法渡河的情况下，只得依靠炮击，用小钢炮击中北门西边的一个碉堡。见敌人的钢炮位于我地雷区，二营营长蔡久龄立即下令引爆地雷。一个通讯员跑进岗楼将两根裸头电线一搭，把预先埋在坟台上的电点火地雷引爆，敌人的一门小钢炮哑了，10 来个日本鬼子归了天。蔡久龄研制的土地雷还能“电打火”，一时传为佳话。

战斗中，一连连长郝锦章头部负伤不下火线，在围墙上观察敌情指挥战斗，坚守阵地。

一阵轰炸后，日伪军又组织一轮进攻。此时，驻堂二里的27支队在魏大光的指挥下赶来增援，抄后路占领于家坟，与敌人交上了火。

联手抗敌

1938年6月28日，日伪军从天津一出动，魏大光就得到情报，立即调动一、四总队，分别部署在津保公路东沽港和堂二里一带，准备伏击敌人。

可是敌人绕开了魏大光的部队，从王庆坨拐弯，经王二淀、许家堡、石家堡到达胜芳北门附近。魏大光命令部队撤出阵地，集中待命，又召集各总队队长，大家一致同意支援胜芳。魏大光重新部署，留徐立树的四总队防守天津一线，其他三个总队支援胜芳。同时，派人给高士一送信，说明意图。

大约中午时分，27支队占领了胜芳北门附近的于家坟，在敌人背后开了火，与戈部形成前后夹击的态势。于家坟距离敌人的驻地兽头房子村仅2里多地，双方交火后，攻打胜芳的敌人兵力减少，抽出一部分来死守村落。

下午2点多，下起了小雨，攻打胜芳东门的一股日军偷偷从辛章一线往天津撤退，被徐立树的队伍迎击，敌人丢盔弃甲，逃向杨柳青。按照魏大光的原部署，徐立树的四总队守卫东沽港一带，战斗打响后，徐立树见天津方向没动静，就调动了两个中队去增援，正赶上逃到辛章的日军，缴获了不少东西。徐立树将缴获的三匹战马交给警卫员，并笑着吩咐他：“魏司令军纪严明，我们这次虽然得胜，但也是违反军令，擅自调兵。司令要是骂我们，就把这三匹好马孝敬司令，将功折罪吧。”

魏大光组织兵力，包围了兽头房子，冲进村子。日伪军凭借村中一处楼房顽抗，架设机枪封锁了道路。此处据点为财主家的宅院，楼房四周雕龙画凤，镶有各种怪兽图案，此村也因此而得名。这栋楼房确实坚固，而且是村里的制高点，居高临下，易守难攻，27 支队一直没有拿下。

傍晚，雨越下越大。胜芳北门已经被敌人轰炸数百余炮，也没接近土围子。杨琪良和高万德悄悄出城，来到崔庄子村。这里隐蔽着五路军一个直属营，由杨琪良和高万德指挥，作为机动，只在特殊情况下使用。杨琪良派营长宗玉符带着最能打的两个连，从侧翼攻击敌人，一阵手榴弹、排子枪，把敌人打得乱了阵脚，向北而逃。兽头房子的守敌见前方败下来，也开始突围。敌人把怒气都撒到老百姓身上，沿路挑死四名没有来得及出村的百姓。

日伪逃往信安镇，一部分敌人向南企图占领王庄子，切断交通要道，阻止我军出击。杨琪良再次发令，命驻扎黄庄子的黄久征部出兵，抢占王庄子，并向信安推进。天黑后，27 支队二总队杨洪才部打扫完战场回信安，见自己的驻地被敌人占领，急了，与黄久征部合围，准备全歼敌人。敌人不敢恋战，绕道逃回天津。

庆功会和追悼会

胜芳保卫战胜利后，高士一把情况上报了吕正操司令员，并以冀中军区的名义制作了一面锦旗，敲锣打鼓地送到27支队驻地，魏大光很高兴。

转天，高士一在胜芳摆下宴席，宴请魏大光和他的弟兄们，感谢27支队的无私支援。戈福生、黄久征都作陪。这天，五路军已经换上了新军装，番号改为“冀中军区独立第一支队”，臂章上的“自卫队”也换成了“八路”二字。

魏大光很羡慕，说：“祝贺你们第五路改编为冀中军区第一支队，我们也在等待上级指示，准备改编。目前，我们已经根据冀中军区的指示，部队朝永清、安次、武清一带发展，你们独立第一支队往东沽港、王庆坨、杨柳青一带发展，我们还要配合行动，扩大抗日根据地。”

高士一说：“我们本来就是一家人，只是根据形势变化不断地改编、整军和调动。为了表示对27支队的感谢，凡是参加这次战斗，负伤和牺牲的同志，我们都会通过胜芳商户募捐，发放抚恤金和养伤费。”

果然，1938年7月7日这一天，高士一的第一支队在胜芳召开纪念七七抗敌一周年及追悼阵亡烈士大会。

会前，第一支队对牺牲、负伤的同志进行了调查登记，议定了抚恤金、养伤费的等级、数目。根据统计，从1938年1月份以来，第一支队在大清河沿岸打了几仗，伤亡100余人。有的家属实在困难，就找到了政治部要求救济，所以，第一支队考虑后，决定召开一次追悼大会，发放抚恤金，以激发大家的抗日热情。

会场用苇席搭了个很大的棚子，政治部准备了悼词，两旁悬挂有部队负责人及各界人士送的挽联，有上百幅。正中台上设有烈士灵位牌。杨琪良读的悼词，高士一、魏大光都讲了话。大会开得庄严隆重，在群众中影响很好，许多青年报名参军。

他们正在准备追悼大会期间，天津国民党党政军联合办事处派来一位要员来见戈福生。此人与戈福生素有交情，近来不断到戈部活动。高士一把这个情况告诉了杨琪良，并说："此人是来拉拢戈福生的，答应给戈部电台、武器弹药。他要参加追悼大会，还想在会上讲话。我们本来可以拒绝他，但考虑到这也是一场斗争，可以借此机会在广大群众中揭露国民党的面目。同时，这个人是戈福生的朋友，我们也给戈福生一个面子。"

于是决定让这个人参加追悼会，并安排他的讲话在先，杨琪良接着讲话。戈福生也讲话，代表部队明确表态，跟随八路军抗日到底，誓死不做亡国奴。那个人第二天回了天津，再也没来。

独立第一支队的整编

独立第一支队成立后，又进行了大整顿和大改编。

第一支队步一团和步二团是原五路军的老底，都来自高士一的家乡任丘、雄县，部队初具了革命军队的样子，但问题不少，主要是军政干部问题没解决，这次合并改编为第二团。高士一经过做工作，两个团长都提出了"自感不能胜任"的意思，打算退下来。考虑到都是家乡人，都是通过社会关系拉过来的，不宜做大变动，便任命步一团团长韩溪泉为二团团长。实际上韩一直是挂名，由政治处主任李兰芳主管部队。步二团团长王树屏是个士绅，主动隐退了，但王树屏的弟弟仍在队伍中，起稳定作用。

步一团、步二团的顺利合并对黄久征一团和戈福生三团的整编起了示范作用。胜芳部队改编为第三团第一营、第二营，苏桥商团编为第三营，各营营长不变，戈仍任团长。不过三团在支队政治处不知情的情况下，自己组建了政治处，主任是戈福生的亲信、国民党员王林樵。鉴于当时的特殊情况，暂时没有改组其原政治处。

戈部从胜芳调往高阳县与任丘交界的石家庄（村名）及旧城一带是一个关键性的转变，也是一次严峻考验。经过深入政治动员，顺利完成了调防任务。

最后是黄久征部的改编。当支队领导和黄久征及其三个团长商量时，除去三团团长张文元有些犹豫外，其他人都赞成。黄久征部原是一个旅的编制，现在要改编为一个团的建制，这就意味着旅长、团长都要降一级，这对当时的黄部来说确实不易。

这时，冀中军区政治部派解云清到黄久征部任政治部主任，解云清取得黄的信任，站稳了脚跟。不久，又派去了副总支部书记、民运干部、青年工作干部。

当时支队司令部在史各庄，距离黄部最近，高士一时常听取解云清的汇报。根据黄久征和其原一团团长董桂芳的汇报，支队得知三团团长张文元不愿离开老家，将要出现问题。经支队领导与黄、董商议，将第一支队主力二团一部与黄部的一团和二团，布置在史各庄沿大清河的上下游一带，由黄久征召集其三团团长张文元谈话，尽量争取其服从调动命令，万一争取不成，就以武力解决。张文元见势不妙，只得服从调动。这样一来，黄久征部两千余人由霸县东南一带，被调到雄县龙湾村和道务村一带，集结整编。杨琪良、高万德深入黄部，协同解云清指导整编事宜。经过一个多月，黄部整编为三个营及其团直属队，换了军装，部队纪律明显提高。

1938 年 9 月，冀中军区独立第一支队改编过程中，番号改为“冀中军区独立第四支队”。

撤离津西

1938 年 11 月，日军集结重兵，对津西进行大规模的扫荡。为了保存实力，魏大光率 27 支队奉命向大清河南转移，主力人马已经渡过大清河，傍晚，后卫部队撤到霸县王庄子休整。

经过了长途奔波，战士们累得够呛。住了一夜，部队封锁了船只，满街都是逃难的人，信安、高桥的老百姓也跑到王庄子。

王庄子位于中亭河北岸，站在大堤上，南望东淀苇塘，水深过丈，一望无际。北望煎茶铺、高桥大洼，遍洼是水。这样，南北两面形成了自然屏障。从津保公路南下到王庄子村，只有靠近田家口村的下九号堤一条旱路。

11 月 18 日拂晓，天津日军 200 名乘 8 辆汽车，配合伪军袁部队 300 余人，沿田家口下九号堤向王庄子追击，企图拦截 27 支队南撤。

27 支队挖了壕沟，埋伏在两堤交界的中亭堤东西一线，对准敌人的来路。

日伪携带重武器，沿津保公路直达田家口村。进村就将炮架在村南，向王庄子轰击，炮弹落在南水洼里。他们在村里搜出张长友、高志仁的奶奶等四位老人，不由分说便挑死了。在村外，27支队指挥群众上船，放开船只，向南洼苇塘开去。枪炮声不断，倪根西家两个扛活的短工被炸死，一个叫曹傻八的也被炸死在倪家院里。唱戏的王树云被炸死在大街上。

日伪军在炮火的掩护下，沿着下九号堤南下，与27支队交火，一直没有越过堤口。日伪军改变战术，依靠机械化优势，分兵西绕煎茶铺，抢占中亭堤西段，然后顺堤东下，占据了王庄子村西闸口；另一部在下九号堤发动了新的攻势。这样，对我军形成了两面夹击。

27支队与敌人激战了将近一天，挫败了日伪军一次又一次的进攻。天黑了，27支队一面掩护百姓乘船向村南大苇塘转移，一面转移部队。撤退中，燃起鞭炮，罩上煤油桶，震慑敌人。日军不敢进攻了，伏在村外等待后续部队的到来。同时，他们急急忙忙运送死尸和伤员，忙了一宿。他们从堂二里、牛眼、尹华山等村庄抓来老百姓15辆大车，帮助他们运送装进麻袋的死尸，共有100多具。

第二天，日伪军再次进攻时，我军和当地大部分群众早已转移了。敌人纵火烧村，范三元的老娘被活活烧死。鬼子挨门搜索，将没有撤离的老人赶到村中大桥上，日军用机枪扫射，22人全部遇难，尸体被推到大河里。日伪唯恐回返途中再遭阻击，又抓了一批百姓给他们带路，其中14人出村就跑，也被开枪打死，其余人在信安侥幸逃掉。

27 支队于 11 月底到达任丘青塔镇，接受冀中军区的改编，被编为独立第五支队。魏大光任支队司令员，五支队共 4000 多人。

初见贺龙师长

在整编中，第五支队发生了一些非战斗减员，一般都是不良分子，这本是意料中的事，但这些人带走部队中一些不明真相的战士，起到破坏作用。

人数虽然少了，但从另一方面来看，也是个好事，淘汰了队伍中的意志薄弱者，部队整体素质提高了。

魏大光率领五支队，在吕正操的指挥领导下，积极配合反击日军对冀中的战役围剿。1939 年年初，正赶上大年三十，五支队攻打献县臧桥日军。桥南是日军，桥北是五支队，打了一夜，魏大光脱了光膀子上阵，消灭了日军，得了 7 辆军车、300 块军毯和一些弹药。第二天我军从臧桥退到商家村，捉到一个日本兵叫小林，他的枪上有名字。王庭文带着 16 人将日军俘虏押送冀中军区，每人拿到 3 角钱的奖励。他们到了献县九章村过的年。王庭文升了团长。

1939 年 1 月 25 日，贺龙受中共中央之命，率领 120 师主力部队到达冀中，以巩固冀中根据地，扩大抗日力量。

在肃宁，魏大光和贺龙师长第一次见面。魏大光是跟着吕正操司令员一起去的，进了屋，吕正操没顾上给双方介绍，就和贺龙师长研究作战方案，魏大光和警卫员被冷落到一旁。

等了半天，二人还在谈。魏大光站起来说：“司令员，我饿了，回去吃饭。贺师长什么时候来了，通知我一声，我撂下饭碗就来。”说完扭头就走。

贺龙这才注意到魏大光，叫道：“回来。”吕正操忙给介绍。

贺龙知道了来人是魏大光，握住他的手，笑道：“看来你的脾气不小，刚来就饿了？老吕，去准备饭。”

吕正操说：“魏大光同志是个直性子，打鬼子很勇敢。”

贺龙说：“我就喜欢脾气直的人，敢说敢做，勇敢战斗，才能打败日本鬼子。”

魏大光笑了。

这天，魏大光和贺龙、吕正操吃了饭，谈了一下午。贺龙对魏大光很器重，魏大光对贺龙也是佩服和尊重。自此，魏大光常去见贺龙师长，汇报工作，交流思想，在贺龙师长的培养下成长很快。

120 师挺进冀中以后，粉碎了日军的第三次围攻扫荡，乘胜东渡潴龙河，深入深、武、饶、安一带休整。为了加强 120 师的战斗力，他们边战斗边扩大。1939 年 3 月下旬，冀中军区决定将高士一的第四支队和魏大光的第五支队划归 120 师建制。

120 师独立旅

对两支部队的整编，是在贺龙师长的主持下进行的。

高士一的第四支队与 120 师 715 团合编为 120 师独立一旅。旅长高士一、副旅长王尚荣、政委朱辉照、政治部主任杨琪良、一团长黄久征、二团长傅传作、三团长戈福生、715 团团长李文清。

魏大光的第五支队与 120 师 716 团合编为 120 师独立二旅。旅长魏大光、副旅长廖汉生（兼任副政委）、政委王同安、政治部主任李公侠、四团长王庭文、五团长徐立树、716 团团长黄新廷。

对于魏大光担任独立二旅旅长，政委王同安有反对意见。

王同安，东北人，1927 年入党，在 27 支队成立、改编过程中做了大量工作，将这支队伍带上跟随共产党抗战的道路。不过在改编成功，魏大光成长为一名坚强的战士，担当起重任时，王同安对魏大光又产生了嫉妒情绪，甚至想取而代之，独揽大权。早在 27 支队改编为第五支队时，内部矛盾就开始显露了。他私自让中队长来开会，散布言论说："谁积极，打击谁！"矛头指向魏大光。

廖汉生作为独立二旅副旅长，对这位政委进行了批评，支持魏大光。王同安说："你了解他不如我了解他，我跟他在一起的时间长。"二人发生了争执。魏大光很恼火，气得拍桌子。部下有人趁机提出："这里容不下咱，咱弟兄就回大清河，到哪儿都是拿枪抗日。"

魏大光冷静下来，批评部下："咱是冲着抗日来的，不是冲着'王眼镜'。到什么时候，贺龙、吕正操都不会冤枉咱。共产党八路军我跟定了！"

魏大光召集会议，在会上说："为打日本，咱们走到一起干，有话当面讲，别在背后挑拨是非。"这一番话，还是被人汇报上去了。

作为上级的贺龙，非常信任、器重魏大光。贺龙听后生气地说：“你们把这个当成罪状啊？他很年轻，才二十几岁，我看他很不错嘛！”

贺龙一锤定音，独立二旅旅长仍然是魏大光。贺龙师长信任、爱护高士一、魏大光，在队伍改编中，为了避免使这两支部队产生“被吃掉”的猜忌，主动把自己的两个主力团——715 团、716 团，编给独立一旅和二旅，并配备了得力的老红军干部王尚荣和廖汉生，让他们做副手。在作战中，也是从保护这支部队的角度出发，由 715 团、716 团担任主攻，新团打外围，培养、锤炼这支队伍。

贺龙师长没有看错人，魏大光带领他的独立二旅先后参加任丘卧佛堂、河间沙河桥、河间齐会等战斗，很快成长为八路军冀中抗战主力部队之一。

至于王同安，1947 年，他被派回哈尔滨做地下工作时被捕、叛变，后被我政府处决。

魏大光重返津西

齐会战斗后，独立二旅明显减员，加上 716 团，只有 4000 人，而独立一旅有 7000 多人。魏大光提出，想回津西一带招募新兵。在齐会战斗前，魏大光就有这个想法，徐立树等老部下不同意。

魏大光对徐立树说：“六哥，你放心，我回去半年，到时候咱们二旅的人数不比一旅少。”

徐立树说：“现在情况不一样了，那时我们把住了冀中的东大门，日伪过不来，现在日伪活动猖狂，不像当初那么容易了。”

魏大光说：“没什么，天津不就有 1 万多日本人嘛。”

齐会战斗后，魏大光再次提出来。当时，考虑到津西的大清河北一带情况复杂，同时独立二旅也需要他，廖汉生就劝魏大光：“你不要自己回去，可以派人去嘛。”

魏大光说：“不行呀，派人去弄不来，必须得我亲自出马。”

最后，魏大光向贺龙师长提出申请，贺龙师长舍不得魏大光离开，他说：“大光同志，这次是特殊任务，独立二旅不能没有你，你我都要慎重考虑啊。”

魏大光不以为然地说：“师长您发句话，给个命令，我去把人给您带回来。要是带不回来，我不回来见您！”

“那可不行，你不回来见我，我还需要你回来带兵打仗呢！”贺龙师长说。

魏大光态度坚决，再三要求，贺龙师长、关向应政委反复考虑，召开了 120 师主要干部会议，最后才同意他回去。

临走前，魏大光向廖汉生要求道：“政委，我现在是老八路了，可家乡的人们不一定知道，要别人相信我是老八路，你要把老八路的人给我几个才行。”

廖汉生说：“那好吧，你要谁呢？”

他提出要派政治部主任戴文彬跟他一块儿去。戴文彬是老八路，妻子是堂二里人，在津西一带关系很多。经贺龙、关向应批准，廖汉生把戴文彬给了他。

魏大光又提出："政委，你再把你的警卫员给我一个。"廖汉生从 716 团到独立二旅时带了三个警卫员，他把其中一个叫何娃的警卫员给了魏大光。

魏大光担心自己一走，独立二旅战士产生思乡情绪，反复嘱咐自己的老部下徐立树、李公侠、翟仰之、刘佑东等人，做好战士们的工作。此时，王庭文去延安中央党校学习，还未归来。

魏大光说："过去我们都是拜把子的弟兄，这三个月在 120 师，我也明白了好多道理。贺龙师长说过，我们参加革命就要反对这些东西。抗日的就是同志，不抗日的，不管是大哥还是二哥，都不是一路人。我走后，你们要听贺龙师长的，带好队伍。"

1939 年 5 月，120 师在肃宁为魏大光召开了欢送会。贺龙师长讲话，师领导为魏大光一行人戴上了大红花，魏大光等人向台下的战友敬礼告别。

魏大光带领 32 人的工作队返回津西。

工作队成员分头行动

魏大光回到了堂二里。

上次杨志国带队逃亡，给五支队造成很坏的影响，魏大光还耿耿于怀。本来，杨志国是魏大光手下的一员虎将，而且杨志国与王庭文为表兄弟关系，魏大光更把这两人看作自己的左膀右臂，格外器重。杨志国的母亲是当地有名的"双枪老太婆"，在堂二里一带是个响当当的人物。杨志国也使双枪，27支队刚成立的时候，曾只身来到廊坊车站，活捉一名日本兵，带回堂二里，后来交给分区，分区奖励 27 支队几箱手榴弹。可是他毛病也很多，受不了八路军生活的约束，于是逃走了。回来后，杨志国带着 300 多人投靠了日军，自称杨司令，驻守堂二里，是霸东地区最早投靠日军的汉奸。

魏大光带人绕过日军的岗楼，来到杨志国的“杨公馆”。站岗的伪军是原 27 支队的人，认出是魏大光，没敢吱声，也没敢阻拦。魏大光一个人进了屋，一屁股坐在杨志国对面椅子上。

杨志国一抬头，愣了半天，见何娃和刘井泉两个警卫员站在两侧，以为是来找自己算账的，有些紧张。但他也是刀架在脖子上也不眨眼的人，知道罪有应得，于是横下心来。

没想到魏大光不计前嫌，又是称兄道弟，又是讲从贺龙那里学来的抗日道理，杨志国听得直点头。两个人进行长谈，魏说服了杨志国。不久魏大光又来过两次，给杨志国手下的小头目开了会，大家基本同意抗日。

当时，堂二里驻有日军山口部队 200 人，信安有 60 人。为了便于工作，魏大光便把工作队驻地设在永清县刘靳各庄，在一个财主家的院里，这里还没有日伪军。

工作队成员分头行动，去各处联系，目标是 27 支队的旧部，武、安、永、霸一带的土匪及伪军。

黄锡标，霸县黄庄子人，是黄久征的侄辈，早年以贩鱼为生。1937 年投入“北档子”，为土匪小头目。1938 年年初，被编入河北游击军第五路黄久征部，11 月潜回，另立旗帜，聚众 800 余人，因为黄久征曾自称“黄旅长”，因此黄锡标不甘居下风，自称“黄师长”，绑票、砸孤丁，横行乡里。我冀中五分区（时称冀中五分区，1940 年 8 月改称十分区）为了争取其抗日，曾多次派人进行说服，并发给粮食 18 万斤，边币 8 万元作为经费，但其恶性不改，仍然我行我素。

可魏大光一回来，黄锡标立马主动上门联络，找魏大光叙旧，愿意跟着魏大光抗日。

再聚 3000 人马

主动找上门来的还有土匪李宝伦。李宝伦，原名李俊元，霸县十间房村人。七七事变前，他在霸县保卫团当号兵，1938 年，参加河北游击军第五路黄久征部，任营长。1939 年，他暗中潜逃回乡，组织黑队，有 80 人。李宝伦表示，愿意跟魏大光走。

孙占平人称“义匪”，他是静海县台头人，早年在大清河当船夫，夏天在渡口载送客人或送货，冬天使拖床，来往于杨柳青、台头、胜芳一线。因路上有土匪，所赚的一点辛苦钱常被洗劫一空，索性也组织人马拉起队伍来。孙占平出没于肖家堡村附近苇塘，专打日本的包运船。有时抢劫富商的财物，救济穷苦人，还保护附近百姓免受其他土匪骚扰。经魏大光派人联络，孙占平愿意带 30 多人接受改编。

戴文斌对魏大光这种“好桃烂桃一块收”的方法不赞成，认为杨志国等人已经有过逃跑的劣迹，恐怕本性难移。魏大光说：“如果把这些人放在地方上，不管是继续当土匪还是当伪军，这里的老百姓可就遭殃了。必须把他们拉走，到我们的队伍里回炉。”

两人意见不同，戴文斌一生气，丢下工作队，去了杨柳青找地下党联系，接受了另外的任务。

魏大光反复做动员工作，愿意接受改编的有安次县的庄介芬部500人、李子刚部400人、阎立轩部留守人员30人。阎立轩部同27支队一起被120师改编以后，留守人员由阎立轩的外甥领导，仍打着阎立轩的旗号。永清县李桂清部、于贵部，计有600人，还有霸县许家堡的曹汝灵、辛章的董大车等。再加上杨志国、黄锡标、李宝伦等人的部队，总共3000人左右。

不过，魏大光一直没有与信安刘凤全的游击队联系。1938年11月，27支队奉命转移到大清河南改编的过程中，27支队副司令荣振华和供给部长刘凤全留守信安，没有跟随。

这次回来，魏大光了解到刘凤全打着抗日的旗号没少办坏事，群众对他印象很坏。所以，魏大光与他见面没有谈改编的事，只是嘱咐他继续看好老家。魏大光计划先拉走这3000人马后，再回头找刘凤全算账。

警卫员刘井泉负责催给养，即3000人马的费用。除王庆坨镇镇长曹振华讨价还价外，胜芳、辛章、策城、得胜口等几个村镇都拿了。

部队集合在葛渔城南边的小东庄，换上新军装、臂章，发了饷，并由120师三支队负责训练，只等召开誓师大会就可以出征了。

血染大清河

1939年夏天，东淀大洼闹特大水灾，大清河水暴涨，冲垮了中亭堤，津保公路一片汪洋。从永定河南的方官堤到中亭河堤之间成为水乡泽国，平时的陆地如今只能船只通行。

8 月 26 日，魏大光率队乘三条船从刘靳各庄出发到黄庄子村，名义上是给黄锡标的老娘祝寿，其实是开会布置任务，准备一两天队伍就出发。

魏大光乘小船，船上有他的警卫员何娃和另一个警卫员，黄锡标部队的二头目邱柱和他的两个警卫员，韩让和他的两个警卫员，秘书于长生，还有三个行船的。另外两条船，一条小船上有 7 个人，都是警卫员，其中有陈绍义。另一条是大船，有 20 多人，是黄锡标的手枪队，由营长邱勤增带着。

船行不久，碰上一条匪船。魏大光叫大家追，结果匪船跑得快，没追上。

又走了一段，韩让冲天放了两枪，可能是打鸽子。于长生让他别打了，说："这儿离敌人很近。"可是他不听，于长生很生气，正巧前边的大船发现敌人的电话线，停下来。两条船相错，于长生就气呼呼地上了大船。

大船停下后，问魏大光怎么办，魏大光说："还用问，砍断它!"

大船上的人将 6 股的电话线拉上船，用斧子砍。

有人向魏大光汇报情况说："司令，这里每天 10 点左右过日本汽船，从元里村敌人据点到天津去，等鬼子过去我们再走吧。"

魏大光说："别怕，遇上就打。"随后开船。

魏大光坐的船到了最前面，后面的大船砍电线时，魏大光的船已经驶出 200 余米，过了津保公路，到了大宁口村北。这时，迎面遭遇了日军的汽船。

魏大光的船与日军汽船相距 20 多米，没办法躲避，魏大光先开枪，与日军交了火。日军汽船上有两挺机枪，船甲板上有一个圆形的堡垒，由洋灰筑成，有射击孔。魏大光等人没有屏障，小木船不一会儿就被机枪打翻。日军机枪封住了后面的两条船，使用单枪射击跳水的 12 个人。为了掩护魏大光，何娃首先牺牲，随后是韩让。邱柱水性好，一个猛子扎出 70 多米，一露头还是让鬼子打死了。他留的大背头，血光一闪，头发参着，特别显眼，后面船上的人都看得清楚。魏大光也跳下水，头上中枪。后来知道，子弹从两腮穿过，他受了重伤，加上水淹而牺牲。

警卫船上的 7 个人只有一支大枪，而且就一发子弹，7 把盒子枪开了火，射程无法接近敌人。大船上黄锡标的手枪队也全是手枪，干着急没办法，只好向后退去。日军没有追击，将魏大光的小船拴在汽船后，向天津方向开去。

魏大光船上的人大都当场牺牲。日军捞上来一个人，是船夫，也在途中被打死。

对于魏大光的牺牲，贺龙十分悲伤。

1939 年 9 月，人们在河北省灵寿县东城子大沙滩上召开了追悼大会。独立二旅的战士每人左胸前别着一朵小白花，哭声响成一片。廖汉生主持了追悼会，贺龙师长、关向应政委正在外地开会，路途遥远不能返回，送了挽联。徐立树在讲话中几次哽咽，代表魏大光部下的全体官兵表示一定跟随 120 师抗战到底。廖汉生惋惜地说：“年仅 28 岁的魏大光同志还没来得及入党就牺牲了，是我党我军的重大损失。人民将永远怀念他！”

难忘 1949 年

于其超

1949 年，我 16 岁。当年 7 月，我在潍坊市参加了革命，调到济南市一所干部学校学习，赶上了中华人民共和国的建国庆典。

10 月 1 日下午，毛主席在天安门城楼以高昂的声音宣布："中华人民共和国中央人民政府成立了！"学校组织我们收听了广播。第二天，济南市 20 万人在西郊机场举行盛大集会，庆祝中华人民共和国中央人民政府成立。会后进行火炬提灯游行，我参加了这次庆祝新中国成立的大游行。我们排着队伍，喊着口号，浩浩荡荡地前进。红旗招展，锣鼓喧天，整个济南都沸腾了。我们演活报剧，我扮演一名工人，穿着吊带长裤的工作服，手里举着一把斧头。我前面的同学扮演解放军战士，他们端着真枪，前面就是弓着腰的"杜鲁门""艾奇逊"和"司徒雷登"。那时，我们刚学习完毛主席的文章《别了，司徒雷登》《丢掉幻想准备斗争》《评白皮书》和《将革命进行到底》，心中对美帝国主义充满了仇恨和鄙视，对新中国的建立感到欢欣鼓舞。我们把他们的假鼻子做得很高，抹成花脸，以星条旗装饰的桶帽也高高地歪戴着，让他们丑态百出。他们的后面就是瘸着腿，拄着拐，手臂和头上缠满纱布的“蒋介石”了。游行场面十分热闹，我们激情万丈，高昂的口号声和歌声直冲霄汉。济南的大街上挤满了游行的队伍和看热闹的市民，人人喜笑颜开，情绪热烈高涨。

中国人民从此站起来了！

中华人民共和国万岁！

中国共产党万岁！

毛主席万岁！

全世界人民大团结万岁！

打倒蒋介石解放全中国！

……

口号声此起彼伏。那个热烈的场面永远留在了我的记忆中。

其后不久的一天，我们学校又参加了济南市青年团团委会举办的千佛山远足和游览活动。市团委事先在千佛山的犄角旮旯、石壁的众多佛像的身上（耳朵眼、脚底下、各种雕塑物的隐蔽处）藏好了纸条，纸条上分别写着蒋介石等战争罪犯的名字，让同学们一边爬山游玩一面抓战犯（找纸条）。找到一张纸条就可以到沿山坡专门设置的食品摊上领一份奖品。纸条按战犯的名字分等级，奖品也不同，一串糖葫芦、两个大柿子、两个大石榴、一斤山里红、几个大苹果、半斤花生、一斤花生等。我记得最高等级是捉到了“蒋介石”，可以领到二斤花生的奖励。

那天，漫山遍野都是爬山的人，千佛山下欢声笑语，人们情绪无比高涨。不管谁得了奖品，都是同学们分而食之。大家兴高采烈，一面吃着胜利果实，一面游山逛景，直到傍晚时分才下山回校。我们学校在十二马路，离千佛山很远，回到学校已是黄昏时分，虽觉很累，但仍然感到兴犹未尽。

那时的干校是军队编制，军队供给，穿的是粗布黄军衣，一年一身棉衣，两身单衣，两套内衣，两双白布袜子黑布鞋，另外每月大概是两万元的零花钱（相当于现在的两元），叫津贴。那个时候，两万元钱可以买牙膏、牙刷、肥皂等不少东西。因为学校伙食很好，所以津贴虽不多，可每月都有盈余。我们的生活过得十分满足，十分幸福。每周都有文娱晚会，天天学校里飘扬着歌声。我们排演过《白毛女》《三世仇》《血泪仇》《捉鬼》等大型歌剧。我从偏僻的农村进入这欢乐的干校，我的人生一下子换了天地。

从 1949 年开始，我就和新中国一起成长着。祖国培养我，教育我，给予我各种充实知识、提高技能的机会。1951 年，我又从华东人民革命大学结业，正式参加了中国人民解放军。那年的 10 月 1 日，我在南京参加了陈毅司令员的阅兵典礼。后在军事院校学习了气象专业，由此献身于祖国的气象事业，直至离休。

一晃，70 年过去了。这 70 年，祖国大变样了。我们的生活水平与 1949 年相比，已经是天壤之别。我老了，心却依然年轻。新中国成立时我们欢乐的情景依然历历在目。

人老了爱怀旧，可是每个人怀旧的心态是不一样的。我的怀旧并不忧伤，不低迷，不郁郁寡欢，而是惬意舒心，喜笑颜开地与朋友交谈，或在自己静静的思考中油然泛出一股喜悦。因为我庆幸自己在新中国成立之前适时地投入了革命大家庭的怀抱。70年中有许多可资回忆的往事，而我亲历的70年前庆祝新中国成立大游行的热烈场面，就是我最乐于提及的，构成了我怀旧的主题。

祖国啊！70年的历程，我伴着您走过来。您有过艰难，有过道路崎岖的时候，但您始终坚定地向前，就因为祖国这艘巨轮是由伟大的中国共产党驾驶着。没有共产党就没有新中国，没有共产党就没有今天繁荣昌盛的新时代。这不是一句口号，这是我经过亲身经历得出的结论。70年来，中国由新民主主义走向社会主义，开创并开拓了中国特色社会主义。而我们新时代以伟大领袖习近平为核心的党中央，坚持改革开放，创建了“一带一路”和人类命运共同体的伟大理念，提出了一系列英明的政策方针。只要我们团结在以习近平为核心的党中央周围，坚持走和平发展之路，发展经济，强大国防，伟大的中国将一往无前，不断繁荣昌盛，中华民族伟大复兴的中国梦一定会实现，全中国的人民会过上更加幸福的日子。中华人民共和国这棵大树会永远枝繁叶茂，根深蒂固。伟大的中华人民共和国又像一座巍峨的高山，屹立于世界，永远不可战胜。

芦苇颂

冯秉顼

童年时的故乡有一片水域。大清河与中亭河遥遥相望，两河之间，河淀相通，田园交错，水村掩映，构成了一幅生态美景。

当春天到来的时候，最先拱出土的是一片片芦苇。初春刚开始还是寒风凛冽，浮冰片片。苇锥钻出冰面，头顶冰渣儿，就像戴着一顶顶水晶钢盔。隔年生的芦苇是紫色的，慢慢地随着气候变暖，才泛出绿色。苇锥与冰凌搏斗的劲头，不由得让人发出一声赞叹：好顽强的生命力！

夏季是芦苇生长的旺季，雨勤水足，它吸吮着大地的营养，像是有人拔着它直往上蹿，那可真是一天一个样。人们说，夜深人静的时分，船行苇塘，常听见芦苇拔节的声音，那嘎巴、嘎巴的响声，就像人在舒展筋骨。盛夏时分，芦苇随风摇曳，对人们招手致意。

秋末冬初，成片的芦苇成熟了，银灰色的芦花在飒飒寒风中飘飘扬扬，撒满洼淀，撒遍淀边村庄的房顶，撒向人们的身上、头上。人们顺手一捋，轻轻一攥，瞬间紧凑成一团，手一张，又一下子膨胀开来。我们在芦花身上看不到婀娜多姿的身影，嗅不到沁人心脾的香味，但能给我们留下朴实无华的品格。

《诗经》曰：“蒹葭苍苍，白露为霜。所谓伊人，在水一方。”这里的蒹葭，就是我们通常所说的芦苇。看来，芦苇不仅早就进入了人们的生产和生活中，而且也进入了诗歌园地。

溢流洼的芦苇品种很多，是一种取之不尽、用之不竭的生产生活资料，当地俗称“铁杆庄稼”。高者织席，次者缉箔，短者编篓缠须，余者为薪。生长较矮的笆苇，人们盖房时用来编苇笆，苫房铺顶。芦苇作为一种用途广泛的草本植物，还有药用价值，被明朝李时珍列入《本草纲目》。

洼淀水草丰盛，鱼类繁多，苇塘面积大，是水鸟繁衍的好场所。我印象最深的，是被人们称为“气象学家”生活在芦苇丛中的呱呱鸡（学名“大苇莺”）。它在苇上搭窝的高低，直接和当年的雨水大小有关。每逢涝年，夏天它早在苇尖上搭好了窝；而一遇旱年，它就在苇根上搭窝。其预测的准确性竟有十之八九，你说灵不灵？

人们不但用芦苇编席织篓，还可以利用它捕鱼捉蟹。秋末冬初，大片的芦苇已经割尽，但这时你会发现洼淀里还有那么一两块未割的芦苇障着你的视线。这是为什么？原来这些没割的芦苇是人们捕鱼的“汕地”。

“汕地”要选择通水通流、水草丰茂之处，将四周苇草割去，剩下一片长方形或正方形的苇地，使鱼类潜藏其中。然后在这片苇地四周下好鱼箔，再想办法惊动鱼群，使它们纷纷逃出，钻入箔中。通过出汕，人们可以捕捉到大量的各种各样的鱼，难怪当年家乡流传着“一洼地，一淀银，一寸芦苇一寸金”的谚语。

芦苇群居，根连着根，叶拉着叶，每逢风浪骤起，就互相扶持，不管狂风吹得多急，它们都依旧挺立，绝不倒下。它们不怕水涨，夏秋季节，水涨苇也长，只要不没了苇尖，它就照样生存着。苇的生长，从不向人类索取什么。深秋，苇叶沤成泥，就充作自身养料了。成熟后的苇，打箔织席，铺房扎囤，编篓围栏，用处极大。它献出自身的一切，为人类平添了一种美的享受。

芦苇作为一种朴实无华的草木，还为革命事业作出过巨大的贡献。

在抗日战争时期，日寇经常在我故乡的这片水域烧杀抢掠，抗日队伍则凭借苇塘这一天然屏障做掩护，出奇兵，打击敌人，保护老百姓。离溢流洼不远的东淀大苇塘，总面积有 270 平方千米。1942 年，在滔滔的苇海中，冀中军区开辟了游击根据地，文安县军政主要力量跳出敌人的包围圈，全部进入苇塘。抗日健儿英勇顽强，不怕牺牲，以惊人的毅力，克服了种种困难，做出了惊天地、泣鬼神的英雄事迹。

大苇塘条件极差，“天当被，地当床，芦苇是屏障”。就是在这种恶劣的自然环境下，在两年多的时间里，八路军战士以大苇塘为依托，神出鬼没，打击日寇，留下了许多动人的故事，为人民所传颂。

同心追梦

点亮生命之灯

——侯振国和他的爱心团队

胡芳艳

说起侯振国和他的爱心团队，在霸州，几乎没有人不知道。10 多年来，他一直带着他的团队践行着扶危济困、慈幼养老的慈善理念。侯振国，这个外表粗犷豪爽的汉子却有着细腻柔软的内心。他领着志愿者俯身下来为失独父母做儿女；他为因病致贫者募集捐款时掷地有声地问出“如果有钱就可以救一条命，你救不救”；他对辍学的寒门子弟许诺“再难，也要让孩子上学”；出差路遇老人晕倒街头，他不仅毫不犹豫地下车救助，而且从此以后侯振国在随身的皮包里、车上、行李箱里都装进了速效救心丸。他说自己本身没有心脏病，但他觉得有必要这样做，多一个小细节也许在某时就能救下一条命。熟悉他的人都知道，只要是他带队走访捐助，很少拍照，因为他深深地体会到受助者的心情。如果遇到媒体跟随，他总是趁他们不注意，就把捐款偷偷地放到受助者手中……

在民间，对一个人最大的肯定，莫过于说“他是好人”。侯振国，就是乡亲们心中的那个好人。

当人们称赞侯振国是好人时，侯振国却总是深情地谈起他小时候曾帮助过他的那些好人。侯振国出生于唐山丰南县一个贫苦的农民家庭，5 岁那年父亲不幸去世，寡母带着 6 个孩子，一家人几乎要陷入绝境。村委会想尽办法维持这一家人的生活，同样过着苦日子的乡亲邻里们你添一捆柴、他掏一把米，帮着他们孤儿寡母度过了最难熬的日子，也在侯振国心里种下了“好人”的种子。病弱的母亲不知道该怎么回报乡亲们，就在农忙时把乡亲们无暇看管的 40 多个孩子接到自家小院里照看。她常常叮嘱孩子们：“啥时候都不能忘了帮过咱的好人们，你们长大了也得做好人!”

1976 年唐山大地震，侯振国的一个哥哥不幸罹难。侯振国经历了失去亲人的巨大悲痛，也亲眼目睹了救援官兵和全国人民给予灾区的真情大爱。要当好人，要去帮助需要帮助的人，这个信念在他心里扎下了根。

其实，还在很小的时候，侯振国就已经开始主动帮助别人了。谁家的菜地忙不过来了，他就帮着去浇浇水、收收菜；路上看见哪个人推车上坡走不动了，他就过去帮助推一把；谁家的鸡呀鹅呀偷跑出来，他就忙着赶回去，把院门带上……长大了，会自己谋生了，后来又进了城，这个习惯始终不离不弃，而且做得越来越大了。

侯振国总是告诉年轻人：“做好事，不分大小，每个人都可以做公益。只要心存善念，一条河流与一杯清水，一道桥梁与一块砖瓦，广厦千万间与一件暖衣，是一样的分量！”

侯振国第一次捐助是2004年的时候，他到安徽芜湖工作，出差在沈阳的候车室，当时看到一对母子在哭，围观的人很多。经过询问，得知她丢失了钱包和火车票，没有了回家的路费，侯振国便给她们买了回家的火车票并且又给了她们500元钱。这对母子为了日后感谢侯振国就特意留下他的联系方式。在后来的联系中，侯振国了解到她家庭的不幸。她叫吴丽丽，单身家庭，一个人养育着儿子，生活窘迫。于是，侯振国承诺每月资助1000元钱供孩子读书。就这样一个口头约定，在这11年的时间里从未中断过，已累计救助这对母子14.4万元。而这11年里，她们母子和侯振国再没有见过面。如今，吴丽丽的儿子考上了大学，把录取通知书的复印件寄给了一直资助自己的侯伯伯报喜。那张小小的纸片，见证了一诺十年、一诺千金。

这件事，让侯振国在公益和助人这些问题上，有了全新的思考。以前，他帮助别人，都是出于善良和一腔热忱，可现在，他开始认真去想，公益究竟如何做，才能让效果发挥得更好。

2008年8月1日,侯振国受聘担任霸州市新利钢铁公司总经理。由于经营管理不善，公司当时正面临倒闭。侯振国接手后，公司的生产从第二个月就走上了正轨，第三个月就转为盈利！目前产能已达到400万吨，利税3亿元，一举成为霸州市第二利税大户，获得了霸州市花园式企业以及省级明星企业等多项荣誉。“达则兼济天下”，事业上的成功让侯振国在慈心善爱的路上走得更有力量了。

一天夜里，同样供职于新利钢铁公司的董会国接到了侯振国的“募捐”电话。这个电话是为一个叫张一凡的孩子打的。孩子只有4岁，患有先天性心脏病，父母靠打零工谋生。为了给孩子治病，这个家已经倾尽所有，房子卖了，家里但凡值点钱的东西都卖了，现在一家三口挤在简陋的出租屋里，家徒四壁，举债无门，已经走到了绝境。当妇联的同志领着侯振国来到这个家之后，孩子的母亲双眼含泪，拉住了他的手说：“求求您，救救我的孩子吧!”侯振国的心颤抖了。孩子还急需12万元手术费，可他自己全部的积蓄也就2万多，剩下的10万元从哪儿来？无奈的侯振国决心向同事们求助。

“出，当然出!”

听完侯振国的叙述，董会国当即表示愿意捐助5000元钱。这就是侯振国爱心团队收到的第一笔“队费”。那一夜，侯振国一共打了20个电话，得到了20个斩钉截铁的肯定答复。一夜之间，侯振国和他的20位同事为凡凡凑齐了12万元的医疗费。

“通过这件事，我发现我一个人的力量再大，也是有限的，只有大家团结起来，才能积少成多，才能救助更多的人。”侯振国回忆起那个夜晚，这样说道。

就这样，侯振国爱心团队在那个给人带去希望的夜晚，静静地萌芽了。

2009年年初，334名成员以侯振国爱心团队的名义凝聚在了一起。他们根据自身经济状况，每月从工资里捐出20元、50元、

100 元乃至上万元，并委托信安镇政府设立了基金管理委员会，对基金进行专项管理。

如今，一凡已经从一个瘦弱的在死亡边缘徘徊的孩子变成了健康活泼的小天使。病好的那一天，一凡由父母带着，来看他的侯振国伯伯。孩子叫了一声："伯伯，我爱你！"上去便搂住了侯振国的脖子。侯振国内心激动，他心里默默祈祷着："孩子，只要你健康成长，比什么都好！"

霸州市信安镇是侯振国爱心团队第一个整体救助的乡镇。从 2008 年年底开始参与春蕾助学行动至今，团队累计捐助信安镇 459 万元。其中，长期资助贫困学生 159 名，救助大病患者 17 名，救助贫困家庭 687 户。从 2009 年到现在，信安镇没有一个适龄儿童失学！

由于幼年贫困，侯振国很早就离开了学校，但他对学习的热情一直都没有减弱，始终坚持自学。他特别相信教育的力量，坚信人只有读书才能明理。所以，他不仅救助贫困学生，还用奖学金的形式鼓励信安镇的孩子们好好读书。所有信安的学子，凡是考上二本以上大学和重点高中的，爱心团队都会有奖励，并且已经形成了制度。同时他还为镇上的学校添置教学设备，为教师设立竞赛奖励，一切都是为了能让孩子们有更好的学习环境。

不仅如此，侯振国在救助贫困学生的过程中，自己也担当着导师的责任，他曾说："救助不是目的，而是为了帮助一个孩子、一个家庭走过一段最艰难的路途，送他们走上光明之路。所以不能仅仅是给他们钱，还要从精神上、灵魂上救助他们，改变他们的思想。只有这样，他们才能真正有能力去改变自己的现状，让生活越来越好。”

侯振国爱心团队救助过一个名叫王兰芳的大一学生。王兰芳的父亲是残疾人，双手只残存一根手指，母亲患有精神疾病，兰芳还有一对双胞胎弟弟在读初中。

在这样的家庭长大，三个孩子难免在性格和行为上都有欠缺的地方。所以，侯振国不仅每个月资助王兰芳 1000 元助学金，资助这个家庭 1000 元生活费，安排志愿者帮他们料理家务，而且对三个孩子循循善诱，让他们的性格变得开朗，也教给他们生活的道理。侯振国给自己设定的目标就是：不仅要让这三个孩子顺利长大，还要让他们成为对社会有用的人。

这些理念也已经成为了整个爱心团队的工作准则。现在侯振国爱心团队有一整套完整的公益实施方案。对每一个来求助的个人和家庭，都会进行详细摸底，并且针对他们的情况制定出专门的救助方案，不仅给钱、给物、提供志愿服务，还在精神上、情感上提供慰藉与陪伴。

爱心团队的队员绝大多数都是普普通通的上班族，单位发工资的日子，就是他们自发的“捐款日”，这些捐款就是团队爱心基金的主要来源。团队里，年龄最大的已超过 60 岁，年龄最小的只有 19 岁。他们或有年迈的父母，或有未成年的儿女，更多的是靠自己的工资解决家庭的物质所需。爱心团队没有强迫任何一个人加入，这些成员全都是自发聚集到一起的。他们从捐献和救助中感受到了人间大爱，感受到了生命的价值，感受到了履行社会责任带来的那份巨大的成就感，这些都是别人难以体会的。

为了筹集更多的资金，侯振国也动了不少脑筋。像是最近廊坊百姓热议的新话题“把烟戒了，把钱捐了”，就是身处工薪阶层的侯振国和队员们想出的新法子。侯振国以身作则，带头主动戒烟，把用于买烟的支出全部捐献出来。其他队员积极响应，爱心团队百分之八十的烟民已成功戒烟，践行戒烟捐款，每月仅此一项就增加了近 3 万元的善款。

在捐助过程中，他们关注到了失独家庭。经过走访，侯振国发现，失独家庭面临的既有经济方面的失去支撑，更面临感情上的巨大伤痛，同时很多年岁已大的失独老人还面临无人陪伴和照顾的困境。为此，侯振国专门成立了失独及独生子女贫困家庭救助基金，并制定了救助方案：

1. 经济方面：对失独家庭、失独贫困家庭、独生子女贫困家庭予以不同程度的资助；

2. 生活方面：由侯振国爱心团队的志愿者们定期、不定期地去其家中帮忙收拾庭院、照顾起居和料理农作物；

3. 精神方面：侯振国爱心团队的志愿者们又分为四个阶段去援助他们，即稳定情绪、消除症状、角色认同、情感支撑。完成每个步骤都不容易，要花去几个月甚至更长时间。

他们把每一位失独老人都视为他们的亲人，让失独老人感到子女的温暖。2014 年 7 月 25 日上午，侯振国爱心团队志愿者来到霸州镇城二街崔崇德失独家庭中。他的家庭比较特殊，两位老人都 70 多岁了，本该看着子孙们并舒舒服服地安享晚年，但是如今失去了生活上的保障。有句话叫“睹物思人”。以前儿女住的房间基本是不能去的，以前孩子们用过的东西也都保持原样，每次老人们去看的时候都会哭成泪人。基于这种情况，爱心团队采取了“经济、生活、精神”三管齐下的方法：经济上，为两位老人每月提供 1500 元的生活费；生活上，志愿者们每周都会去看望两位老人，给他们带去生活必须的粮油、收拾院子、擦拭玻璃、打水做饭等；精神上，志愿者和两位老人交心、谈心，建立良好的关系，取得他们的信任。

每当提起这些，老夫妻就泣不成声，大妈说：“我活了 70 多年，没见过像侯总这么好的人。你看我这院子，自打我儿没了，就没人进来过。你看屋里这电话，自打我儿没了，也从来就没响过。可是你看现在，每到礼拜天，我这院子里比谁家都热闹。我觉得我儿又回来了！”

看到老人们脸上浮起久违的笑容，侯振国也开心地笑了。他不需要受助者感恩不尽，只要他们安稳与快乐，他付出再多也值得。

2011 年，侯振国见到了 17 岁的高中生晶晶。她被确诊为急性淋巴细胞性白血病，病魔将这个天真活泼对未来充满梦想的女孩折磨得异常憔悴，而每天 6000 多元的治疗费用对这个本就不富裕的农村家庭来说更是一种沉重的负担。晶晶 40 岁的父母看上去像五十几岁的人，家里用完了所有的积蓄，欠了亲友近 40 万元的债，最后实在没办法了，父母决定卖掉家里唯一值钱的房子。当政府工作人员向晶晶介绍侯振国以后，晶晶的脸上有了一丝微笑，她感觉看到了希望。晶晶走到侯振国面前，拉住了他的双手，眼里含着泪花，哽咽地对他说：“侯伯伯，你救救我吧，我不想死。”晶晶的这句话又勾起了他童年的惨痛记忆：1976 年唐山大地震，二哥被压在废墟下，当时没有什么设备，全家人只能用双手去刨、去拽……外面的人着急，被压在下边的二哥更着急：“我求求你们，我受不了了，快救救我吧，我不想死！”可是，当大家终于把二哥弄出来后，他已经停止了呼吸……今天听到晶晶用同样的字眼时，他的眼泪当时就流了出来。他把晶晶抱在怀里，告诉她：“你要好好地配合医院治疗，只要能治好你的病，就算花再多的钱我也要把你治好！”

回到公司后，侯振国马上召集基金会理事开会。他把晶晶的病情以及家庭情况向大家做了汇报，并说出了一定要救晶晶的心愿。他的提议得到了所有理事的赞成，并制定了对晶晶的救助方案，晶晶一家人终于看到了希望。可是天有不测风云，2013 年 9 月 20 日，侯振国还是接到了晶晶去世的噩耗。整个团队救助晶晶用了整整两年的时间，投入了 60 万元，耗费了很大的精力以及财力。正在这时，他们救助的赵静也于 9 月 25 日离开了人间。赵静当年 25 岁，是辽宁大学的研究生。在他们去医院看望她的时候，她还在写论文。在侯振国看望赵静时，她说：“侯叔叔，你们是我的救星，有你们的救助我会好起来的，等我好了以后我也加入你们的团队，感恩博爱，奉献爱心。”

两个极有前途的花季少女先后陨落，残酷的事实又一次撕裂了侯振国的心，也让他明白了，如果想跟白血病抗争，只有钱是远远不够的。那么，真就没有办法帮助这些可怜的孩子了吗？看着别人经受命运的折磨，却无法伸出援手，对于侯振国来说，最大的痛苦，莫过于此了。

想着晶晶对他说的“侯伯伯我不想死”，想着赵静说的“等我好了以后，我也加入你们团队，感恩博爱，奉献爱心”，坐在办公室他沉思了好久，他打开电脑上网查阅关于白血病的详细资料，然后又向专家详细了解，他终于知道了救助白血病患者不单是钱的问题，最重要的还是要有造血干细胞的移植。任何白血病患者如果没有干细胞的移植就算你有再多的钱也难治愈，而且造血干细胞配型非常难。它的配型几率是同卵双胞胎的是100%，非同卵双胞胎的是50%，亲兄弟姐妹的是20%至30%，而非亲非血缘关系的配型几率只有万分之一。也就是说，一个人如果得了白血病，我们社会上就得有一万个志愿者去为他做配型，他才有治愈的希望，否则只有等死。我国现有400多万的白血病患者，而现在我们每年还以近5万名新白血病患者的数目递增，在这些白血病患者中有70%是青少年以及儿童。万分之一的配型其实并不可怕，我国现有13亿人口，白血病患者只有400万，那么在这13亿的人口中， 18到50周岁的中国公民如果有4亿人志愿加入中华骨髓库，捐出自己的造血干细胞，那我们400万的白血病患者不就全部都能配型成功了吗！侯振国萌生了一个梦想：他不但自己捐献造血干细胞，而且还要让爱心团队的所有队员都加入到捐献的队伍中来。他们搜集大量资料，并在班前班后会和橱窗板报上对公司5000名员工进行宣传。他们联合红十字会，请省中华骨髓库的专家，给职工讲解捐献造血干细胞的安全知识，很快就得到了职工们的响应，1700名职工前来报名参加志愿者。2013年10月23日，在霸州市民间收藏馆广场，1522名侯振国爱心团队志愿者隆重举行了捐献造血干细胞现场采样暨签字仪式。经过严格的体检，侯振国爱心团队志愿者向中华骨髓库捐献了造血干细胞。同时，侯振国表示，如果是爱心团队中捐献的造血干细胞能够配型成功，患病者又无力承担医疗费用的，那么爱心团队将负担干细胞移植的全部费用。到目前为止，侯振国爱心团队仍是我国最大的志愿捐献群体。

从捐款到捐献造血干细胞，侯振国和他的爱心团队犹如一团文明之火，给困苦者生活的希望，给观望者加入的勇气，给同行者前进的力量！

为了让每位队员捐出的血汗钱发挥出最大的价值，作为队长的侯振国在爱心基金的管理上很是花费了一番功夫。

爱心团队设立管理机构——基金会理事会，包括理事会会长1人、副会长1人、秘书长1人、委员8人、办公室1人、财务1人，任期一年。会长和副会长由理事会选举产生；秘书长由会长提名，理事会聘任；其他管理人员由基层推荐产生。本着有利于基金会发展的原则，理事会理事由全体会员民主选举后产生。基金会所有成员一律不领取薪酬。爱心团队活动室大大的档案柜里严格按顺序存放着每一位受助者的详细资料以及每一笔爱心基金的使用情况。捐款收支由专人管理，账目源流清晰，公开透明。在活动室的大屏幕上，队员们可以查看滚动播放的爱心基金账目记录，让每个人的爱心献得明明白白。

为了更好地服务社会、帮助弱势群体，侯振国爱心团队制定了统一的申请表格。为了让每一分钱花到实处，让真正有困难的家庭得到救助，爱心团队的志愿者会严格考核每一个提交申请的家庭，只要真实情况与申请表述相符，爱心团队就会在最短的时间内前往救助。针对不同的人群，侯振国爱心团队采取了三种救助方法：1. 经济救助，2. 劳动力帮扶，3. 精神救助，并对被救助对象做定期回访。

从成立到现在，侯振国爱心团队的所有基金项目均有台账且账目清晰，并设专人管理，专项资金定向使用，从未遭到过质疑。“不独亲其亲，不独子其子，使老有所终，壮有所用，幼有所长。”10 多年来，侯振国爱心团队扶危济困的佳话不断传扬。在他们的影响和带动下，越来越多的人加入到团队中来。侯振国爱心团队自 2008 年年底成立到今天，成员已由最初的 334 名发展到现在的 2061 名，每月的善款由最初的每月 1.2 万元发展到现在的每月 33 万余元，救助范围由最初的霸州市信安镇发展到了廊坊市、唐山市、邯郸市、承德市以及四川的雅安市和辽宁的盘锦市。救助基金由最初的春蕾计划爱心基金发展到现在的 7 个分基金会，6 项救助基金。到目前为止，侯振国爱心团队已经累计向社会捐款 1795 万余元，救助贫困学生 1752 人、贫困家庭 2231 个、大病患者 132 名，团队志愿服务总时长为 158209 小时。

侯振国爱心团队被中宣部命名为 2015 年“全国志愿服务示范团队”，荣获 2015 年第 11 届中国青年志愿者优秀组织奖、“河北省孝亲敬老模范单位”“河北省优秀志愿服务品牌”等称号。团队发起人侯振国也入选了“2012年河北儿童慈善30年感动人物”“2013年河北好人榜”“2013年感动河北年度人物”“2014年中国好人榜”“2014年全国十大关心成长杰出贡献人物”，获得了“2014年河北省十大优秀志愿者标兵”“2015年最美河北人——最美志愿者”“2016年全国学雷锋志愿服务‘4个100’最美志愿者”“2018年第十届中华慈善奖慈善楷模”等十几个荣誉称号。最让侯振国骄傲的是2017年他加入了中国共产党，成为了一名光荣的共产党员。

侯振国爱心团队在公益事业这条道路上树起了一面旗帜，他们用自己真实的付出和行动，告诉每一个人：任何人都可以做公益，做慈善，只要你心中有爱，有善，你就能源源不断地向社会传递爱和善。把这些爱和善聚集起来，就可以激发出爱心之火，点亮生命之灯。

为心灵护航

——记全国关心下一代优秀工作者刘炳如

蔡 巍

2010 年 2 月 23 日，79 岁的刘炳如老人因病去世。第二天，“霸州吧”上便出现了《愿爱心老人刘炳如同志一路走好》的帖子。帖子一出来便被置于显著位置，大量网友留言纪念这位令人尊敬的老人。同时，在老人家中，霸州市区的许多市民、学生自发地前来吊唁。

一心向党，两袖清风

走进刘炳如老人的家，是一个周五的下午。春日的阳光透过陈旧的玻璃窗，洒落在这套老式的平房内，给人一种恍若隔世的感觉。屋内，一张木板床，一套旧沙发，两个书柜，还有一张三合板的折叠餐桌，没有一件像样的家具。

白墙上，黑框中，刘老依旧和蔼可亲。

刘老 80 岁的老伴李桂芝老人告诉我们，这就是他们一辈子待的地方。房子是公公婆婆留下的，已经经历了半个多世纪。

在难以掩饰的悲痛中，老人为我们讲述了刘老在弥留之际的嘱托："我这一辈子为党工作，没有干够，绿色的军装更没有穿够。我死后，要穿军装，盖党旗，不要给组织和领导添麻烦。"

这究竟是怎样一位老人？

翻开他的简历：刘炳如，1947 年参军，先后任部队文化教员，北京空军政治部指导员，政治部、组织部党务科长，通讯修配所政委。参加过解放战争、抗美援朝战争，共在部队工作 28 年，立功受奖 21 次。1976 年，从部队转业到地方，先后任廊坊锻压机床厂党委副书记、副厂长，霸县法院副院长，司法局局长，公安局局长，政法委副书记，县委常委，纪检委书记等职。

可以看出，在刘炳如的履历中，不乏特殊的、重要的岗位。按照时下一些人的眼光，他有着很多捞取个人私利的条件和机会。不过，他对这些利益视而不见，甚至"偏执"得令人不解。

刘炳如有四个子女，其中没有一个是干部，没有一个在"特权部门"就业，如今大部分下岗自谋生路，过着普通百姓的生活。

1975 年，大女儿刘兰英靠自己的辛勤努力，在北京缝纫机厂获得了一份稳定的工作，并拥有了让人羡慕的北京户口。但为了让老战友陈枝茂一家团聚，刘炳如毅然让女儿与身在霸州的陈枝茂的爱人进行了对换。刘兰英因此成为霸州市钻井机厂的一名普通职工。

1981 年，因为工作需要，刘炳如的大女婿陈建国从廊坊法院调回霸州，本来被分配到市公安局工作，但刘炳如将其调到比较偏远的堂二里派出所锻炼。后来，陈建国凭借出色的工作成绩，被评为霸州市先进工作者。在赴霸州参加表彰大会、上台领奖之前，刘炳如硬是把陈建国从先进工作者名单中“拿”下。他的理由是，只要我在这个系统工作，我的子女就不应该享受这份荣誉。

这些看似平常的小事、小节，却折射出一名共产党员的无私与坦荡。

70岁的老年大学副校长谷云强说起刘炳如的往事，至今记忆犹新。1981年，在县礼堂召开全县政法大会，作为一名宣传干事的他参加了会议。会议开始前，一位上访的老大娘走到主席台前。这时，从台上下来一名穿蓝色棉大衣的领导，面容和蔼，扶着老大娘，边走边了解情况。

大娘问：“你是谁呀？”“我是您的儿子。您放心，有什么事尽管找我。”

这位领导就是刘炳如，时任县公安局局长，一个时时刻刻把自己当作人民儿子的人。

二女儿刘英回忆起父亲来充满了敬意。在她的印象中，父亲是一个“不近人情”的人，却又是一个时刻把人民挂在心中、忘我工作的人。这一切的根源都来自多年革命战争的洗礼。“父亲始终告诉我们：‘在战争中，我身边倒下去无数战友，其中有许多是我亲手掩埋的。我最忘不了的是战友刘祥。在一次战斗中，本来牺牲的应该是我，可是刘祥硬把我摁在了战壕里，自己却暴露在敌人的炮火下。一阵轰炸过后，我只捡回他血肉模糊的一条腿！想起这些在战场上牺牲的战友，我只能用我的余生多干些善事……’”

就是这种特殊的经历，铸就了刘炳如老人用一生践行的“三个不忘”的誓言：不忘党的教育培养，不忘先烈的流血牺牲，不忘人民的供养。

退而不休，上善若水

1991 年刘炳如离休后，主动请缨担任了霸州市关心下一代工作委员会常务副主任的职务。

他积极奔走，主动联络了多位德高望重的老同志，义务对青少年进行爱国主义、革命传统以及法制教育。1995 年 10 月，一个由刘炳如任团长、16 名离退休老同志组成的霸州市爱国主义报告团正式成立。

革命传统教育报告，回顾历史，歌颂今天，展望未来，激发出学生们的爱国热情。法制教育报告，结合实际案例，以案讲法，教育学生们从小就要学法、懂法、守法，做社会主义建设合格的接班人。一场场报告化作了涓涓细流，流入到每个青少年的心田。

同为报告团成员的崔伟基今年 82 岁，回想起在市一中首场报告的热烈场景，仍然历历在目：“当时操场上黑压压的一片，学生们秩序井然，报告会上不时响起热烈的掌声。霸州市委书记张国栋同志专门写来贺信，称赞这是一件有意义的大事，功在当代，利在千秋！”

刘炳如老人患有心脏病、肺气肿，有时上午输液，下午还要按时做报告，从不误场。为提高报告效果，他抓住和利用国内外的重大活动和事件，及时对学生进行爱国主义教育。

十几年来，刘炳如带领爱国主义报告团累计为全市200多所中小学校做报告400多场，受教育学生达30万人次，收到学生听后感5000多篇。

胜芳镇第三小学的广大师生在听了报告团的报告后，自发地开展了“小零钱，大用途”活动，学生们将自己的零用钱统一存放到由学校少先队大队组建的“小银行”里。几年来，“小银行”帮助了不少家庭有困难的同学，被人们称为“爱心小银行”。

2005年9月，霸州市第四小学开始在全体学生中开展以党旗、国旗、军旗、团旗、队旗为主题的爱国主义情感教育，效果良好。

同时，霸州市各个中小学校根据自身特点，相继开展了爱国主义报告团听后感征文、爱国主义歌咏比赛、爱国主义手抄报比赛、“看霸州巨变，爱家乡热土”等内容丰富、形式多样、以社会主义核心价值观为主题的教育活动。

1996年，在刘炳如的倡导下，关工委组织实施了学校、社会、家长“三位一体”综合教育模式。爱国主义报告团先后在二中、三中、六小开办了家长学校，由教师、家长、报告团成员一起，针对孩子们的心理特点、日常表现，以座谈的形式共同探讨、交流学习和生活中的问题，受到各方好评。如今，这种模式已经普及到霸州市所有学校。

传递温暖，汇聚关爱

1997年，在刘炳如老人多方协调与努力下，由霸州市政法委、团市委、市妇联、教育局、公检法司等单位联合组成的“爱的呼唤”帮教团正式成立。从此，刘炳如走进了铁窗高墙内，开始了润物无声的帮教活动。

整整12年的时间，刘炳如先后21次深入到保定、太行等监狱和石家庄少管所，通过做报告，召开“真情、乡情、亲情”座谈会等形式，坚定了他们好好改造的信心和决心。12年中，他有10个中秋节是和服刑人员一起度过的。

每次去监狱帮教之前，刘炳如总要对霸州籍监狱服刑人员进行家访，动员家属探监或写信，促其转化和改造。对于有困难的罪犯或家属，他都尽其所能，全力帮助他们解决生活或工作中存在的问题和困难。

霸州籍监狱服刑人员张佳（化名）年仅19岁，因为无知触犯了法律。刘炳如用自己的青春经历为她讲述了一个人来到这世上应该干什么，应该怎样为家庭和社会作出贡献。浅显的道理、真诚的语言，打开了张佳的心扉，使她终于迷途知返。如今，张佳在监狱内积极改造、学习，主动报名参加了英语自学考试。

几年来，保定、太行、冀中三个监狱的领导反映，霸州籍服刑人员改造积极，表现突出，没有出现过闹监事件。太行监狱正在释放的30名霸州籍人员中，有23名属减刑提前释放。冀中监狱中95名霸州籍人员，获减刑奖励的超过30人，减刑比例居各地之首。

对于服刑人员，刘炳如雪中送炭；对于刑满释放人员，他更是锦上添花。两劳释放的、被判缓刑的、保外就医的、假释的人员都是他惦记的对象。每年冬闲时，他都主动与政法委、公检法司、团市委、市妇联等单位的负责同志一道，通过座谈了解他们的现状，使他们重新融入社会。

古镇霓裳

胡芳芳

衣裳，人与自然之间的一个特殊空间。它是最柔软的雕塑，最贴身的建筑，最动听的音符。由最初的御寒到人们美好的外在展示，衣裳表达人们对空间的感知，叙述着心中对天地自然的构想，连接着梦幻与现实的桥梁。

旗袍，衣裳中的经典，源于汉代的袍服和满族妇女的旗装。在 20 世纪二三十年代，旗袍率先流行于上海，迅即成为民国时期的时装。它融合了国外的立体剪裁技艺，将女性颈、肩、臂、胸、腰、臀、腿等曲线巧妙结合，更好地展示了女性婀娜多姿的“S”形曲线。静如春水婷荷，走似风摆杨柳，举手投足间，散发着东方女子贤淑柔美的性情与清丽端雅的气质，形成了独有的旗袍文化。

胜芳古镇，始建于春秋末期，古时北方著名的水陆码头，清朝时被列为直隶六大重镇之一。历史上的胜芳受运河文化、边关文化、移民文化、京畿文化以及西方文化的影响，形成了南北交融、中西合璧的独特文化。胜芳人自古讲究饮食和穿着，尤其是小镇的旗袍文化，更是与众不同。

胜芳河道纵横，陆地面积紧凑，这里的房屋既有北方的平缓和朴素，又有南方的轻巧和玲珑。高屋绿柳深巷，小桥流水人家，不时有三两个娉娉袅袅的妙龄女子，穿着各色旗袍姗姗而行，让人恍惚来到了诗画江南。

胜芳旗袍有着悠久的历史，翻看胜芳民国时期的老照片，一个个身着旗袍的曼妙身影，牢牢抓住了你的眼球。优雅的旗袍衬托着端庄柔和的面容，从里往外散发着恬静和高雅。

当代的胜芳旗袍，与一座桥、一个美丽的名字相联，那就是“北桥旗袍”。旗袍传承人刘虹，一个裁缝世家的女儿。外祖父杨炳祥 17 岁在天津瑞蚨祥绸布店学徒，他机灵勤恳又乖巧，学到制作旗袍的好技艺。新中国成立之初，杨炳祥携妻子回到胜芳古镇，摆了一个裁缝摊，把旗袍技艺传授给了刘虹的外婆和母亲。刘虹从小耳濡目染，对服装设计有着超乎常人的灵感和喜爱。童年时，她摸针的次数并不比拿筷子少，四五岁，就拿着铅笔在纸上描花纹。在母亲手把手地指导下，6 岁就能捏着针有模有样地缝一个小布娃娃。渐渐地，剪子、针线在她的手里越玩越熟练，用小布头给布娃娃缝制了一套又一套的花衣服，越来越合体，针脚越来越细密。

7 岁那年，妈妈给她做了一件小旗袍，在她幼小的心灵播种下美丽的种子。人们的夸赞，让年幼的她深深地喜欢上这种立领盘纽、侧摆开衩、衣身连袖的旗袍。刘虹家兄弟姊妹多，生活过得拮据。她很早就懂事了，每天放学回家，洗衣做饭，照看弟妹，稍闲就帮父母扦边、钉扣、锁扣眼。她做的针线活，根本不像出自孩子的手。

10岁时，一部电视剧《上海一家人》看得她好心热，主人公李若男从小跟着师傅学做旗袍，后来靠勤奋终于成名，启发了她。她立志做李若男那样自强自立有追求的女子，学好旗袍制作的手艺，养家糊口，不再让父母那么辛苦。

15岁，她拿起了绣花针。由于具有一定的绘画基础，绣花也就如鱼得水，捏着的针线如画笔，轻描浅绣，一朵朵绚丽多姿的花儿摇曳指端。15岁，正是如蝶似雀与小伙伴在胡同里奔跑戏耍的年纪，她却静坐绣花架前，一针一线点破底布，穿行在纤细的经纬间，就像轻抚古琴，轻吟着宫商角徵羽的音符。她的绣品精致典雅，还没有毕业，多家服装厂就找上门与她签订了加工小件的合同。

17岁那年，受到影视作品的启发，刘虹给自己独立设计缝制了第一件旗袍。刘虹胆大心细，先画好纸样，用旧布剪裁缝合，不断拆改，寻找经验，直到合身才动新布。浅蓝色的棉布上点缀着淡粉色的百合花，勾勒着亭亭玉立的身形，宛如一朵初绽的小荷，走到大街上，引来人们的围观和赞叹。这件旗袍引爆了她对旗袍设计的痴迷。从此，旗袍成了她生活的重心。

19岁，她正式跟着母亲学习服装设计。一同学习的女孩子中，唯有她最认真，进步最快。21岁，她已独当一面，在古镇最有名气的华隆绸布店做裁缝，主打旗袍。白天在店里收活，量尺寸，裁剪，整整站一天，晚上回到家缝制，每天都干到深夜。她忙得像陀螺一样，除去吃饭睡觉，就是在加工服装，每次赶集最少做 30 件，一年下来就是 2000 件。胜芳大集的前一夜，经常忙个通宵，人累得要虚脱。五一、中秋和腊月是小镇集中办喜事的日子，刘虹忙得连做饭的时间都没有，活计堆成山。就连生病，都没有歇着的空，上午输液，下午接着干活。怀着孩子，一直干到生，差点就把孩子生在缝纫机前。她的废寝忘食，不光为了生计，更多的是对旗袍的痴迷。

刘虹做的旗袍式样新颖，做工精致，渐渐在当地创出名气。24 岁，她终于有了自己的店——北桥旗袍店，坐落在古镇之北的永济桥南东侧，一间不足 5 平方米的吊脚楼里，背邻穿心河，门前是一条幽深的小巷，有着戴望舒《雨巷》诗中的意境。从巴掌大的店铺，一点点做大做强，发展到 500 平方米的两层小楼，刘虹整整打拼了 30 年，终于创出了高端大气有档次的旗袍品牌。

那些年，胜芳有一半的旗袍在她的店里定制。经常有母亲和女儿、两代人结婚的旗袍，都是她做的。在年节、婚嫁、做寿、开业等喜庆的日子，胜芳人有穿中式服装的传统，有的全家男女老少都在她的店里统一定做组合套装，也叫全家福。颜色、款式各异，却又相关。老人多为中式的锦缎上衣或坎肩，比较年轻时尚的中年妇女选中长款淡雅的旗袍，姑娘则多选俏皮又鲜艳的短旗袍。新娘装是喜宴的亮点，最为华贵的是苏绣或盘金绣的真丝旗袍。旗袍衬人六分华丽，人给旗袍四分灵俏。

喜庆的日子，孩子怎能缺席呢？10 多岁的小姑娘，穿着及膝小旗袍，六七岁的小女孩，多为中式旗袍裙，丝绸的上半身，配着同色纱摆，娇俏又活泼，仿佛下凡的小天使。男孩子的长袍马褂更是有趣，黑底提花的小长袍，红色软缎的小坎肩，再加一顶黑色的小瓜皮帽，衬着娃娃那白胖的小脸蛋，简直是要多俏有多俏。怀抱的小婴孩也有他们的喜装。男娃着系扣袢的斜襟或对襟小褂。女娃的喜装最为丰富，美如仙衣，娇、俏、喜，可爱得你的心都要融化了。每组服装都有着吉祥和美的寓意，比如四君子、岁寒三友、吉祥三宝、俏八仙等。旗袍和华服深受百姓的喜爱，天津、北京、霸州、文安、永清、固安等地居民都慕名前来定制。逢年过节，刘虹在街上散步，不时看到迎面走来的熟悉或陌生的面孔，穿着自己缝制的旗袍和华服，成就感和喜悦无法用语言来描述。

1995年，刘虹包揽了天津第43届世乒赛礼仪小姐礼服。礼服为真丝提花，短袖，分为“四季花”“梅兰竹菊”两个花型，共26套。刘虹用一个月的时间精心缝制，甚是辛苦。26位妙龄大学生身着华美合体的旗袍，优雅端庄，宛若从诗卷里走出的民国佳人，立刻轰动了天津艺术界。人们没有想到如此美妙的旗袍竟然来自一个小镇，更没想到设计师是个花季女子。那批礼服，让京津冀的朋友们领略了传统旗袍的魅力，认识了古镇胜芳。

北桥旗袍店就像一座旗袍博物馆，琳琅满目的布料，唯美的绮、素馨的绫、旖旎的罗、高贵的绸、典雅的缎、朦胧的纱、华丽的锦，绫罗绸缎、纱绢丝麻，题花、绣花、印花、素色，或华贵，或素雅，或恬静，或喜庆，布布有情，款款动人。

刘虹的旗袍华贵端庄，优雅知性，既有海派的新潮和灵秀，又有京派的矜持和凝练，仿佛从影视或书卷里走出来的佳人。旗袍按材质、色彩和图案分类，每个季节都有两三个主打款。她的旗袍真像唐诗宋词，格律整齐，韵味深长。诸多的式样和种类，突出在长短薄厚以及袖子和开衩上。款式主要是领型、袖式、襟型和长短的变化，以及长旗袍、短旗袍、夹旗袍、单旗袍等。衣襟变化多端，琵琶襟、曲襟、如意襟、单襟、斜襟、双襟以及没有襟；领子更是花样繁多，高领、低领、无领、鸡心领、水滴领、花盆领，袖子并不一味直筒，而是长袖、短袖、中袖、无袖、抹袖；开衩并不是简单剪口，而是高开衩、低开衩、不开衩。你会在精致繁多的款式里应接不暇。

外祖父和母亲潜移默化的影响，不仅使刘虹学到扎实的技艺，也使她领悟出一种工匠精神。随着科技的发展，大批量机器的加工成为主旋律，各行各业的手工制作在衰退。与时俱进的同时，她依然在坚守着传统技艺，每件旗袍量身、裁剪、绣花、缝制的每一步都带着她的温度。因而她的旗袍，有表情，有温度，人敬旗袍一份情，旗袍扮人八分雅。

旗袍的美艳还与精湛的刺绣有关，盘金绣、苏绣、蜀绣、湘绣、打子绣、北方传统平绣等南北绣艺在这里融合，画龙点睛，堪称一绝，升华着旗袍的灵魂。栩栩如生的图案、流畅的线条、绚丽又自然的色彩，灵动又华彩。含苞欲放的牡丹，花瓣由深至浅而渐变，似乎能听到花开的声音，若隐若现的香味里满是喜悦；那顾盼生辉的彩凤，眨着晶亮的丹凤眼，在微风里轻舒翅膀，纤长的尾翼轻灵地飘逸，呼之欲出。针脚细密、均匀又圆润，有着机器缝制的齐整，却更灵动，一针一线，写满幸福和顺遂。

工匠精神在刘虹的旗袍上发挥到极致，从裁剪缝合到领袖边缝，从描龙绣凤到串珠钉扣，每一个细节都在诠释着工匠精神的内涵。那些看似普通的盘扣，就要耗费不少心血。盘扣是古老中国结的一种，又叫盘花扣，是了解传统服饰的窗户。裁条、包卷、缝合，再根据旗袍的特点，盘出相配的扣襻。盘扣造型优美，想象力丰富，在样式设计、颜色搭配上极为讲究，有直盘扣和花盘扣，包括蝴蝶扣、一字扣、琵琶扣、树叶扣、如意扣、石榴扣等。再用细密的针脚钉上，仅普通的一字扣襻，一对大约就要钉 26 针。实用的盘扣是有内涵的文化符号，点缀得旗袍韵味十足。

在继承传统旗袍技艺的同时，刘虹与时俱进，不断钻研和创新。她从苏杭高薪聘请技艺精湛的师傅，吸取海派旗袍的精髓，与京派旗袍融合，设计出更能突出北方女子体型丰腴、气质优雅、知性大方的旗袍。刘虹定期去上海、苏杭、天津和北京学习、交流，走在国内旗袍舞台的最前沿。

旗袍，就像仙山里一幢幢精美的琼阁，行雾含云。那一针一线，既拥有着吉祥美好的寓意，又包含着做人处事的哲理。旗袍改变了刘虹的命运，也在潜移默化中影响着她的心灵。因为旗袍之爱，令她爱上了国学，经常参加京津冀的国学大课堂，潜心学习，不断提升着自身的文化素养和品味。

刘虹是个好强的人，善于自己摸索经验。出去旅游，别人看风景拍照，她的时间都用来看面料，看式样。从前没有手机拍照，她就随身携带一个小本子，画速写记录新式样。遇到有人穿着漂亮又新奇的旗袍，她总是忍不住跟随观察，与对方套近乎询问。刘虹优雅端庄，很有亲和力，与陌生人交往，总能如愿，无疑是技艺提升的一大优势。

刘虹的旗袍，经常推陈出新。有时，为了设计新式样，她做梦都在想。每天与旗袍朝夕相处，让她练就了读人、品人的能力，懂得看一个人内在的气质，以展示她潜在的美。见多识广，让她练就了一双慧眼。看一眼顾客和布料，灵感突然就有了，很快就给对方构思出式样。刘虹设计的旗袍老少皆宜，婉约、浪漫、娇俏、典雅，总有一款适合你。走进她的店，就是一次美的检阅，更是心灵的回归。努力扮靓每个人，真正做到让顾客满意，是她最大的心愿，更是她一贯坚持的方向。

作为改革开放后胜芳旗袍的发起者和引领者，传承旗袍文化和技艺，也是刘虹责无旁贷的使命。女儿邢山宝手艺精湛，已成为顶梁柱。她的四个徒弟也已经独立开店，生意红火。她还无偿指导同行朋友的裁剪技艺，带动了一大批手艺精湛的旗袍制作师傅。如今，各种旗袍店在古镇如花蕾般次第绽放。30 多年来，旗袍在胜芳长盛不衰，是胜芳女子最华美的礼服，是古镇最靓丽的名片。刘虹默默守护着古镇，守护着这抹如丝如水的乡愁。

中国传统服装文化博大精深，是当代服装设计师创作的源泉。刘虹拟古却不泥古，汲取传统旗袍的精髓，加入新的审美思考，把传统文化和现代服装完美结合，走出一条有自己风格和特色的艺术之路。

刘虹，美的天使，美的骄子。一道靓丽的彩虹，连接着传统与现代，用古典的美扮靓了女子，庄严了古镇。

守望生命

——记河北省道德模范许新河

杨雅美

“孝子之至，莫大乎尊亲；尊亲之至，莫大乎以天下养。”在中国这个讲究孝道的国家，孝老爱亲的好儿子许新河，9 年如一日的照料植物人母亲，毫无怨言地奉献出了一个儿子应有的爱，在他的身上充分体现了我们中华民族尊老敬老的传统美德。

每隔 1 小时为老人导一次尿，每隔 2 小时帮老人翻一次身，每隔 3 小时给老人喂一次流食，每隔 6 小时给老人喂一次药，半天为老人做一次按摩，一天为老人擦洗一次身子，早晨 5 点钟起床，每天睡觉时间不超过 4 小时。这就是淳朴敦厚的霸州市王庄子乡靳家堡村民许新河照料植物人母亲的日常“功课”。

负重前行，勇敢面对生活

许新河，1972 年出生于霸州市王庄子乡靳家堡村一个普通的农民家庭。上初中时，母亲因病丧失了劳动能力。而许新河的学习成绩一直非常优秀，年年是学校的三好学生。在艰难的日子里，许新河学习更加用功，每天起早贪黑，学习之余便帮助里照顾家里。他每天都是早早起床，打扫完家里的卫生、做好早饭才赶去上学。中午又急急忙忙赶回家帮爸爸做饭，照顾祖母、妈妈和妹妹吃饭，然后又骑着破自行车赶到学校上课。许新河靠着自己的努力，以顽强的毅力完成了自己的学业。身材瘦弱的他，每天奔走于乡间的路上，尽心尽力地照顾多病的母亲和年幼的妹妹。从少年开始，许新河就尝尽了生活的艰辛，但他凭借对生活的勇气和坚强的毅力，用单薄的肩膀挑起整个家庭的重担。

然而，屋漏偏遭连阴雨，船破又遇顶头风。在他年仅 23 岁的时候，父亲和祖父两位亲人就相继离他而去，给这个原本就不富裕的家庭沉重的一击。家中剩下年迈的祖母、多病的母亲和年幼的妹妹，生活的重担都压在了他一个人的肩上。在家里接二连三的不幸与苦难面前，他作为家里唯一的男子汉，也坚定了战胜苦难的决心。

苍天不负苦心人。1996 年，许新河以优异的成绩考取了西安电子科技大学。四年寒窗苦读，他顺利完成了学业并得到一份稳定的工作，每月几千元的稳定收入让这个寒门学子的苦日子终于有了些许温暖的底色。

就在他事业腾飞之时，2009 年，母亲突发脑出血，使得这个多灾多难的家庭更是雪上加霜。经过医院全力抢救，母亲虽然保住了性命，却成了植物人。这个本来就不幸的家庭，一下子被这突如其来的变故压垮了。在灾难面前，许新河选择了勇敢面对，毅然辞去单位工作，回到家乡，一心一意照顾植物人母亲。这一照顾，就是整整9年。

别人眼中优秀的学子，高等院校毕业，在世界500强公司有不错的职位和收入，如果发展下去，大概现在已经跻身于公司的管理层，成为别人眼中的成功人士。可是，母亲重病，完全改变了他的命运。9年来，时间仿佛凝固，每日重复做同样的事情。9年时间，许新河“耽误”了大好的前程，失去了娶妻成家的机会，靠着微薄的政府救济过日。而母亲，除了能冲他眨眨眼睛，病情不见任何起色。有人说，这是愚孝，他这样的高端人才，应该好好工作，挣很多很多的钱，然后找保姆、雇护工，去照顾母亲，然后自己也可以有自己的妻儿，享受幸福生活。

很多人难以理解许新河的选择，在他们看来，放弃大好前程，回乡照顾病母确实有些可惜，然而，许新河却不在意，他说：“这是我的亲娘，她需要我，没有什么值不值得的。”

守望生命，甘做超级护工

从2009年至今，日复一日，他已在母亲身边守护了9年，期待了9年。3000多个日日夜夜，斗转星移，他一心一意在家照顾母亲，成了一名“超级护工”。9年来，他没有脱下过一次衣，没有睡过一个整宿觉。

母亲每天都要排便两三次，由于排便过程中没有意识，所以有时弄得到处都是，许新河就撤下被褥床单进行清洗。他想，母亲身体好时就是个爱干净的人，屋子、床铺都收拾得干干净净，现在成了植物人，也不能让母亲变脏了。为了把床单被褥清洗干净，不管隆冬酷暑他都坚持用手洗。为了不让母亲生褥疮，他还坚持每两个小时就给母亲翻一次身，每天为母亲擦一次澡。在他的精心照顾下，9 年时间里，母亲没有生过一次褥疮，床铺干净整洁，房间里没有一点异味儿。此外，他还每天坚持跟母亲说话，讲一些过去发生的事情，希望能唤醒母亲的意识。

由于无法外出打工挣钱，许新河和母亲只有靠每月的低保费生活。他省吃俭用，计划每一项开支，把计划外剩余的钱和村委会慰问的钱全部留下来给母亲改善生活，鸡鸭鱼肉从不吝啬。他将新鲜水果榨成汁，将鸡肉、鱼肉熬成汤，喂给母亲喝。

9 年的时间里，他带母亲辗转到全国各地的大医院进行治疗。为此，家里所有的积蓄都花光了。有人曾建议他放弃治疗，但许新河坚决不同意，他说："只要有一线希望，我就不会放弃！"

2011 年，他在广播里得知北京某医院对脑出血患者治疗有独到之处，就立即为母亲联系，做了干细胞移植手术。许新河的孝心感动了医护人员，医院特地为他减免了 1 万元的手术费用。

为给母亲治病，他已经举债十几万元。尽管如此，母亲的病仍不见好转。有人劝他放弃治疗，但他还是坚持把母亲从医院接回家里守护。

永不言弃，报答慈母恩

母亲刚被接回家时，对外界的声响没有任何反应，只是静静地躺着，眼睛不能睁开。母亲不能咀嚼，他就一口一口地喂流食。有时只喂了一半，食物便从嘴边流下来。他给母亲擦干净，等一会儿再喂一口。一天下来，要喂上八九次。为了防止母亲肌肉萎缩，他每天坚持为母亲按摩四五次。母亲大小便不能自理，他每小时帮老人导一次尿，每天亲手为母亲通一次大便……

经过他日复一日的悉心照料，母亲虽仍然没有知觉，可是精神状态一天比一天好，现在母亲的眼睛偶尔能微微睁开。每每看到母亲这样，他就会觉得那是母亲想和他聊天，他就会放下手中的活计，坐到母亲的身边，一股脑儿地把村里的大事小情说给母亲听，把现在的国家大事讲给母亲听。看到母亲微微睁开的双眼，许新河感到了深深的满足和无比的幸福。

“人生五伦孝为先，自古孝是百行原。父母恩情深似海，人生莫忘报亲恩。”许新河悉心照料植物人母亲的实际行动温暖了我们，也向人们诠释了“百善孝为先”的人间大爱。

阳光女孩金天凤

大唐小凤

在霸州市北高各庄村，有一位 15 岁的孝女金天凤。她以自己稚嫩的肩膀撑起了一个家，被誉为霸州市的“美德少年”。

2019 年春的一天，我们走进这个家庭，进行了采访。

金天凤，2004 年 4 月出生，现在是霸州市第十五中学的一名在校学生。金天凤的父亲金海臣今年 54 岁，有轻微的智力障碍，由于健康的原因，不能干重活儿。金天凤的母亲康小月有严重的智力障碍，而且还不能开口说话，病情稳定的时候，能勉强做一些简单的家务，病情发作的时候需要有人来照顾。金天凤一家三口人靠着金海臣放羊为生，她家还有一亩薄田。金海臣说每年春天的时候，他就把那一亩地种上玉米，粮食收下来人吃，玉米秸秆轧碎做成饲料喂羊。

这是一个因病致贫的家庭。俗话说，穷人的孩子早当家。在别的孩子还在父母怀里撒娇的时候，小小年纪的金天凤就成了父母的小帮手。她 8 岁就学会了骑三轮车。农忙的时候，她要骑三轮车下地干活，有时候还要带上她的母亲去干农活。金天凤的父亲金海臣每天都要去放羊，赶上连雨天放不了羊，就要给羊喂草料。金天凤家的草料是用玉米秸秆轧碎了制作的，羊不爱吃，需要把豆腐渣掺在草料里才行。金海臣说，其实羊吃多了豆腐渣并不好，容易引起羊闹肚子拉稀。但是，豆腐渣比市场上卖的饲料便宜，能节省下买饲料的钱，贫穷人家过日子就得这么精打细算才行。于是，金天凤放学后会定期去一家豆腐坊里拉豆腐渣。

帮家里干活成了金天凤的习惯。身处这样的家庭，金天凤不抱怨，不躲避，而是以她稚嫩的肩膀撑起家里的半个天空。金海臣说，他从来不说让金天凤干这干那的，都是金天凤主动地去干。这孩子眼里有活儿。金海臣对自己的女儿赞不绝口。

每天早晨 5 点半或是 6 点，当同龄的孩子们还在酣睡的时候，金天凤就要起床了。她要给父母做好早饭才能去上学。下午放学后，金天凤从来都是先做饭。在父母吃完饭，刷锅洗碗收拾利索之后，才写作业。等把作业写完了，也就到了晚上 9 点多了，金天凤这才彻底忙完了一天的事情，带着劳累与梦想上炕睡觉。说到做饭，金天凤说她在 7 岁的时候跟邻居学会了做西红柿炒鸡蛋。先把鸡蛋炒熟了，出锅，再炝锅放西红柿，然后再把鸡蛋放进锅里，金天凤慢声细语地说着西红柿炒鸡蛋的流程。我问她第一次的菜炒得怎么样，她不好意思地笑了，说失败了。怎么失败了？盐放多了，炒咸了。下次再炒的时候放盐是不是就有准儿了？她说是。“父母爱吃你做的西红柿炒鸡蛋吗？”金天凤又笑了，她说，还行吧。

经历了那么多的苦难，金天凤没有气馁和颓废，她总是面带微笑回顾那些曾经的艰辛。有一家媒体把金天凤称为“微笑天使”，这个称谓实在是太贴切了。金天凤爱笑，是那种无声的微笑，是那种发自内心的纯真的微笑。采访这样的家庭，尽管问话的时候要十分的谨慎，但总还是有触碰她心底柔软之处的时候。比如问她父母的病情，比如问她家庭的贫困程度。问话之前，发问者心里都隐隐作痛，但是，金天凤听了问话之后，脸上总是先涌起微笑再做回答。微笑是这个世界上最美好的东西。金天凤，这个出自贫寒之家的女孩子，面对着生活上的贫困与艰难，面对着残疾的父母，她都是报以微笑。我问金天凤：“家里有没有让你想哭的难事？”金天凤说：“没有呀。”我又问：“那家里有什么让你高兴的事情吗？”金天凤说：“有很多很多呀。”我非要她举个例子来说明一下。金天凤说：“我在家里最高兴的事情就是跟父母在一起吃饭。”我当即对她竖起了大拇指。我对金天凤说：“你真棒，这件让你高兴的事情是许多大人都做不到的。”金天凤又笑了，虽然无声，但是足够灿烂。

然而，金天凤何曾不想有个富裕的家庭，有健康的父母，她把自己对生活的希望都融到了她的三个人生愿望里。第一，将来她想成为一名服装设计师。她父母的衣服大都是村里人送的，也有她捡回来的。她不愿意父母总穿人家穿剩下的衣服，所以她想当一名服装设计师，将来为父母设计这个世界上最漂亮的衣服。第二，带着父母去旅行。金天凤想趁着父母还能走得动，带他们去北京，或是一个有山有水的地方看看。第三，希望有一天父母的身体能够康复。怪不得金天凤能报苦难以微笑，原来她小小的心灵里装着这么美好的三个愿望。早些年，有一首歌叫《隐形的翅膀》，颂扬了在困境中坚韧不拔的人，歌曲把人的坚强与勇敢比做一双隐形的翅膀，其中最后一句词非常让人振奋："我终于看到所有梦想都开花。"不难看到，金天凤就是一位有着隐形翅膀的坚强孩子，她的所有梦想一定都能开花结果。

金天凤的三个愿望很好地诠释了她对父母的孝心与爱。金天凤的一言一行都被北高各庄的村民们看在眼里。进村一打听金天凤，她们便会说："你们要宣传金天凤呀，就是这个孩子命有点苦，可她确实是个好孩子。"

说起金天凤，她父亲金海臣不禁喜上眉梢。他说："我这闺女听话，我们说什么她都听，长这么大了，从来没有跟父母顶过一句嘴。"他还说："我这孩子可让我们省心了，放了学从来不出去玩，回来不是帮她妈妈干点家务活儿，就是写作业。"身为父母的人都知道，孩子到了青春期是会叛逆的，人们把这一现象称为"叛逆期"。不过，这一现象在金天凤身上根本找不到。还是在第一次去她家采访的时候，采访结束我要走了，出于礼貌，我跟金天凤的母亲告别，金天凤的母亲连连点头。我问金天凤："你妈妈这不是能听懂别人的话吗？"金天凤说："我妈就会摇头或是点头。"金天凤不说她母亲能听懂别人的话，也不说听不懂。从她的话语里，我能感觉到她是多么希望她的母亲是个正常人啊。所以，金天凤把她的这个希望列入了她的三个愿望里。金天凤说每逢周末，她从不出去玩，她就在家里收拾家务、写作业，然后守在母亲的身边。守着家，守着母亲，这就是金天凤对家庭、对父母最直接的爱，也是她最快乐的事情。

告别了金天凤家，我们又奔赴霸州十五中学，采访了金天凤的班主任王老师。

如今，金天凤已经是一名初中生了。王老师说：“2019 年 4 月 25 日，金天凤去廊坊参加‘最美廊坊人’的颁奖典礼，我嘱咐她带一件干净点的衣服。”她说：“带了，我还带了两本书，有空的时候看两眼。”王老师说：“我们下午是 1 点 40 正常上课。那天上课，我一走进教室，看见金天凤在班里坐着。我问她，你怎么回来了？几点回来的？”金天凤说：“1 点 10 分回来的，回来我就赶紧上课来了。”王老师说，金天凤对待学习一贯是这么认真。她完全可以借着去廊坊领奖这个机会偷个懒不来上学，可她还是准时出现在课堂上。金天凤请假的时候很少。据王老师介绍，现在各种媒体都在报道金天凤的事迹，太多的镜头对准她，太多关切的询问追逐着她，面对这样的情况，金天凤一点都不浮躁，每天仍然踏踏实实。金天凤的学习成绩在班级里属于中上游水平，虽然不是最好的，但是看得出她在很努力地学习，我们老师都看得出来。下课后，她与同学们一起来老师办公室问不懂的作业题，她还积极参加学校里的各项活动，给人感觉她跟其他学生没有什么不一样的地方。

王老师还讲了这么一件事。她说：“有一次我们开家长会，金天凤的父亲来了，我还以为是哪位学生的爷爷，我就问他是哪个学生的家长，他说是金天凤的父亲。金天凤的父亲看上去已经很老了，其实才 50 多岁。像这种家庭出来的孩子，金天凤能做到这样已经很优秀了。”

有人说，老天给你关上一扇门，同时会为你打开一扇窗，或许如此吧。老天让金天凤的父母双双残疾，却送给他们一个既坚强又阳光的女儿。梁启超先生在《少年中国说》中说，少年强则国强。这个观点对于金天凤来说也是一样的，少年强，家也必定强。金天凤，这个有着隐形翅膀的阳光女孩，一定能够带着她的父母走出困境，理想之花一定能够在她家的小院里竞相开放。

在希望的田野上

——霸州市 2018 年农业综合开发工程建设纪实

郝建福

2018 年的深秋，在这已经有了丝丝凉意的季节，我受聘到市农业开发办公室担任工程项目监理。后来才知道，这也正是农业开发工程施工的黄金季节。

一晃半年过去了，在紧张繁忙的建设工地，我结识了一班充满活力、对农业开发事业有着不舍情怀的年轻人，给我留下了深刻的印象。

一

“民为国基，谷为民命。”在我们这个人口众多的国度，粮食问题从来就是历朝历代的领导者视若天大、重比泰山的大事，代表人民利益的中国共产党也不例外。

这些年，中央高度重视“三农”问题，投巨资改善农业基础设施，增强抗御自然灾害的能力，以确保粮食生产安全。眼前的开发项目，就是要在方圆 13500 亩（9 平方千米）耕地上，建成路、渠、电相通，桥、闸、井、站配套，旱涝保丰收的高标准农田。本文就是从这块 2018 年度项目区建设说起的。

霸州选择这块土地搞农业开发，且针对种植水稻和小麦来设计、修建基础设施，反映出市领导和有关部门的果敢与睿智。

整体而言，霸州是个缺水的城市，不适宜种植高耗水的农作物，尤其是水稻。可往往普遍性中又有其特殊性。东淀地势低洼，南有大清河，北有中亭河，既要滞蓄上游来水，又要承载城市排放的“中水”。如此一来，东淀又是一处多水的地区。利用好这些水资源，除了增加粮食产量外，对霸州的社会经济发展和生态文明建设至少还有四大好处：

一、扩大了东淀湿地面积。湿地为大地之肾，稻田被国家列为人工湿地。修建泵站、闸涵及其配套的干支斗毛渠系，将东淀纵横交错的河渠和成片连方的稻田、藕田、苇地蓄上水，抑或让这块土地保持较高的潮湿度，有利于京津地区生态环境的改善。

二、降低了中亭河等河道的长期高水位，防止和解决了次生盐碱化问题。水少不行，水多成灾。理想的地上水水位应该在地平面 1 米以下，若过高，会出现散浸、水渍灾害，造成次生盐碱地。

三、水稻等高耗水作物有了稳定水源。面对农业种植结构变化和东淀水资源较丰沛现状，人们已经尝试在东淀及其他低洼多水地区种植水稻、莲藕等喜水作物。项目区已经成功种植水稻 3000 多亩（2 平方千米），不过农业基础设施滞后。农业开发工程建设可以有效补齐基础设施不配套的短板，有利于对东淀的综合利用。

四、补充地下水，达到水资源供需平衡，有效遏止地面沉降。

基于此，把2018年高标准农田开发建设项目落到东淀大洼一部分村街内，不能不说是一个高明之举。当然，这仅仅是个开始。

二

根据项目区工程设计施工图，仅水利工程一项，就要建成泵站16处、桥闸涵12座、维修机电井14眼，疏浚并衬砌渠道5千米，铺设输水管道2.4万米。工程量之大，作业面之广，施工难度之高，称得上近年来霸州农业开发工程项目之最。而完成这项任务的重担，就压在了市农业开发办（机构改革后合并到农业农村局）的几个人身上。

这里的农业开发领头人是一位女同志，名字叫姜悦。

这位文静、看似羸弱的农业开发办主任表现出了过人的工作热情和领导能力。从初期的勘踏地形、规划设计，到之后的招投标、优选施工队伍、开工建设，她带领这个不大的团队，克服了重重困难，在茫茫东淀大洼，用汗水和辛劳一步步让蓝图变为现实。他们付出的心血，我这个工程监理可以说最清楚不过了。

2018年11月13日，项目工程动员会在指挥部——一个四邻不靠的农业合作社基地举行。有关乡镇领导、村街书记村长、项目经理、工程监理人员面对挂在墙上的蓝图，表现出极大的热情和期望。大家心里明白，这些年农业基础设施滞后，要建成中国特色的社会主义新农村，最需要的还是要把眼前的大片土地改造成田地肥沃、设施配套、道路畅通、林网适宜、生态优良、科技先进、全面节水、旱涝保收的高标准农田。你想，泵站一开，四通八达的渠道流水潺潺；平坦的水泥路环绕田间；碧绿的水稻、麦田一望无际；水中鱼游蛙闹，天空小鸟欢鸣，身边荷花、蒲苇迎风摇曳……不是江南，胜似江南。置身在这样的环境中，谁又能不为这怡人的田园风光所陶醉呢？

在场人们被农业开发办的蓝图和东淀开发的前景所感染，也把期许的目光落在了承担这一任务的姜悦和她领导的“农发人”身上。

农业开发办面临的任务算得上少有的艰巨：一是大，项目区涉及 3 个乡镇、13 个村街、1.35 万亩（9 平方千米）农田，计划投入资金 1700 多万元；二是新，扬水站、节制闸、竖井，在以前的农业开发项目中几乎没见过，算是新增项目，第一次接触；三是急，去年年底开工建设，今年五一后就用，冬季气温低过 5 摄氏度时，又必须采取保暖措施才可浇筑混凝土；四是多，两片项目区，10 多个施工点，相距十几公里，同时开工。

要错开农忙时节，又须不误农时，还要避免因施工给农民带来的不便和损失，各种制约因素给团队的每个成员都带来了压力。姜悦和她的同事们不惧压力，顶住压力，以高昂的斗志和科学务实的工作策略，变压力为动力，全身心地投入到这场全新的高标准农田基本建设中。

三

寒冷的冬季到了。对于很多人来说，这算得上是一个散淡清闲的季节。东淀大洼更是少有的安静，除了河面上几个砸冰垂钓的捕鱼爱好者和远处的牧羊人外，能见到的就是紧张忙碌的施工队伍和奔走在施工点之间的“农发人”的身影了。

按照指挥部的要求，施工队伍陆续进场并投入施工：承建田间水泥路的队伍开始划线、清表、开槽；建泵站、节制闸的队伍开始挖槽、降水、支模；铺设防渗节水管道的队伍开始开沟、备料；架设变压器的队伍开始勘察地形、规划设计线路走向；维修机电井的队伍开始检测机井、制定修复方案；新建和维修桥涵的队伍开始绑扎钢筋、浇筑混凝土底板……仿佛一台巨大的机器，在姜悦和她的团队手中迅速运转起来。

已经多年没见过这样的施工场面了。

我在水利部门工作 40 年，经历过人山人海的根治海河工程，见过肩挑车拉挖河筑堤的热闹场面，参加过打井、铺设防渗节水管道的抗旱工程，组织参与过桥、闸、涵、站的规划设计施工，可那毕竟是多年前的情景，是留在心底不能忘却的记忆，而眼前机器轰鸣、人来车往的施工现场不禁让我眼前一亮——久违的农田基本建设又回来了。不同的是，过去的挑方篮、推独轮车的人海战术，已经被挖掘机、吊车和太多的现代化机具所替代，以前那种让人酸楚的高强度、高风险施工情景早已不见了踪影。

我不禁想起一件事。1979 年春，正是小麦分蘖拔节期，却遭遇罕见的干旱。上级从白洋淀调来水源，通过大清河输水支援霸县、文安抗旱浇麦。两县用水，走一条河道，提水泵站成了关键，而霸县在大清河边仅有三座小扬水站。情急之下，只好在河边安装临时机泵。那时吊装设备简陋，大点的机泵用吊链、绞盘运到现场，小点的只能用人的肩膀来抬了。记得当时在王疙瘩村北，一溜安装50台由12马力柴油机作动力的调水小机群。柴油机有多重我不知道，反正我这20多岁的小伙子试了几次也没抬动。为了早一刻把水调入干渴的麦田，县委书记马玉琛把外衣一脱，抄起碗口粗的榆木杠子，和民工一起抬运柴油机。无需再说什么，在场的干部、技术人员，纷纷加入到抢运安装队伍中。身体强壮的两个人抬，身体单薄的四个人搬，大家一齐努力，安泵的速度立刻加快，比预期提前8个小时开泵抽水。事情看似平常，可对于我这个参加工作不久的年轻人来说，却成了难忘的记忆。

如今不同了。六七米深的泵站基槽，挖掘机轻而易举就能完成；几万米的地下防渗管道，开沟机毫不费力就把深近1米的管沟挖出来；浇筑闸底板出现地下水管涌，急需打桩加固，机械臂轻轻一压，好几米长的木桩、工字钢便打进了河底；十几条田间水泥路，从清表、开槽、拌灰土，到刮平、碾压、浇筑水泥路面，完全机械化施工，想工程效率不高都难。

社会进步，国家昌盛，传统的施工方法已经被先进的机械化代替，如今的高标准农业开发工程，实实在在说得上是今非昔比了。

四

工程正在按着姜悦和她的团队规划的施工节点有序推进。

前景光明，困难也接踵而来。首先遇到的就是沟沟渠渠到处是水，地下水位奇高。挖掘机一抓下去，地下水马上涌了出来，部分规划修建水泥路的线路，干脆还泡在水中，低头看看田间的机井，水位高到伸手就能触及。除了安装变压器、维修机电井等少数工程外，所有的工程项目都要在降水后才可正常施工。连我这个多年与水打交道的水利人也感到震惊。

2018 年 11 月 12 日，光正道路工程有限公司开始拆除重建蝴蝶桥。蝴蝶桥是沟通项目区尤其是通往几千亩稻田的咽喉要道，从远处看，似一只双翅展开的蝴蝶。农业开发办的年轻人给它起了这个浪漫、形象并有着标志性、方位性作用的好听名字。时间一长，反而代替了图纸上的工程项目编码，项目区甲方、乙方、第三方都以蝴蝶桥为轴心，来确定校核施工位置。这里集中了桥涵、泵站、竖井、涵洞、节制闸、田间水泥路、变压器、门式工程标识等多项工程，可谓项目区的重点，而建在黄庄子干渠上的蝴蝶桥则是重点中的重点。

姜悦和她的同事们决心把这个重点变为亮点。

接连几天，她都来蝴蝶桥——作为建设方主要领导，面对相对生疏的工程项目，她知道事关重大，须亲临现场才放心。不懂就问，不会就学，看图纸、查资料，直至把网络信息技术运用到工程项目中，以虚心好学的态度和坚韧不拔的毅力，脚踏实地的做好每一项工程。她与技术人员、项目经理、工程监理协商制定详细施工方案：干渠筑坝、水泵降水、挖掘机开基槽、按设计绑扎钢筋、控制底板高程、确保施工人员安全……一系列科学可行措施正在有条不紊地进行。由于水位高，基础槽又深，施工中出现管涌，她指示施工方运来木桩，加固随时可能出现的滑坡。领导的身体力行，激发了大家的工作热情。建设方、施工方、工程监理方团结协作，密切配合，确保工程正常进行。

此情此景，眼前不由得浮现出当年大清河王疙瘩安泵调水场面。

2018 年 12 月 1 日，轲茂源公司开始浇筑一号泵站前池底板。新建泵站，在项目区算得上是难度最大的工程。尤以建在中亭河上的三座泵站最难，关系着防洪和蓄水安全。姜悦不放心，她又来到现场，督导施工队严格按要求施工；提醒技术人员加强管理、负起责任，把握好每一个施工节点，不能大意出错。这一天，气温已降到零下 3 度，浇筑混凝土后的增温保暖，成了保证工程质量的关键。她不顾寒冷，与大家一起搭建临时塑料暖棚，苫盖草帘子，直到看着施工方安好暖风机，暖棚中温度升高了才离开工地。

遇到单位事情多，离不开，她就利用早晨、中午休息时间，开着自家车来工地。她说不到现场看一看，吃饭睡觉心里都不踏实。

新的一年开始，因机构改革，农业开发办合并到市农业农村局。单位变了，职务有新的调整，这些并没影响姜悦和她的伙伴们对农业开发项目的钟爱和倾力。

局长贾庆岭给予全力支持。这位刚刚从乡镇党委书记任上调来农业农村局的一把手，深知农业开发项目的重大意义，也了解农村工作的难度，他全力支持姜悦和这个团队的工作，要人有人，要车有车，亲自出面解决施工中出现的纠纷和问题，让一线的同志集中精力安心工作。

新的单位，跨年度工程，施工设计变更，建筑物料价格提高，环境治理对施工单位的限制，种种制约因素，羁绊着农业开发工程的进展。分工继续负责这一工程的姜悦和她的同事，马不停蹄，全身心投入到已完成一半的工程建设之中。

2 月 26 日，还没出正月，年味未曾散尽，姜悦召集有建设方、施工方、监理、设计公司等单位参加的“叫齐会”，要求大家动起来，进入角色，将计划工期前移，以保障项目区尤其是稻田种植不耽误农时。

春天的东淀大洼到处充满生机。解冻的河渠、泛绿的土地、摇曳的杨柳、初开的小花……景色怡人的项目区又恢复了它节前的热闹场面。

五

工程进入关键阶段。团队每个成员也抖擞精神，全身心投入到紧张施工中。

杜海旺在原单位是农业产业化科科长。眼前“三定”方案没下来，这位在新单位还不知啥名分的科长并不计较，只想着全身心投入项目建设中。对于这位朴实忠厚的老“农发人”来说，面临的工程大多还是全新的。可这难不倒有事业心、想为家乡做点实事的老实人。

3 月 22 日，项目区新建节制闸工程进入绑扎钢筋、支模板、浇筑混凝土阶段。他知道节制闸在项目区的重要作用，钉在工地，逐项检查支模高度、布筋密度、闸室高程、商混标号等每一处细节，要求施工方严格按规定施工，高质量完成。

在铺设防渗节水管道工地，他认真查验管道厚度、光洁度、配件质量、埋管深度，不放过任何细节，确保杜绝任何施工漏洞。在东片项目区，发现施工单位铺设的管道深度不够、出水口保护装置过高等质量问题，他现场打电话，要求项目经理立即来人整改。

5 月 9 日，刚刚建成的三号泵站双泵同开，集中为急需水源的稻田调水。由于水泵出水量大，输水渠道出现水位偏高、流速加快，有冲刷刚刚建成的混凝土路基的危险，亟需采取防冲措施。他和副科长张建军跳入水中铺设防冲塑料，加固渠道边坡。固定进水口的绳索不够，紧急时，他把自己的鞋带解下来应急。看着湍急的河水平安流过，路基保住了，他们才带着一身泥水、一脸笑容回到岸上。

在项目区，副科长张建军分工技术工作。这位 20 世纪 90 年代从华北水利水电学院毕业的高材生，思维敏捷，谈吐机智幽默，做事认真果断，给人以稳重、干练、热情和有胆有识的印象。

项目区涉及的水利工程多，他又是学水利的，在领导和同事们的支持下，义无反顾地挑起技术工作重担。用他自己的话说，能碰上今年这样的专业对口项目，是一种幸运，一次机缘，一个施展专业技术的平台，说啥也得干好。大家也自然而然把他当做主心骨，技术权威。作为老水利人，我佩服他的聪明和专心。他能把每一项工程的设计标准、施工要求、技术数据、工程进度记得清清楚楚，可以随时为施工方答疑解难。我知道能做到这些并非易事。需要下比别人更大的功夫，吃更大的苦，建军做到了。

4 月初，项目区进入更加紧张的竣工验收倒计时施工阶段。张建军的工作时间也随之延长。经常早晨六点多钟便来到工地，查看前一天的工程效果，安排当日的开工项目，经常连早饭都顾不上吃。多日风吹日晒，超负荷工作，他的脸、胳膊、颈部晒得黑中透红、嘴角起泡、腿病复发，有时不得不拄着拐杖穿梭在相距几公里的工地间。

龚旭是农业开发办中的青年，有着娴熟的开车技术和十几年参与农业开发的历练。日常工作中，他既是司机，又是技术员，还是后勤工作的保障员。农业开发项目时间紧，任务重，农业开发办人员一个人当几个人用。这位身体壮硕的年轻人，克服家里孩子小、爱人工作忙、家务事多的困难，每天奔跑在工地。修路的灰剂量不够，他一眼就能看出，立即向施工方提出警示；建桥的红砖质量不好，他挥掌能把红砖劈成两段，提示施工方更换；防渗节水管道铺设不达标，他打电话通知施工队返工重做。

对于专业性强的工程，他不会就学，不懂就问，下功夫学习新知识、新业务，慢慢成了农业开发办的主力干将。

何止是姜悦领导的团队，在项目区，担任施工任务的工程队，有关乡村政府、包地农民也给予了密切配合与大力支持。光正公司项目经理房建兵，轲茂源公司一线负责人蔡斌柏、张爱民，聚仁公司项目经理张继伟，奥诚公司项目负责人孙……大家聚在一起，在农业开发办协调下，把握施工节点，避开交叉碰撞，密切配合，相互支援，确保了工程按计划顺利进行。

霸州市的农业开发项目也引起上级有关部门领导的关注。原省农业开发办常务副主任金树林，对霸州在东淀低洼地区发展水稻、小麦、莲藕等耐水作物很感兴趣，称这是一项有利农民、有利环保、有利水资源保护利用、前景美好的工程。金主任专门发来信息："姜悦主任好，看了你发的工程竣工图片，特别是你那种不舍的'农发'情怀，同样深受感动！你是位优秀的'农发人'，确实是把无悔的青春献给了农业开发事业，以你的才智和领导能力，相信在新的岗位上一定会再创佳绩！祝福你！"老主任对农业开发事业非常关心关注，鼓励姜悦和她的同事们继承"农发"精神，在新的岗位上发挥才智，为国家为人民奉献青春。

5 月 15 日，廊坊市农业农村局领导在巡视了项目区后，也对霸州的高标准农田建设工作给予了高度评价。

六

记得有一位哲人说过：避苦求乐是人性的自然，能苦会乐是做人的坦然，化苦为乐是智者的超然。在这块土地上，姜悦和她的伙伴们以苦为荣，苦中求乐，以坦诚乐观、积极向上的全新状态迎接挑战，破解难题，把工程一步步推向成功的彼岸。

2018 年 11 月 17 日，光正公司率先完成蝴蝶桥及其配套的五座涵桥工程。随之，修建田间水泥路、建节制闸、修复机井、铺设防渗节水管道、架设变压器、铺设地埋线等等工程，一项项陆续完成。

2019 年 5 月 2 日，三号泵站试车成功；5 月 14 日，二号泵站试车成功。两座泵站以每天 6 万方的提水能力，把中亭河水送入待灌的稻田和麦地。期间，建在干支渠道上的 8 座泵站也已投入使用。

至此，涉及项目区几千亩稻田和上万亩小麦、棉花、大田作物的 11 座泵站工程，相继试车成功，可以随时投入使用。

成功了！半年多的忙碌，200 天的拼搏，人们放弃了节假日，忘记了星期天，顶着寒风飞雪，忍受着日晒雨淋，如今终于看到了胜利的曙光——尽管还有诸多尾工等待他们完善，尽管还有个别施工点不尽如人意，可已经阻挡不住高标准农田建设胜利完工的鞭炮声了。

姜悦和她的同事们终于松了一口气。

七

这是一块古老而充满生机的土地。在这片土地上，大清河、中亭河两河贴身而过，留下的是广袤的东淀大洼。这里土地肥沃、人杰地灵，是历史上的鱼米之乡。然而，这些年来，农业基础设施老化毁坏，粮食生产能力走低，水环境变脏变差，直接制约着农村发展，农民致富。

民以食为天。开国领袖毛泽东主席早在 1959 年就告诫人们："吃饭是第一件大事。""手里有粮，心中不慌。"

习近平总书记多次强调："保障国家粮食安全是一个永恒的课题，任何时候这根弦都不能放松。""把中国人的饭碗牢牢端在自己手中。""我们的饭碗应该主要装中国粮。"

党中央连续 16 年颁发涉农中央一号文件，强调重视"三农"

问题，尤其是粮食问题，要求任何时候都要守住、管好“天下粮仓”，确保十几亿人口吃饭安全。

姜悦和她的同事们用行动践行着领袖告诫、中央强农富农精神，努力落实市委市政府的决策部署，默默工作在被不少人轻视，被一些人嘲笑的农业第一线。

可他们坚信，能够在这方热土上大显身手，为东淀地区人民做些好事实事，是一种荣耀，一种机缘，更是一种义不容辞的责任。因为他们是“农发人”，对“三农”有着特殊感情，对家乡这块土地有着儿思慈母般的眷恋。

他们坦然，他们自信，他们不后悔。

经过去冬今春不懈努力，项目区高标准农田建设初显成效。走在这片土地上，昔日坑坑洼洼的土路，已经变成平整笔直的混凝土工作路；四通八达的渠道，新建了桥涵、扬水站、节制闸；成方连片的麦田，配置了竖井、机井、喷灌；走进项目区，从蝴蝶桥一路西行，几千亩稻田已经灌足河水，处处波光粼粼；稻农开着手扶拖拉机在水田里耙地、整平；路边新育的秧苗呈现出一片翠绿——人们已经做好了插秧准备。不远处，一眼望不到边的麦田一片墨绿，喷灌机旋转着把水喷洒在绿地毯般的麦丛中……

看着眼前的一切，姜悦和她的同伴们笑了，是发自内心的甜甜的笑。

春华秋实

家住霸州

大唐小凤

在部队里，当兵的人说话多少都带有一些各自家乡的语调和方言，所以我认为说话南腔北调是军营里的又一大特色。那些当兵的人都来自不同的地方，虽然他们都极力把说话的调子向普通话靠拢，但那些普通话说得实在是牵强，仔细倾听，你仍能听出他话里那部分不改的乡音，很多的人就是凭着这丝丝缕缕的乡音找到自己老乡的。于是，就有了老乡见老乡，两眼泪汪汪了。也有不说普通话的，一张口，山西的酸、江南的甜、东北的爽就一览无余地展现出来了。当别人凭他的口音试着说出他家乡的所在地时，他便开始说他的家乡是怎样怎样的情景，自豪之情溢于言表。

导弹营老副营长的家乡在山东的农村，其家属是济南市人。老副营长的家属是一个看上去精明强干又有些趾高气扬的职业妇女。她早已达到了随军的条件，却迟迟不肯随军，她怕老副营长转业时进不去济南市，那样的话，她就要随老副营长去一个小小的县城了。老副营长的家属说，我们济南是省会城市，县城怎么能跟省城相比呢？我去过你们副营长的家，他家里包饺子时，馅里放上虾皮就觉得很好了。可在我们济南，饺子馅里是要放虾仁的，还得要这么大个的。说着，她朝我伸出手指头比画了一下。我听着有气，因为我就是从县城里来的，这不是当着矬子人说短话嘛，我决定煞一煞她的气焰。我先是很理解似的笑笑，然后不急不慢地说，我就是从我们那个地方的县城里来的，我们那个县城叫霸州。在我们霸州那个地方，是不把省城当回事的，买东西、看病或是出去玩，就直接去北京。我那话的意思再明白不过了，你省城再怎么着还盖得过北京？果然，我那轻描淡写的几句话，使老副营长家属的脸上那自得的神情明显地黯淡了一下。接着，我又乘胜追击似的说，我们霸州那个地方离北京实在是太近了，去趟北京，简直就跟串个门似的那么方便。再往下说，老副营长的家属便不再标榜她的济南如何如何了。我的心里舒服了一些，但又心生愧疚，我们的省城石家庄终归是没招惹过我的，济南更是一座历史名城，趵突泉的美景天下名扬，怎么就在我这儿都一文不值了？

久而久之，这样介绍家乡霸州成了我的一种定式。后来，导弹营里的董参谋家属也来队了。董参谋的家属是湖北本地人，操着一口湖北话，由于她身体不好，说话时总是有气无力的，所以她的话就更难听懂了，但这也不影响我们在一起聊天。董参谋的家属唱歌似的咿咿呀呀说了一通，大概意思是介绍董参谋家里的情况。她说董参谋兄弟三人，个个聪明绝顶，老大上的北京大学，老二在海外留学，董参谋最不行了，还是个军校毕业的。她就是看上这家人的聪明才肯嫁给了家境贫寒的董参谋。还有什么山上道观里的老道是她的亲戚啦，算卦看相非常准而又不要她的钱之类的，还说等有机会她带我到大山里去找那老道算卦。她说完了，该我的了。我说，我们霸州那个地方没有大山，也没有老道，我们就是离北京近，去趟北京，就像咱们去一趟武汉关这么简单。看到董参谋家属的脸上充满了羡慕的表情，我知道她明白了霸州在北京的位置了。武汉关是武汉市在长江边上的一个轮渡码头。从汉口二七路火箭军指挥学院站上车，经黄浦路、永清路、六渡桥，然后再然后，就到沿江大道了。在沿江大道上再行驶几站地就到了武汉关码头。从武汉关码头上轮渡，渡江到对岸的武昌。到了武昌不用打车，步行十几分钟就可以到达黄鹤楼了。去武汉不去黄鹤楼，就如同去北京不去天安门广场一样。到武汉关乘轮渡去看黄鹤楼是我每次武汉之行一个不可缺少的内容。

湖北省离北京路程遥远，湖北人去一趟不容易，所以他们对能常去北京的人充满了羡慕。董参谋的家属跟老副营长的家属不一样，她是个非常淳朴憨厚的农村家庭妇女，我内心自然对她产生出一种亲近感。我对她说，以后不管什么时候，你只要是想去北京了，就告诉我一声，我带着你在北京转，保你不花冤枉钱。董参谋的家属说那样太麻烦人了。我一再诚恳地说，怎么会麻烦呢？一点都不麻烦，106 国道就从霸州市区穿过，我坐车去北京真的很方便，不信你去去就知道了。直到董参谋的家属相信了我的话，我才放下心来。

也说不清到底从什么时候起，我就有了这样一个习惯，我总是对关系好的战友以及他们的家属说，去北京找我，我带你们逛，我们霸州离北京近，常去，所以对北京特熟。那架势好像北京就是我家门前的一条胡同，随时都可以穿行而过一样。邀请一再发出，却总不见有一个人前来。后来我才意识到问题的关键，北京是全国人民的北京，人家来北京不见得非要找你。简单地说，北京不是我的领地，归根结底，霸州才真正是我的地盘。而当时的霸州只是一座非常平常的县级城市，还不足以邀人前来做客。

王峰刚是武汉市火箭军指挥学院的一名干部，是我丈夫生前的战友。前些年他奉命来霸州征兵，受学院领导之托来看望我和我的女儿。感激之余，我自然是要好好地招待他一番。王峰刚公务繁忙，无暇去北京等地方游玩，霸州又没有什么好的去处，剩下的就只有请他吃饭了。煎炒烹炸地做了一桌子菜，请来哥哥姐姐作陪，让他好好吃一顿，也算是略表寸心了。记得在王峰刚来霸州征兵的第二年，霸州的文化活动中心建成了，也就是现在的李少春大剧院。看着宽阔的广场和巍峨气派的剧场，我的心中好不遗憾，心说要是王峰刚来的那一年就建成了该有多好，让他也看看咱霸州还有这么大一个剧场。等再见到王峰刚时，我便把这事跟他说了。王峰刚来霸州征兵的那一年，他和小何连长住在安雅宾馆。我说，小王，你还记得你和小何住的那个宾馆吗？他说，记得。我说，就在你们住的那个宾馆的斜对面，建起了一个大剧场，很气派的，比江岸剧场还要大。江岸剧场是武汉市火箭军指挥学院的军民共建单位，武汉市的一个中型剧场。王峰刚说，路过那里的时候，我注意到了那里的脚手架，原来是在建一个剧场。我说，可不是，你要是晚一年去霸州多好，我就可以请你去那里看电影了。

霸州的建设从此好像就一发不可收拾了。居民小区像雨后春笋般地先后落成，一个比一个漂亮，先是隆泰花园，再是水榭花都、阿尔卡迪亚等等，还有一些我叫不上名字的小区。小区漂亮，把霸州这座城市装点得更漂亮了。茗汤温泉渡假村建成了，市政大楼建成了，收藏馆建成了。我的天，霸州一下子让我拥有了这么多值得骄傲的东西。再次去武汉时，我把霸州的变化对那里的朋友们说了。回想一下当时我的样子，大概就像一个出嫁了的女人，在对着她婆家吹嘘自己的娘家有多么多么的殷实，那神情应该是自得自满的。这不得不让我又想起了老副营长的家属，那个吹嘘饺子馅里放虾仁的女人。虽然都是在说家乡的优裕，但她有恃强凌弱、以大欺小之嫌，而我不是，我是要拿我们霸州的好东西与他人分享。

我旧习不改，依然对人家发出邀请，但邀请的内容却有了根本上的变化。我说，你们什么时候去北京就到我们霸州来玩几天吧。我已由陪人家逛北京，改为陪人家逛霸州了。

如今，我不再频繁地去武汉了，但是，与王峰刚的联系一直没有断，或是信件，或是电话。在一次电话聊天中，我想起当年招待他的寒酸，我对王峰刚说，现在你再来霸州看看吧，跟你那年来的时候大不一样了。王峰刚说，全国都在变。我执拗地说，全国都在变不假，但我们霸州变化更大，建设得也更好。电话那边王峰刚大笑。我说你别笑，我说的是真的。你如果想看电影了，我们这里有李少春大剧院，你想了解了解霸州的历史，我们有霸州收藏馆，你要是想去乡下走一走，我们有古镇胜芳。而且，我们这里村与村都通了公路，笔直的公路两旁是两排高高的钻天杨，什么苹果园、葡萄园、桃园随处可见，那景色可漂亮了，堪比武汉的东湖。你要是想放松放松了，我们还有温泉渡假村，茗汤、日月潭、玫瑰庄园，随你选。你如果没有时间专程来霸州也没有关系，你如果去北京出差，只需告诉我一声，我就亲自去北京接你，我们霸州离北京很近的，来去十分方便，不会耽误你的公事。我把王峰刚说得不住地呵呵笑，他说："好的好的。霸州变得这么好，我很为你们高兴，只要你和孩子在那里生活得幸福快乐，我们就放心了。"

毛泽东他老人家把 38 年的时间比作弹指一挥间，霸州就是在这弹指一挥间的时间里发生了巨大的改变，使我有了足够的底气邀人前来做客。霸州变了，我也在变。2008 年的奥运会歌曲《北京欢迎您》，我听了一遍就喜欢上了，潜意识里总是把这首歌想作是《霸州欢迎您》。让我们试着唱一唱吧。

我家大门常打开，开放怀抱等你，
拥抱过就有了默契，你会爱上这里。
不管远近都是客人，请不用客气，
相约好了在一起，我们欢迎你。
我家种着万年青，开放每段传奇，
为传统的土壤播种，为你留下回忆。

陌生熟悉都是客人，请不用拘礼，
第几次来没关系，有太多话题。
霸州欢迎你，为你开天辟地，
流动中的魅力充满着朝气，
霸州欢迎你，在太阳下分享呼吸。

在哼唱这首歌时，你需要闭上眼睛，想象着那些大牌歌星是在为我们霸州呐喊助威，那感觉美极了。

你不能不相信血脉相传这个事实。外甥女的孩子霖霖是一个两岁半的女孩，胖乎乎的极其可爱，还处在咿呀学语的年龄段，出其不意的话语常常把我们逗得眉开眼笑。一天，我看见霖霖从门外领进来邻居的孩子。邻居家的孩子名叫豆豆，刚过两岁的样子，一个肉包子一样的小男孩。两个孩子蹒跚着走进了客厅，霖霖递给豆豆一颗水果布丁，嘴里含混不清地说，水果味，有果肉。豆豆没等坐下就吃上了。豆豆吃着水果布丁，霖霖在给他唱歌："小燕子穿花衣，年年春天来这里。"霖霖的歌只会唱到这里，但她把这半支歌唱得很认真。豆豆听得很安静，两只小眼睛里闪着晶亮的光，一副很陶醉的样子。那是两个孩子间的友谊，霖霖是主，豆豆是客，主与客都做得恰如其分。我见这情景有意思，便把霖霖喊到面前，我故意问，你是谁家的孩子？霖霖说，赵雅娟家的。我又问，你叫什么？霖霖说，我叫霖霖。我再问，你是哪里的人？霖霖说，我是霸州人。

我抚掌大笑。

小酒铺

刘 仪

我下岗后，从北京跑到河北文安一个仅有 60 户人家的穷村来养肉鸽，一晃 10 了。这个小村已成了我的第二故乡。别看这村既小又穷，我却深深喜欢上了这里的一草一木和这里的村民，尤其是这里的老年人。因为我也渐渐由中年进入了老年。加入了老年群体后，也就随了他们的生活习性：日出而作，日暮而息。这些老年人有个共同的爱好，都好喝口小酒儿。不管这人多穷，总要千方百计想个法子弄口酒喝。所以，别看这村小，还有个小酒铺呢。不叫小酒店，也不叫小酒馆儿，而叫小酒铺，那是因为它小得不能再小了。

这穷村也不是家家儿都穷，也有几家儿日子好过的。这开酒铺的王老伯，年轻时就是个精明汉子。那时他做小买卖，一到十冬腊月，田地里没什么可干的了，他就串村卖糖葫芦。正月里就开始卖元宵，也卖过切糕。反正什么杂七杂八的都干，只要能挣钱，多小的小钱儿都不嫌小。他说了，有就比没有强。这人最大的特点就是不怕受累，能吃苦。所以，别人都吃不上饭的时候，他也能弄个肚儿圆。而且早早儿就娶上媳妇了并生下两个大儿子。如今，两个儿子也都先后娶上了媳妇，又都生养了儿女了。这心眼儿转轴儿比谁都多的老头儿，让俩儿子帮衬点儿钱，自己开个小酒铺安度晚年了。

他这酒铺就三张桌子。其中一张还是用一块单人床的床板支两条高板凳对付上的。那两张正宗的桌子不但旧得可以，还有一张会跳摇摆舞的。有时喝酒的人忘了这档子事儿了，把酒斟得满满儿的，不赶紧喝口，还在那儿连说带比划的瞎聊，一不留神，这桌子一扭咕，酒洒一桌子。这喝酒的人心疼得恨不能去用舌头舔。

尽管这小酒铺是如此的简陋，但却是这小村老头儿们的天堂。赶巧了，三张桌子都能坐满了人。这里的饮者还真是够专业的，纯粹就是一个喝酒。酒菜儿简单到就这么一种，一个小碟儿里就放着一小块儿酱豆腐。三个老头儿都是右手拿着一根筷子，左手端起酒杯，滋溜一口酒，右手用筷子在那一小块儿酱豆腐上一戳，往嘴里这么一抿，咂摸着那点咸味儿，脸上的表情就全是幸福和满足了。那叫一个美。这老哥仨一块酱豆腐就能喝一顿酒，东拉西扯地聊上俩钟头。

也有人是自己从家带着酒菜儿来的。那时队里已是分田到户了，自家菜园子里种的大蒜，嫩着的时候腌这么一坛子，来喝酒时手里就攥一头腌蒜。也还真有带着上档次的酒菜儿来喝酒的。手里握着一个咸鸭蛋，喝口酒，用筷子挖下一点儿鸭蛋渣儿来。就这么一个咸鸭蛋，能够他喝六七顿酒的。一边喝酒，一边炫耀他这个鸭蛋的来历。说是四闺女从婆家给他带来的，一共 17 个。他在两个孙子“爷爷、爷爷”的不间断的叫声中，一人一个的不间断地发放出去，最后只剩个单数不好分了，这才留给他这个冤大头自己吃了。

我是来这村都快一年了，才发现了这个老头儿们的乐园。那时这里还没安装有线电视，虽然家家都八仙过海各显神通地架着花样翻新的天线，但是电视机里除了下雪，就很少能见到有人影在里面晃动。我刚来的时候，整天在鸽子窝里鼓捣鸽子，忙得没时间想别的。渐渐诸事都捋顺了，就觉出这荒村的憋闷来了。闲下来的时候，就各处都走走，不经意间转进了这个小酒铺。我一辈子不抽烟不喝酒，如今有了点儿年纪了，也想“改邪归正”学学抽烟喝酒了。

没想到，这酒里也有无穷无尽的乐趣呢。单看这些人喝酒时的神态就能让人上瘾。他们在家中看着满堂儿孙们说说笑笑，自己却插不上半句话，什么网站呀，超女呀，一点儿也弄不明白，只能直着眼睛木讷地听着。然而一到这酒铺，可就都成了说话的主角了。人人都回忆起自己的人生经历，滔滔不绝地讲述着往事。

我最喜欢用一小杯酒放在面前当由头，然后坐下来静静听他们眉飞色舞地海聊。我觉着这比看电视都好得远。他们说到高兴的时候，每人都有一张独特的异常生动的脸。他们的话语就像一匹脱了缰的野马，四面八方地任意飞奔。谁说话都用不着考虑后果，心无芥蒂，口无遮拦。他们的语气、表情都十分的真实，不加丝毫的修饰和遮掩，想起什么说什么，说到哪儿算哪儿。所以，听他们说话，打心眼儿里就觉着可靠，看着不倦，听着不厌。

只要喝上三口酒儿，可就你一言我一语、东一榔头西一棒子地开戏了：“我就盼着呀，咱这酒有朝一日能敞开量儿地喝，不愁没酒钱，那我这日子过得就舒心了。”

“这人没有知足的时候，原先你常年吃不饱饭，要是哪天你吃了顿饱饭，就乐得屁颠屁颠的。现在是顿顿吃得饱，还都是白面，你又想顿顿有酒了……”

“其实呀，你们就是懒，如今包产到户了，把那荒坡地刨巴刨巴，种点儿什么都来钱，还愁没酒钱。”

“你就别提那档子怄心的事啦！去年我在东洼地种的那片黄豆，眼看就变成钱了，那场大水一来，为了保北京、天津，我们只能牺牲自己的财产了……”

“那不是人家北京、天津的广大市民都给你捐钱捐物的吗？”

他们说的这些事，都是在我来这村的前几年发生的。我一时也听不大明白，就是觉着他们聊得挺有意思的。不过，我还是最爱听这酒铺老板王老伯聊天。他虽说没出过远门儿，但走乡串村地做了一辈子小买卖了，也应当称得上是见多识广了。这老头儿还挺爱跟我聊。我每次去了，他都十分热情，一闲下来就让我给他说北京城里老年间的事。我就让他给我讲村中的新旧趣闻。

这王老伯倒是个明理的老农。他平时不喝酒，走到哪儿都端个宜兴壶，时不时地喝口。他喝了口茶，摇了摇满头白发，很是感慨地说：“听说乡里新来了个乡长。”

一个干瘦的中年汉子端着酒杯过来插了一句。大伙儿又都借这个话茬聊开了：“他一来就号召大伙打井，谁家田里打一口井，乡里就补助 1000 块钱。”

“这大伙儿还都听他的，都打井。”

“为的是要那 1000 块呀，有便宜谁不想占呀。”

“新官上任三把火么。”

“这将来就是政绩，你懂吗你。”

“反正这回老百姓没吃亏，有那 1000 块钱垫底儿，打一口井也再添不了多少钱了，闲时置忙时用。”

“这乡长一来就得了个外号，他走到哪儿，人就说，老井来了。”

王老伯一撇嘴：“你们这几个老家伙真是胡诌，人家那乡长姓井。”

大伙一听全笑话他：“你老才胡诌呢。这百家姓里有姓井的吗?”

小酒铺里一片笑声。

时光像村南那条小河的水一样静静地流着。我从 1996 年来到这个小村，转眼就是八年了。当年在妈妈怀中吃奶的那几个娃娃都上小学三年级了。我那几十对儿鸽子，如今也变成 1000 多对儿了。虽然整日忙乱着，但只要一闲下来我总爱去小酒铺坐坐。酒铺里那几个常客，虽然去世了两个，但又新加入了几个成员，所以酒铺比原先又热闹了。王老伯不但身体康健，就连他门前那棵原本只有碗口粗的铁皮杨树，也高过房顶，枝繁叶茂地长成大树了。每到夏天，都会赏赐给人们一大片荫凉。那酒铺里的陈设，也在不知不觉中全换成了宝丽板镶面儿的十分洁净的桌椅了。桌上的酒菜也在没人理会的情况下，由八年前的咸菜、酱豆腐什么的，渐渐换成了一盘一盘的鸡翅、猪蹄儿、香肠什么的了。最不济的也是一盘金黄金黄的摊鸡蛋。这是本乡本土用原粮喂的鸡下的蛋。

别看这些老头都老了许多，可他们说话的劲头儿还是那么冲，仍然是东一榔头西一棒子的、天南海北地胡诌，还是照旧念着上级的好：

“听说这补助款啊，一亩地能给十几块钱哪。”

“你还别不知足，咱乡里又及时又足额地发到村民手里了，这真不赖。”

“听说这老井现如今当书记了。”

王老伯平时不大爱和这帮人掺和，但一说起老井，他可就有发言权了。因为他的一个侄子原先跟老井是同事，都是县政府的小小办事员。老井一调到这里，他侄子就说，这下你们乡的老百姓算是有了造化了。老井是个老实人，他就爱替老百姓干实事。

这王老伯对老井有了这个印象，平日里对他也就多了几分注意。当听到有人说老井是捞政绩，这老头儿可不爱听了，因为“政绩”这个词儿在老百姓的脑子里不是什么好词儿，要再加上个“捞”字，那就是骂人了。

“你说人家老井是捞政绩，你老说话可别亏了良心。他干的都是砸自个儿饭碗的活儿——带领乡亲们搞养殖。如今这畜禽粪多了，种瓜菜不用化肥了，吃起来又香又甜，连北京天津都上咱这地界儿买小甜瓜来。咱们的鸡蛋都让广州香港给买走了。大伙儿正干得来劲呢，这县里让收养殖占地费，一平方米收 5 毛，一个鸡场少说也得五六亩地吧，你说那谁交得起呀。这老井他说出话来软绵绵的，不着急不着慌的慢条斯理地说：咱们不交那行子。老百姓这个乐呀！他到上级顶雷去了。”

这王老伯一提醒儿，大伙儿也都想起来了。

“要细想起来，这老井在咱这乡里蔫了吧唧的呆了这几年还真没少给老百姓办事。要不是他一来就让大伙儿打井，这几年咱这庄稼可就全崴了泥了。”

“你说也怪啊，咱这文安洼本是个十年九涝的地界儿，可就从老井来了，这一晃七八年了，一直就这么旱下去，多亏了这井……”

“说起我儿子那鸡场，更得感谢咱井书记了。都说养鸡赚钱，我那不着调的儿子也动了心了，可村里不让用可耕地建鸡场。我这个急呀！我这个不正道的儿子好不容易要改邪归正，干个正当营生，这下要是把他的积极性打了下去，他又该走歪道儿了。我正要找乡里呢，老井他来了。我说，你得支持我儿子养鸡呀。他说，用可耕地建鸡场谁也不能支持你。我一听，心就凉了。他又说，有办法，你等着。没等几天，哈哈，我这个大难题解决了。就在咱家门口的大堤上，这老井硬是找水利局把那么一大条子地给要下来了……”

“对对，那本是水利局的一大片桃树林子，好几年没人管理了，接不了几个破桃。这下可派上大用场了，二十几家没场地的养鸡户，都美滋滋地建起了规规矩矩的鸡场。”

“说了归齐呀，还是现如今的政策好呀。”

“政策好也要有好干部来执行，那才能显出好来呢。”

王老伯收拾完家伙也稳稳当当坐了下来。他那把宜兴壶又沏上好茶叶了，一阵阵的茶香盖过了酒味儿。他小口小口地喝着茶，慢慢悠悠地说：“你们这几个老家伙就好好儿活着吧，慢慢儿品你们的日子。你们这几个老家伙，是吃孙儿喝孙儿还骂孙儿。”

王老伯见我听着他的话笑了，就坐过来专门对我一个人说：“老刘哇，你可别笑话我们这几个土头土脑的老家伙，他们虽说是口无遮拦胡说海吹乎，可谁好谁坏他们还分得清。”

他喝了口茶说：“老刘你今儿要是没什么事，就听我给你聊聊我们这地界儿的古今。我们这儿就是地多，哪家少说都种着几十亩地，可都是盐碱涝洼地，又爱闹水灾。”

王老伯摇头叹了口气说：“这种田纳粮就跟欠账还钱一样天经地义。自古都是这么个章程。可现如今呢，你种地就什么也不拿了。什么也不缴了，还给补助款。可你看我们村这些个老家伙们，他们把这事看得就那么平常，就那么素淡。按现如今年轻人的话说：没有感觉——要说也是，这好儿要是多了，也就觉不出好儿来了，天天吃糖再吃甜饽饽也觉不出甜来了……”

这王老伯正说甜饽饽呢，这甜饽饽还就真来了——他女儿和女婿看他来了，提了个特大号的大蛋糕来。原来今天是他的生日，晚上儿女们都在他这儿聚会。这个静静的小村，也会时不时地这家热闹一阵子，那家又热闹一阵子。

我喜欢踏着晨光和月色，悄悄地把这小村细看。这 10 年久旱的土地，让村民们用汗水浇灌得一片连着一片的葱茏苍翠。10 年前这个萧索的小村，如今已被蓊蓊郁郁的树木所包围，充满了无限的生机。这里的人们心情舒畅地劳作着，他们有时嘴上发着牢骚，但心中装的都是满足。他们什么都不缺了，就只有一个期盼，盼着像老井这样的好干部在村村镇镇越来越多。

髫龄琐记

陈毓荃

苦命冬羊

1943 年 11 月 29 日，我出生在河北省霸州市阙里墅村，属羊。据说村中同龄伙伴有 30 多个，因病夭折许多，最后成人只有 13 个。虽说我算是幸运儿，但“生月”不好，冬羊无草，注定命运多舛。

当时抗日战争尚未结束，土匪也十分猖狂。一群绑匪在商量下一个劫持对象时，误说成父亲的名字，被村中一位熟人听到。得到消息，全家连夜逃亡到 8 里开外的外祖父镇上（天津市武清区王庆坨），逃过一劫。在王庆坨租住他人闲房，家具十分简陋，还要交付房租，生活自然十分艰难。更困难的是回老家种地要跑一二十里，还要随时提防绑匪的袭扰。直到日本投降，才搬回原籍。

我之不幸，恰巧就发生在逃亡生活阶段。先是出麻疹，麻疹过后拉痢疾。从正月十五到八月十五，大约病了多半年。家贫无钱看病，一拖再拖，病情日渐加重。最后不得不找药房，结果中医大夫连方子都不给开了，只好等死。在我前边已有一个哥哥夭折了，妈妈生怕我也短命，日夜抱着我，在我家和外祖父家之间走过来走过去，经受日月的折磨。据说当时瘦得皮包骨头，脖子连头几乎都支撑不住了。除了母亲，谁也不愿意抱我，是镇上人人皆知的小赖孩。谁料想八月十五过后，病情逐渐好转，最后不治自愈，居然捡回一条小命。记得新中国成立后随父母去王庆坨赶集，老街坊们看见我都很惊奇，这是当年的小赖孩吗？

1950 年春季，开始在本村上小学。在此期间，得过两次病，出过两次疮，也受尽折磨。

一次得的是荨麻疹，浑身奇痒。那时既没钱，也无药，只能干受。邻居方家二表嫂给了一块小孩的尿布，说是用尿布摩擦可以止痒。结果把尿布都擦成碎渣渣了，还是不顶用。另一次得了疟疾，一天发冷、发热，第二天流鼻血。发冷时躺在热炕上盖上棉被还不停地发抖。冷过之后又发热，浑身冒火，不停地喝凉水，也降不下温来。第二天虽然不发冷、不发热，却流鼻血不止，堵住鼻孔血从嘴里流出来，怎么也止不住。最有效的办法是用刚从井里打出来的新鲜井水冲头、洗鼻孔。但是止不了多长时间，鼻血又会自动流出来。反反复复个把月时间，面无一点血色。虽然最后跑了 8 里路到王庆坨看过一次（来回路上流了好多次血），抓了三服中药，但没有明显的效果。家里没钱，此后再未看过，直至自愈。

那时农村没有理发馆，都是母亲用老式剃头刀给我理发。用水洗过头之后，擦干，剃光。刀子虽然也磨过，刀刃却不薄，剃头时很疼，呲牙咧嘴地强忍着，太疼时难免叫一两声。母亲不停地说："快完了，快完了。"一直哄着我把头剃完。虽然剃头疼一些，偶尔刮破一点头皮，倒也没有大碍。谁知有一次剃头之后，长了满头脓疮，大概是毛囊炎吧。为了遮丑，大热天戴了一顶蓝布帽。睡觉时摘帽子，浓痂把头皮和帽子粘在一起，摘不下来；慢慢摘下来，自然少不了把部分疮痂撕下来，疼痛难忍。农村学校虽然很破烂，却有严格的规矩，不管春夏秋冬，上课时是不准戴帽子的，以表示学生对老师的尊重。令我难堪的是课堂上老师发现我没有摘帽子，叫我脱帽。我委屈地哭了起来。幸亏要好的同学及时向老师作了解释，我才从尴尬中解脱出来。

第一次长脓疮之后，好长时间再没有用老式剃头刀剃头。村中有一位剃头匠杜师傅（杜玉书），挑着担子游乡。根据顾客需要，他可以用"洋剃头刀"给成年人剃光头、刮胡子，也可以用手推子给年轻人理发。理一次发要 1000 元（旧币，相当于 1 角人民币），那在当时可是一次奢侈的消费啊！因为当时物价较低，一个烧饼夹一棵果子是 400 元，一碟炒凉粉 200 元，所以理一次发的花费就够一个人的一顿饭钱了。害怕再长脓疮，从此父亲带我到杜师傅家里理发。第一次享受用推子理发，感觉特别舒服，一点儿都不疼，而且差点睡着了。不知享受了多少次优厚待遇，大概是没钱了，或是侥幸，母亲又一次用老式剃头刀给我剃头。没想到这次又惹了麻烦，满头再次长满了脓疮。这次脓疮好了以后，手头再紧，母亲也会给我 1000 元，让我自己去找杜师傅理发，这大约是四年级左右的事了。

乡学启蒙

1949 年老家解放。1950 年春暖花开的时候，父亲第一次把我领进本村小学。把我交给老师后，父亲就离开了。我不知道什么叫上学。面对陌生的老师和许多不相识的小朋友，有些害怕。在父亲离开学校不久，大约 5 分多钟吧，我从学校里溜了出来，撒腿就跑，一口气跑回家。母亲把我二次送进学校，和老师作了一番交代，看着我在老师的带领下，和小朋友们一起做起了游戏，没有了恐惧感，她才一步一回头地回家。

新中国成立初期，乡村小学极其简陋。我入学时在“中校”，校址是废弃了的理公所。正房三间，其中的两间做教室，东首一个套间就是老师的办公室了。靠办公室北墙放着一张破旧的八仙桌，一边一把老式旧椅子。南窗下是一个火炕，供来客歇坐。火炕还有一个大用途——是背包袱串乡的卖书先生销售文具的地方。卖书先生一来，不管是课间，还是午休时间，学生们爬到炕上，把卖书先生和文具摊围在中间，里三层外三层，七嘴八舌，吵吵嚷嚷，人声鼎沸，震耳欲聋，生怕东西卖完了，自己买不到。其实摊位上没有书，只是小学生常用的铅笔、小刀、橡皮、白纸、石板、毛笔、砚台、墨块、字帖等，还有一种现在见不到、也用不着的方条石笔，那是在石板上写字、画画、演算算术题用的。当时没有文具盒，一般用布缝制一个小口袋，专门用来装石笔。

院子里有两间东厢房，年久失修，木制门窗都快散架了。窗户上没有糊窗户纸，因窗扇不大，屋子里非常昏暗。大概是危房的缘故吧，一直闲置着。因为这间房子里吊死过人，所以在学生心里存在一种恐惧感。紧靠东厢房南墙是坐西向东的校门，除了左右两个门墩以外，只有门框没有门扇。出入校门时大家都是迅速跑过东厢房门口，害怕被“鬼”抓住。

在正房以南、东厢房以西，是一个不太大的院子，这是学生集合开会、课间玩耍的场地。记得胡晓臣老师从天津回乡探亲，在院子里教过我们学唱“解放区的天是明朗的天”，那可是我第一次听唱歌啊！胡老师长得高高的，声音洪亮而浑厚，不仅会唱，还弹得一手好风琴呢，只是后来再也没有见到过这位老师。

教室虽然不大，却同时坐着两个年级的学生，低年级在过道南边，高年级在过道北边。任课老师只有一个，给低年级上课时，高年级做功课；给高年级上课时，低年级做功课。老师是全能的，语文、算术、写字、珠算等都是一个人教。

后来学生多了，在村子西佛堂里又开设了一个教室，这就是所谓的“西校”了。我的二、三年级就是在西校上的。教室占的是正房，房基较高，从院中要上几级台阶才能进教室。房子较高，也比较明亮，西墙上用灰泥做了一个大黑板，比“中校”大多了。三间西厢房住着我们的一家远房亲戚刘印乔，每天他把院子打扫得干干净净。院子南北长，东西窄，课间耍不开时，我们干脆跑到胡同里去玩。在西校上学期间，记得一件有趣的事情：区上组织统一考试，检查教学质量。曹子元老师在黑板上抄题，悄悄在一些绝对不可答错的选择题后轻轻划上了答案。印象最深的一例是："苏联是我们的敌人。（ ）"他在题后的括号里淡淡地画了个"×"。如果有人答错此题，说不定老师要大祸临头了！

村子大街中部偏东的村公所旧址，坐北向南，是我们的"东校"。这个院子临街有四间房，二层曾是岗楼，解放时用炸药包炸毁了。外墙内侧堆积着散落的砖瓦。从东二间过道进院，院子里有正房三间，东西厢房各两间。正房被我的一个同学张学文家借住着，东厢房好像是个办公的地方，晚上也有人在此打牌或赌博。西厢房是我们的教室。南墙上泥了一块黑板，光光的，一写一滑，看不清楚。教室没有课桌。我们从院中搬来青砖，和些泥，自己垒成砖台当课桌用。中间留些空当，放书包。上学时自带小板凳，放学时背回。粉笔不够用，我们用泥巴搓成泥条，晒干了给老师当粉笔用。四年级就是在这里上的。

学校有本村老师两位，除了曹子元（寿龄）先生，还有一位刘士奇先生（村民尊称他为刘大先生），都算本村文化名人了。如今两位老先生都已先后作古。曹子元先生是我的启蒙老师。他中等身材，较胖，秃顶，说话细声细气，文质彬彬，非常和蔼。他教学有方，不急于给刚入学的新生上课，在学校不大的院子里领着孩子们做游戏、玩耍。几天之后，等孩子们熟悉了、喜欢了学校之后，才开始给孩子们上课。他家在中校胡同的南头，家中有古色古香的木质家具，案头摆放着瓷釉花瓶，墙上挂着字画，一看就知道是不同于普通农家的书香门第。曹子元老师给我授课时间大约只有一年。刘大先生和他弟弟刘士林先生都是村中公认的饱学先生。刘大先生身材魁梧，串联胡，声音洪亮，讲话清晰，书法刚劲有力，尤其擅长珠算。本村的珠算在方圆数十里之内是非常有名的，速度快，计算准，算法深。我在四年级时已经学完了珠算开平方。那时还有十六两秤，十六进制和十进制之间的换算要用一个口诀，到现在我还能流利背出，绝对错不了。和刘老师学的乘法验算方法——交叉相乘法，令北京东郊第一中心小学的老师感到惊奇，用此制作的教具也获得了陕西杨凌高新小学的好评。

至今健在的冯福合老师给我带过三年级的课程。原籍天津市武清区王庆坨镇尤张堡村，是我村的女婿，其小姨子曹洪祥与我同班。他岳父家就在西校胡同南头路西，吃住方便，所以调到我村任教。冯老师身材修长，是个白面书生，写有一手好字，教学认真负责，尤其注意班级整体水平的提高。他从不放弃差生，放学后，经常给学习吃力的同学补课，获得学生欢迎和家长好评。至今我仍和冯老师保持着联系。2011 年正月初四是冯老师 80 大寿，祝他福如东海，寿比南山！

刘振亚老师是我四年级的代课老师。刘老师家在扬芬港，每周一来上班，周六回家，两村相距 8 里路，来回全是步行。那时我们人小不懂事，不知道刘老师一个人是怎么解决吃饭问题的。刘老师当时比较年轻，写一手好钢笔字，工作认真负责，教学效果较好。他多才多艺，是唯一会弹风琴、修风琴的老师。他给我们讲的标点符号的故事，至今记忆犹新。我四年级没上完，1954 年 5 月份考入北京市东郊慈云寺小学五年级。学校要转学证，我写了平生第一封信。不久，刘老师就把转学证给我寄来了。一直有个心愿，有机会回故乡时去拜访他。没想到 2005 年我回到老家时，他已去世数年。

在乡村小学我先后受益于这四位老师。他们都是农村教师的典范。在最艰苦的条件下，为新中国的基础教育作出了自己的贡献。冯福合老师 1961 年离开了教育战线，当了农民，至今健在。其他三位老师则从教终生。

我拿到的第一本语文课本是第二册，第一课是《心全上学了》。所有的小学课本我一直保存到上大学，后来书越来越多了，在 1963 年以后才处理掉。新中国成立初农村学校课程设置很少，除了语文、算术，就是写大、小楷。大楷是单页纸，写完了是要上交的，老师要批阅。比较好的习字，老师用红笔画个圈。一张大楷，好与坏，看看得了几个圈，一目了然。小楷不单独写，是与作文合二为一的。毛笔字主要是在小学四年中打的基础。新中国成立后有了铅笔、钢笔，毛笔字练习越来越少，我只赶上了个末班车，没有真功夫。但和大多数城市学生相比，写得还算可以。当时也没有多少作业，回家后顶多做几道算术题，剩下的时间就是玩了。上学之前，二哥、三哥已经教会我认识了 500 多字，入学后起点似乎比其他同学高一些，所以一上学并不感到吃力。每学期期末考试之后，发榜公布成绩，从一年级到四年级，我始终排在全班第一名。记得 1953 年夏季，当时的霸县五区(相当于现在的乡或镇) 在扬芬港小学召开教育大会。我是本村小学唯一受到区上表扬的获奖者，由曹子元老师代表区上给我颁奖，奖品是一支绿色六棱铅笔（价值 200 元），那可是一项不小的荣誉啊！来回跑了 16 里路，饿着肚子在操场上晒了一整天，得了一支铅笔，心里还美滋滋的。

少先队建队后，我是首批入队的队员之一，而且当了个小队长。四年级下学期少先队干部到王庆坨去照过一张合影。这是我有生以来第一次照相。照片保存到今天，也算很珍贵了，尽管照片题字中还有一个错字。

1954 年初夏，为了上高小，在大哥的安排下，我随大嫂一起进京。从此，我永远地离开了为我启蒙的乡村学校和老师。到了北京，没上完四年级的我不仅以高分考上了高小，最后还成为我们班 32 个同学中唯一上了大学的学生。一生从事高等教育数十年，也算我对教育事业的继承和启蒙老师的回报吧。

乡间童趣

我的家乡是华北平原上的一个普通乡村，与天津西郊接壤，离杨柳青 18 里，到天津市中心也只有 50 里，但没有到过天津的人很多，更不要说小孩了。村民们过着日出而作日落而息的简单生活。儿童们在这个典型的村落里，寻找着属于自己的快乐。

儿时的第一个记忆是解放天津。那时我 5 岁多，家里住了一排解放军。那么多人挤在我家两间东厢房和一小间门房里。我清楚地记得解放军战士每天帮助我们扫院子、挑水。白天操练，晚上点上马灯开会、讲评、学习。他们在院子外边空地上埋锅做饭，从来不麻烦老乡。有一次死了一头驴，剥皮后加些盐巴煮来大家饱餐一顿，虽说没有什么调料，总比杂粮好吃得多。黄绿色棉军装显得比较破旧，但个个精神饱满。有个年龄较大的战士做了支木头手枪送给我做玩具，所以我和他们很亲热。这是我印象中的第一个高级玩具，每天带在身上，爱不释手。后来大哥从沧州回来，用木头和折弯了的铁钉给我做了另一支玩具手枪，我才慢慢放弃那支木质手枪。大哥手巧，他做的手枪轻便、逼真。在一个钉子帽上放一点火柴头药渣，扣动扳机，既能见到火光，又能听到清脆的响声，随之一股青烟徐徐飘散。从此以后，家里的洋火消耗得特快，当然是我"练习"枪法用了。

家乡解放后，实行了土地改革。社会治安日渐好转，虽说还不富足，但农民开始过上比较安定的日子。这些都是大人的事，孩子们在安定中尽情享受着属于自己的乐趣。

我最感兴趣的一件事是看戏。农村孩子，一般没机会出远门，所以外界的精彩一概不知。农村只有煤油灯，矿石收音机也是凤毛麟角，是很难见到的。大概是 1951 年春节，村里第一次搭台唱戏。被邀请的褚河港剧团没来之前，扬芬港剧团自告奋勇来村唱了个日场。水平虽然不高，却是我第一次在台前看戏。

戏台设在村中心丁字路口，推来许多石碾子作台柱，铺上木板，木板上再铺上一层芦席，就是戏台了。每家收 1000 元（相当于现在的 1 角钱），买些香烟、花生、瓜子，从水铺里打些茶水，摆在第一排的长条桌上，招待村里的军工烈属。那时，村里大部分人都在家务农，很少有人在外当工人，所以工属也是受尊敬的。村上第一次唱戏，台前人山人海，左挤右拥，形成人浪，忽悠过来，忽悠过去，不得不动用民兵拼命维持秩序。

扬芬港剧团演完日场，还想演夜场。但被邀请的褚河港剧团传过话来，如果扬芬港剧团演夜场，他们就取消来村演出计划，本意就是赶走扬芬港剧团。村里以没有汽灯照明为由，婉谢了扬芬港剧团的好意。谁知扬芬港剧团表示，没有汽灯点蜡也能演出。说白了，就是当时粮食短缺，想借演出多吃一顿饭，挣点钱。村里头次唱戏，不敢得罪褚河港这个大村剧团，还是请扬芬港剧团打道回府了。

褚河港剧团终于来了，水平就是不一样。三天演出的剧目场场不同，有小戏《豆汁记》《打渔杀家》《杀狗劝夫》等，本戏有《王定保借当》《孔雀东南飞》等。戏装道具也比较鲜艳齐全。唱念做打都比较规范，没有扬芬港剧团那种独特的方言。尽管是寒冬季节，村民们还是早早到场，翘首以盼快点开戏。按照规矩，开戏前要打三通锣鼓，每通锣鼓之间要休息一二十分钟。三通锣鼓之后，先演一出小戏，也叫帽戏。这期间，主角化妆、观众入席，民兵们维持现场秩序。本戏开始以后，观众不时鼓掌、叫好。演到滑稽片段，全场哄堂大笑；上演悲剧时，不少人用袖管擦泪，场上观众情绪完全被演员的成功表演所控制。有些戏我们小孩子能看懂，有些戏看个半懂；不爱听青衣悲悲切切、咿咿呀呀、没完没了地唱， 最喜欢大花脸威风凛凛地出场、打斗，或是三花脸、小丑们滑稽逗哏。

在演出现场周围，聚集了许多本村、外村的小本生意人，他们或骑自行车，或推着独轮车，或手擎着草把，或挑着担子，或手挽柳蓝，或肩挎食盒，使劲儿吆喝着推销不同的商品，像甘蔗、萝卜、糖葫芦、冻柿子、小笼包子、烧饼、果子，还有就地捡些柴火现场加工的炒凉粉，勾引小孩的口哨、风笛、风车、糖人、泥娃娃。吹糖人的兼营小型博彩，奖品有铅笔、橡皮、玻璃弹球等小东西，大多数情况下是抓空，不过还好，为了安慰小孩招揽生意，抓空时给一小块糖稀，免得被人说“哄孩子”。

三天大戏很快唱完了，给我们留下深刻美好印象。要是天天过年，或是平时也能看戏该多好啊！我心里想着。谁知天遂人愿。本村东头一家有个女婿在天津某剧团当演员（称大吴师傅），为躲避政治风头带着老婆（也是个演员）和儿子来到我村投亲靠友。为了答谢村中收留他们，在我们上学的中校义务演出一晚清唱和曲艺节目，我也混在人群中过了一把瘾。在一些热心人的张罗下，村里决定成立剧团，请大吴师傅和他儿子小吴师傅教授评剧剧目。一些年轻小伙和女孩子积极报名学戏，家境较好的一些村民主动捐献“煤油”，资助剧团排练。捐“煤油”只是一个说法，其实就是捐款，有了钱既可以买煤油点汽灯，也可以支付其他必要费用。在豆腐房后边一个没有院门、没有围墙的地方，搭了一个小土台子，作排练场和舞台。每天晚上做完了功课，我都会跑到这里看演员们排戏。为了节省开支，不管有无月亮，一律不点灯，所以他们“瞎唱”，我“瞎看”，以听为主。自从有了本村剧团，少了许多寂寞，多了一个晚上消遣的好去处。冬天露天看排戏，手脚冻得生疼，却又不忍离去，生怕我刚走之后人家又唱起来，白冻一晚。夏天虽然不冷了，蚊子不停地叮咬皮肤，也十分难受，为了听戏只好忍了。有一次听完戏蹦蹦跳跳回家，途经邻家时，右手在土墙上划着，一边迅速往前跑着，突然被墙上的蝎子蛰了一下，手指钻心地疼痛，很快肿了起来。此后有了经验，晚上走路，再也不敢摸墙了。

有时邻村唱戏，我们小伙伴也会相约赶场。记得有一次，相距 5 里路的道沟子村唱京剧，我们几个要好的同学跑去疯了一天，滴水未进，至晚方归。还有一次，二嫂带我去王庆坨赶庙会。街道狭窄，人满为患，十里八村的人聚集在一起，追着演出队伍熙熙攘攘地缓慢前行。我的个头太小，几次差点被踩在地下，多亏了二嫂拼命保护我，才幸免于难，转危为安。几十年过去了，那拥挤的场面至今难忘。

在农村的广阔天地里，孩子们有享受不完的乐趣。

春天，移栽花草，像紫茉莉、鸡冠花、指甲花、大麦熟（锦葵)、薄荷等，点种向日葵、蓖麻。偶尔在田间路旁发现桃、杏幼苗，好像发现了新大陆，惊喜若狂，一定会小心翼翼地带上一些根际泥土，移到自家菜园之中。梦想几年之后，吃上自己的桃、杏。不过还没等它们长大，我已离开家乡。1954 年秋季一场特大洪水，把它们吞噬得荡然无存。

夏天，最大的乐趣莫过于捉蜻蜓、逮青蛙了。捉蜻蜓是我的拿手好戏。先自制一把扦子，作为捕捉工具。折一节高粱杆，用牙齿剥下外层硬篾。取两根等长的高粱篾，把上半截向背面弯曲，令其变形，一个向左，一个向右，似昆虫的触角，插到一根较长的高粱杆前端。再取两节高粱杆篾，稍短，折成两个“7”字， 拐弯处一定要连在一起。把两个“7”字形硬篾相对插到

“触角”两侧，“7”字的一横把“触角”夹在一起，使其具有一定弹性。拿着自制的工具，猫着腰沿着秫秸（即高粱杆）或棒秸（即玉米杆）夹成的篱笆悄悄前行。蜻蜓一般居高而栖，两只大眼睛不停地转动，防备天敌的袭击，长长的尾巴一上一下地抖动，好像是为了保持平衡。把扦子轻轻举起来，让扦子的“触角”中心对准蜻蜓的尾巴，猛地一扦，就把蜻蜓夹住了。尽管它的双翅扑啦啦乱舞，绝对逃脱不了。收回扦子，取下猎物，用手指夹住蜻蜓的翅膀，就可以物色下一个目标。蜻蜓一般在中午的时候停飞，所以中午是最好的捕捉时机。只要玩上几天，脖子就可以晒得跟大车车轴一般黝黑，为了捉蜻蜓，尽管汗流浃背，也顾不了许多了。那份执着，只有小孩子独有。

村里人盖房取土，留下几个取土坑。夏季雨后，径流汇集坑里，形成小型湖泊。村子东南西北共有五个大坑，小的有一二亩大小，大的有五六亩，其中东大坑和南大坑是面积最大的，而南小坑离村最近，取土容易，所以坡度最陡，水层最深，是最危险的一个水坑。夏天，孩子们脱光衣服，在坑中游泳、扎猛子、打水仗。在岸边捉青蛙，就是另一个游戏了。把一节粗铁丝一头砸扁，再磨成菱形，然后用麻绳绑在一根竹竿或高粱杆一端，就是捕捉青蛙的利器了。沿着大坑边慢慢往前走，发现水边青蛙时，把铁扦慢慢伸向青蛙，趁其不备猛刺过去。因为铁扦是菱形的，一般来说被刺中的青蛙是逃不掉的。常逮的青蛙有两种：大白手和青蛤蟆罐，赖蛤蟆是绝对不要的。虽然经常逮青蛙，但从来不吃青蛙，大都放生了，孩子们图的就是一种乐趣。

老家的秋季是个黄金季节，地里种的瓜果集中在这个季节成熟。西瓜有土传病害，是不能连作的。所以瓜地每年换一个地方。习惯上，大家商定一个地点，连片种植。此处有地的，就种自己的地；此处没地的，租种或倒换他人的地。瓜地中央搭一个高高的瓜棚，雇一个看瓜的，佣金大家根据面积平摊。我家一般每年种二三亩瓜，甜瓜少，西瓜多。瓜地周围、西瓜与甜瓜之间点种豇豆。那时没有农药，豇豆上长满蚜虫，我最怕摘豇豆，弄得手上黏黏糊糊的。当然是最喜欢摘瓜和吃瓜了！

父亲喜欢种瓜。经他收集、保存了 80 多个甜瓜品种，成熟期有早有晚，整个瓜季都有甜瓜吃。最早熟的是八棱菜瓜，白色，虽然不甜，比黄瓜好吃，调凉菜用，在地里也可以用来消暑解渴。其他品种有牛角红、琉璃瓦、面芒瓜、青风瓜、白风瓜、芝麻粒、小金花、三道门、蛤蟆罐、红籽三白、白籽三白等。有牙口的喜欢吃脆瓜，如风瓜、芝麻粒等，老人喜欢吃面瓜，如琉璃瓦、面芒瓜。面瓜一般非常香，可以用草绳吊在瓜铺或家里闻香，一个大面芒瓜好几斤，一顿是吃不完的，而且干面噎人。

说起甜瓜，还有一件趣事。有一次父亲下地，发现许多甜瓜被揭起了一小块果皮，却没有摘下来，看看也不像兽害。询问看瓜人才得知原委。本村没有高小，我三哥初小毕业后，到村南八里的扬芬港小学上高小，上学、放学途经瓜地。他最爱吃牛角红甜瓜，却认不得哪个瓜熟了，于是用指甲抠开瓜皮看一看，顶皮红了，肯定是熟了，摘走；皮下还是白的，大概还没熟透，留下。

甜瓜之所以受欢迎，除了甜度高以外，主要是比西瓜早熟。

西瓜一下来，人们往往更喜欢西瓜，甜瓜吃得越来越少。还有一个原因，只要肚子不涨破，吃多少西瓜都不要紧。但是甜瓜就不行了，吃得多了上火，烂嘴角，严重时吃饭都张不开嘴。

西瓜有大籽西瓜和小籽西瓜两类。大籽西瓜是老品种，含糖量低，既有红瓤，又有黄瓤。到了集上，打开西瓜如果是黄瓤，顾客就不喜欢要，顶多一百元（相当于现在的 1 分钱）一个。小籽西瓜是从日本传过来的新品种，西瓜个大，含糖量高，瓤口脆，都是红瓤。不过当年的小籽西瓜瓜籽特别多，吐籽不太方便，但因其口感好，还是受欢迎的。

我每年都盼着西瓜快点下来，倒不是馋着吃西瓜，因为西瓜大量成熟的时候，我们叫“过瓜秋”。此时，姐姐就会带着外甥和针线活回来住娘家，我既可以见到姐姐，又有外甥一起玩耍。瓜秋时过个两三天就要套上大车下地摘次西瓜。回来后往屋里墙角一堆。这车西瓜还没吃完，又该下地摘瓜了。有一次刚吃完瓜，瓜车回来了，我赶紧跑出去帮着往家里运瓜。有个特大西瓜，父亲不让我抱，我逞能说我能抱。结果刚接过来，确实因为太重，西瓜从我怀里直接就溜到地上，开了瓢。

家里吃瓜，没有时间和数量的限制，谁也不用让谁。不管早晚，谁爱在什么时候吃，就在什么时候吃。只要吃得下，吃多少都没人管。吃瓜从来不用刀切，选好西瓜后，用指甲掐几个印，左手拿瓜，右手一拍，瓜就裂成两半。一人一把勺，从“心”吃起，这里最甜，而且无籽。靠近瓜皮的部分就不太甜了，一般就扔掉了，喂猪。小孩子贪吃，有时还没吃完，中途不得不暂停跑去撒尿，回来接着吃。

在地里干活时吃瓜，可就没这么文明了，打开西瓜，或者掰几块啃着吃，或者下把抓着吃。坐在树荫下歇晌时吃个瓜，那才叫痛快呢!

瓜籽是好东西。家里准备了很多容器，做了记号，收集不同的瓜籽。各种甜瓜籽甩在不同的容器里，淘干净后饱满的留些种子，多余的晒干后，炒熟，碾碎，就是好肥料，可以给蔬菜施肥，劲大得很，上得多了会烧苗。小西瓜籽一般也作肥料使用，而大西瓜籽收拾干净后，冬天炒熟，磨牙。

我们那里是沙土地，适合种瓜。除了个别家庭，一般家家种瓜。路过瓜地时渴了，打个招呼，摘个瓜吃，谁家都给，从来不卖的。虽然有看瓜的，主要负责防止野兽毁瓜，而不是防贼的。记得有一年，西瓜大丰收，实在吃不完。二哥推了一小车西瓜到王庆坨卖，跑了一天卖了一万元（相当于现在的一元钱）。家里堆的西瓜，有时候放炮，那是烂了，不得不扔到猪圈里沤粪。但是瘘瓜，我可舍不得扔，用勺把儿在瓜皮上挖个洞，直接喝西瓜汤儿，还不用吐籽，那才过瘾呢!

河北的冬天很冷，经常刮黄烟大风。学校教室里没火，自然冻得手脚生疼。但是到了大坑边上，我们就找到了自己的乐趣。三九天坑水结上了厚厚的冰层，成为孩子们的天然溜冰场。在冰上快跑几步，然后靠惯性朝前快速溜去，直到自动停止，少说也有一两丈距离。溜冰高手还要玩出一些花样，滑到一半蹲下来，到了终点再立起来。我们自己还会在木板底下平行固定两段粗铁丝，做个小冰车，在两根木棒头上固定两个大铁钉，人坐到车上，双手有节奏地撑滑，就会在冰面上飞速前进，再冷的天也会玩得满头大汗，尽兴方归。

春夏秋冬，对农村的孩子们来说季季都有可玩的游戏。掏鸟窝、摔胶泥、扣模子、打弹弓、玩弹球，人人都会。摸螃蟹、淘小鱼，虽然有趣，却不是年年都有机会，只有发洪水或下涝了的年份有得玩。但是逮蚂蚱是可以每年都逮的。蚂蚱就是蝗虫，炸蚂蚱是天津的一道名菜，其实对我们来说只是小菜一碟。记得二嫂嫁入我家那年，正赶上蝗灾。二嫂用线绳织了两个小网，绷在竹圈上，安上一个二尺来长的木把，就是捕虫器了。我和二嫂一人提一条面袋做盛器，下地逮蚂蚱了。地里蚂蚱多得很，半天工夫我们就满载而归，当天下午就吃上了炸蚂蚱。焦黄的蚂蚱出锅后，揪去头部和连带的内脏，吃起来特香。只是此后再也没有逮过蚂蚱，更没吃过炸蚂蚱。

乡间文化

在记忆中，家乡的文化人是不多的。除了几位乡村教师以外，家境较好、能识文断字的，一般顶多上过几年私塾。村里村外信息沟通，主要依赖口信传递。不识字的偶尔需要写信时，就要求助那些能提笔的先生了。由于实际生活的需要，民间珠算算法倒是非常发达。甚至一些不识字的人都能熟练掌握土地归、斤秤流法运算。在民间，晚饭后或阴雨天闲暇无事时，有兴趣的人就会凑在一起，请能写会算的先生教授珠算算法。先生是不收费的，学生是自愿参加的，这种民间自发的文化传播方式对珠算算法的传承起了重要作用。在土地改革时期，丈量土地、计算地积、分配土地时，这些民间先生起了很大作用。每年缴公粮时，让这些先生们先缴，然后请他们组成记账组，负责计算、核对全村的公粮上缴，服务是无偿的，完事各回自家吃饭，从无怨言。

新中国成立初期，流行一首《妇女自由歌》，歌词的开头是："旧社会，好比是，黑咕隆咚的枯井万丈深。井底下，压着咱穷苦的老百姓，妇女在最底层。"歌词形象地描写了中国农村妇女的处境。大多数男人尚且是文盲，妇女就更没有识字的了。利用农村学校，举办妇女识字班，是新中国成立后的一件大好事。晚饭后，操持完家务的妇女们三个一群，两个一伙，陆续来到学校。在昏暗的煤油灯下，老师免费教她们识字。有些人家务重，压力大，学起来非常吃力，中途退了下来；坚持下来的人数不多，成为村中首批扫盲的识字妇女，文化给她们的生活带来重大变化，我大嫂就是其中之一。一生中，虽然她很少写字，但读书看报不成问题。可惜妇女识字班只办了一期，就不了了之了。

村中有两位中医，村民们都尊称为"先生"。六先生（曹丹贵，众称"六爷"）在王庆坨开了一间中药铺"宏生堂"，自己坐堂行医。铺面里外收拾得十分干净，待人也十分和善。村里人看病，大多到六爷的铺子里抓药。外地来了邮件，一般也是寄到他的药铺，再中转给乡亲，所以六先生在家乡口碑好。另一位尚先生，是兼职郎中，平时务农，有病人时只给把脉、开方，收取一些处方费。逢年过节的时候，村民们会根据自家经济情况，给先生送些礼物，对其服务表示感谢，以便将来万一需要时，给以关照。后来村里来了一位西医阎智生大夫，有个头疼脑热的，拿几片药片，也能解决一些问题。从此，中医垄断的局面开始打破。

农村的文化生活是很贫乏的，除了过年唱戏以外，平时很少有什么文艺活动。令人难忘的是村中的阴阳会和高跷会。

新中国成立前，村里来了个化缘的长林小和尚，他虽然年轻，却身怀绝技，笙管笛箫、吹拉弹唱无所不能，深得村民喜爱。在为一些人家做过道场之后，被村中主事挽留下来，组建了一支民间乐队并教授各种乐器，这就是我村的“阴阳会”。阴阳会的成员都是地道的庄稼汉，平时有无训练我不知道，那时我的年龄太小。如果村中有丧事，阴阳会就会被请到家中，演奏哀乐和各种群众点名的曲目。活动主要安排在晚上，一方面是追悼亡灵，早日升天，另一方面也成了村民音乐会。精彩的演奏不时获得高声叫好和经久不息的掌声。小孩子们全然不懂主家难过，一个个削尖了脑袋钻过人群，挤到乐队前排观看稀奇古怪的乐器，欣赏美妙的乐曲。出殡的前一天晚上，还有一个送路仪式。一般在晚上九十点钟，乐队在前，孝子和丧者家属们尾随其后，吹吹打打，哭哭啼啼，从丧者灵前沿街向村庙缓缓而行。队首一人手持大斗，不时把斗中的纸钱抛向天空，以钱买路。看热闹的村民们一街两行跟着队伍前行。有时故意把队伍拦截下来，不演奏大家喜欢的几首曲子绝不放行。小孩子当然寸步不离乐队，那才叫过瘾呢！可怜孝子们身着孝服，不停地哀号，要花很长时间才能到达村庙。在我的记忆里，最后一天出殡送埋时，阴阳会是不出席的。

村里还有一个高跷会。每年元宵节前后，在村中演出一次。从村子西头到东头，在不同的位置演出几场。演员都是村民，偶尔有在外做工的返乡工人即兴参加。高跷会平时没有排练，演出前集中训练几天，就上阵了。演员大约有 20 来人，一般都是两个人一组。在喧闹的锣鼓声中，演员们分别表演各种故事。小孩子纯粹看热闹，最喜欢看渔翁钓鱼、老太婆耍棒槌、小丑搞笑、鹞子翻身、劈叉起立等高难动作，至于故事内容和情节倒是其次了。高跷好像很高，演员队伍在街上行走时，演员头部好像高出了临街房檐，不知是我当时太小，还是临街房子不高，产生了视觉误差。

村剧团成立后，排戏、演戏成了村中最重要的文化活动。在大、小吴师傅的指导下，村剧团先后排练演出了《王定保借当》《小女婿》《小二黑结婚》等剧目。不过我只看了两三年家乡剧团的戏，就永远地离开了故乡。至于 1954 年 5 月以后家乡的文化生活就全然不知了。

傻小进京

1954 年春天，在本村上四年级最后一个学期。初小毕业以后怎么办？我面临着人生第一次重要选择。我想继续上学，家里也同意我继续上学，但到哪里上呢？最近的邻村高小离家也有 8 里路，当时我只有 10 来岁，跑通勤不现实，住校条件又不好。好心的大哥毅然决定，让大嫂带我和侄女去北京，这样一来，他们一家三口可以团聚，也可以帮助我解决上学的困难。父亲和大哥的筹划可能由来已久，但决定是突然的。5 月的一天，正当我背起书包准备上学时，父亲叫住了我，宣布了上述决定。当天妈妈帮我洗了个澡，收拾了仅有的几件衣服。我把念过的几册书装到书包里，就完成了离家进京的准备。大嫂收拾了一个包袱，这就是全部行李了。

第二天一大早，邻居大表哥套好了大车，送我们去杨柳青。母亲在家门口千叮咛万嘱咐，目送我们上路。我没来得及向教过我的老师、一起玩耍的伙伴们告别，也没能再看一眼我们亲手搭建的青砖课桌、透风漏雨的教室，就在一路颠簸之中，逐渐远离故乡。

在路上，我尽情欣赏着家乡熟悉的风景，一草一木都是那么亲切，后悔有很多地方我还没有到过，以后有机会我一定会回来。我不知道北京是个什么样子，比我们村子大多少？我想起了小伙伴们，你们是否也来北京，咱还在一个班上学，好不好？

不知何时，大车从乡村土路拐上了石子公路，继续前行。平时，只有去王庆坨赶集时，我才有机会横过一次石子公路，偶尔见到飞驰而过的汽车，尽管车后卷起一片沙尘，我还是站在那里目送汽车远去，因为一年到头也见不到几辆汽车啊！没想到今天我们不是横过公路，而是沿着公路前行。石子公路比乡间土路平坦多了，坐在大车上再也不会左右剧烈摇晃。更难得的是，一路上我遇见许多迎面开来的汽车，擦过我们身旁，呼啸而去；而背后又有许多汽车超过我们，越走越远，越来越小，最后从我们的视野里消失。有些卡车拉着货物，还有几辆带“鼻子”的客车，车里坐满了人，比大车快多了，真令人羡慕。

在一个岔路口的地方，大车向右拐了一个弯，大表哥说，杨柳青火车站快到了。突然，我抬头看见路旁电线杆上有个圆圆的铁盖子，盖子中间还有一个鼓包。我想起了在学校学过的内容，就急着问大嫂：“大嫂，那是广播喇叭吗？”大嫂哈哈大笑，说：“傻小子，那是电灯！晚上照明用的。城里新鲜玩意儿多着哪，不知道的不要乱说，免得人家笑话。”我知道自己无知，确实是太冒失了，幸亏是说给大嫂，要是被别人听见，多丢人！大嫂曾经去过沧州，见过一些世面，以后还真得向大嫂学习。

说话间大车停在杨柳青火车站附近。大表哥帮我们把行李拿到票房里，做了些叮咛和交代，独自赶着大车回家了。这是个小火车站，票房不大，人却不少，最要紧的是没有确切的消息，到底几点钟有开往天津的火车我们不知道。我们从上午等到中午，还是没有音讯，无奈之下，大嫂决定改乘汽车。问好了路，我们背着包袱，汗流满面地赶到长途汽车站。挤到一点多钟，总算买到了去天津的汽车票。坐上了汽车，大嫂才略微放下心来，在车上吃了点干粮，乘车前往天津。在沿途河边上看见很多从未见过的“机器”，这回我不敢冒然说了，轻轻向大嫂请教，那是什么。大嫂告诉我，那是水车，浇地用的。从此我知道了辘辘不是唯一的提水工具，水车也可以浇地，而且效率更高。车窗外吹进阵阵凉风，不再感到那么难受。为了更凉快，我把头伸出窗外，尽情地享受清凉，却被大嫂拉了回来。她告诉我，那样很危险，错车或超车时可能会受伤，坐车时千万不要把头和手伸出窗外。啊！大嫂怎么知道得那么多。

到了天津火车站，好不容易买到晚上发往北京的车票。票房比杨柳青大多了，候车人熙熙攘攘，我们怕错过车，又怕互相走失，呆呆地在原地等了好几个小时。大约傍晚时分，经过天桥上了开往北京的火车。随着汽笛长鸣，终于开始了进京之旅。一天之内，我坐大车、汽车、火车，一个从未离家 20 里的傻小，实现了空前大跨越，我要进北京了！

房子问题

胡芳艳

20 多年前，热心的同事问我找对象找什么样的，我非常现实地对她说，有工作，有房子。

没几天，我们便见了面，两条儿他都占，可都打了折扣，工作，司机；房子，两间。我非常客观地在心里掂量了一下自己的份量，觉得也不是多么委屈，于是，交往了半年，便同意嫁了。

我们去看我们的房子。房子是二手房，两间正房，两间倒座。院子是很小的一条，我这样的可以走四五步，如果换了姚明，估计一步就能到位。正房是里外套间，倒座则被细致地分成了过道儿、卧室、厨房和卫生间。幸亏屁股不大，大了都转不开磨。

前房主拆掉了正房窗户的一块玻璃，砍断了窗前的一株拳头粗的石榴树。据说，这样他就能带走他所有的财气。房子还没有收拾，到处残留着前主人的气息，屋子里家具摆放的印痕也还在。站在屋子中间，我有些茫然，问：我们将在这里过一辈子？空旷的屋子竟然有回声。于是，我退到了门口，又问了一遍。他在院子里忙着收拾前房主丢弃掉的杂物，一头一脸的汗：你看，行吗？我点点头：行！

空间的狭窄不影响新婚的甜蜜。相反，一个在卧室，一个在厨房，隔着院子就能喃喃私语，给我们增加了更多的乐趣。窗前的那株石榴树转年就从根部钻出了嫩芽儿，在我女儿一周岁的时候开了火红的花朵；两周岁的时候，结出了酸酸甜甜的石榴。

矛盾好像是从阿黄身上开始的。阿黄是老贯抱回来的一条狗，牧羊犬。刚开始没觉得怎样，院子是它的跑马场，可随着阿黄的长大，院子显得越来越小，它身体内积聚了太多的无法释放的能量和热情，就全用在了撕扯东西上。放在门口的拖鞋，晾在衣架上的衣服，搁在水池旁边的水盆，无一能逃脱狗嘴。甚至它还有拓展领土的企图，有一次我在屋里看电视，无意中往外一瞥，见硕大的一颗狗头搁在窗台上往里张望……。我让老贯把阿黄送走，老贯舍不得，说狗都那样，爱咬个东西，人家别人怎么就能容忍？我说那能一样吗？人家多大院子咱家多大院子？吵着吵着，终于问题的核心浮出了水面，那就是：房子太小了。在我还想就这个问题深入探讨的时候，“看谁家宽敞找谁去！”老贯甩过来一句极不讲理且不负责的话。我一时语塞，随手抄起一只鞋，砸在躬着身子起劲儿刨着石榴树的阿黄头上。

终于有一天，阿黄顶开了厨房的门，把厨房里的米面油都拖到了院子里示众。我让老贯在我和阿黄里面挑一个跟他过，他说，还是换所房子吧。我说，行。阿黄蹲在我们中间，看看我，又看看他，抖了抖耳朵，什么也没说。

我从小就藏着这么一个梦，那就是拥有一座很大很大的宅子。房子雕梁画柱，院子青砖铺地，门楼儿最讲究，大门要木制的，推门的时候会发出“吱”的一声响，厚厚的门板上镶嵌着兽头，兽头上衔着两个金晃晃的门环。门槛要高，高到进门要扶一下门框。还有，门口一边蹲一头石狮子。其实，我也不知道这个愿望是源于什么，反正只要是一提到房子，这个场景倏地一下平铺开来，占据了我所有的审美观。

老贯依从了我，选择了平房（这是比较卖乖的说法，我认为他也是出于对阿黄的考虑）。房是新房，四间正房，四间倒座，还有一间西厢房，一间车库。

正当我信心十足地着手建造我那地主老财式的大门楼儿的时候，消息传来，我们这里要平房改造了。这可是天上掉下个大馅饼，还是热乎乎的。可我还是感到怅然若失，只好放弃了儿时的梦想，简单装修了一下就搬进了新居。

搬家的那天还是很高兴的。我们一头扎进屋里，感叹着还是宽敞才能产生舒适。阿黄忙不迭地在院子里闻味儿撒尿，进行着圈地运动。事毕，站在院中央半晌，看我们无意和它争地盘儿，这才找了个角落卧下来，长舒了一口气。

我们开始享受这个宽屋大院了。

春天，找一个有雨的早晨，沿着墙根随意地扔下几粒种子，然后看着它们顶破地皮儿，探出头来。几天不见，竟然长出了细嫩的茎，顺着散落在墙角儿的几根竹竿缠缠绕绕地爬上了墙头。那羞涩单薄的绿让你萌生出好多你以为早就忘却的感动。夏天的院子则是孩子的乐园，屋檐下的麻雀，墙角砖缝儿间偶尔透出的一两声虫鸣，一只流浪的猫从屋脊窜过，踩得瓦呱嗒一响，还有隔壁那株金银花开得招摇，引来蜂蝶儿飞舞……秋冬时节，我们享受的是充裕的阳光。只要天气晴好，我就会把被子晾出去，晚上伴我们入梦的是那甜丝丝的太阳的味道。

接下来的几年，房价在突飞猛进着，我们这里的改造一拖再拖。我开始抱怨当初的装修过于简单，尤其是连着给几位亲朋好友稳居以后，看着人家居住的小区的环境、对房间颇为考究的装潢设计，都处处透露着主人慵懒小资的浪漫风情，真有种说不出的羡慕。每次回家都要对他们的装修风格、质量再说长道短，品头论足一番，把“吃不到葡萄说葡萄酸”发挥得淋漓尽致。

老贯倒是挺平静。他觉得冰箱里满满的，屋子里暖暖的就是对我们娘俩儿最好的交代。这也难怪，男人只把房子当成休息的处所，他绝不会因为装修的豪华就在家多待半个小时。而女人不同，房子是女人的一件实际的消费品，是生儿育女，看肥皂剧的温柔窝，是招待亲朋，和闺蜜显摆的大舞台，是抱怨老公，和邻里掐架的主战场。我也知道，有些东西是没用的，可是没用并不表明我们心里就不渴望。比如现在，我就渴望走出我那没能实现的地主老财式的大门楼儿，走进一间氤氲着兰香之气的雅室，站在窗前，手端红酒往下看。

是谁说过：“楼是不长青草灌木的山，灯是星光遗失的孩子。”徘徊于山间与星对话，该是件多么惬意的事情啊。

我要拽着老贯出发了！经过对几处楼盘的比较，根据我们的经济现状，终于敲定了一处房子。交首付的那天，我忽然有些犹豫，问他，你觉得行吗？他说，行吧。

晚上，我们一家三口又来到这里。楼房还在施工中，我们仰着头，找着将来属于我们的那扇窗。

黑夜像一大滴露水，弹性而富有张力，它把道路掩盖，把桥梁托在空中，把树林藏进风里，把狗叫拉长，把鸡撵进窝里……城市的灯光开始迷离，慢慢喘息着，筋骨舒张，懒散着将要进入睡眠。

……

“我们能在这里住一辈子吗？”

“谁知道，不过肯定会越来越好。”

草帽，流动着的时代物语

田雅静

那日回家，赶上母亲整理东西，我也帮忙收拾，偶然在箱子里找到一顶父亲生前戴过的草帽。我不假思索，拿起来戴在头上。母亲眼睛有些湿润，缓缓地说："草帽也用不着了！"我听出话里有话，赶紧摘下草帽，故意岔开话题："是，现在都机械化了，连收麦子都改收割机啦！不用总在地里晒着，不用戴它了。"母亲轻抚着草帽说："如今的确是好啊，一台收割机轻轻松松地就过了麦收。原来那会儿忒受罪，又热又累！"

"是啊，'麦客'这个大家伙可真是帮了大忙！我记得小时候麦子熟了，大家紧忙着收割抢麦收，各家各户都是全家总动员，割麦子，捆麦子，紧忙活，用拖拉机（原来是马车和人力车）运到麦场上，再用脱粒机脱粒。然后装口袋，选择晴天晾晒，摊开收起，倒腾好几回。收粮食太麻烦了！"我接着母亲的话说道。当年麦收的景象如在眼前——

那时候，翠翠家，福伯伯家，我家和叔叔家四家一组，大人孩子连夜加班，每年麦收都要忙活好几天。虽然累，但是做到颗粒归仓，到处充满着丰收的喜悦，大家也乐在其中。几家人分工合作，一片和谐。父亲和福伯伯总是提前两日把场面清理好，一边泼水一边撒麦糠，然后，赶着毛驴拉着大石磙压好多遍，再人力拉着小石磙压好多遍，直到把整个大的场面弄平整、压光滑为止。麦子收上来，机器开动。叔叔年轻，个子高大，身材魁梧，有得是力气，他负责搬运麦个子。福伯伯素来沉稳，细心认真，父亲也是严肃谨慎之人，什么农活都会干，且有经验，乡亲们都称他是多面手，于是负责和福伯伯两人替换着入麦子，也就是把叔叔递来的散开的麦个子塞进脱粒机像簸箕一样的入口。这个活儿最辛苦，脏、累不说，还充满危险。翠翠爸爸个子高高，人却瘦瘦的，负责挑麦秸，清理场子。麦秸堆多了，父亲也会过去帮着垛垛。麦场上分成小组的几十户人家都争分夺秒地忙碌着。在其它地方，还有三处打麦场。火热的太阳地儿里，劳动着的人们洒下辛勤的汗水，流动着的草帽云一样飘在麦场上，聚集、散开，散开又聚集。翠翠妈妈、福大娘、妈妈和婶婶负责收装粮食，打下手，自觉有序，各司其职。孩子们也来帮忙，仿佛知道是在和老天爷竞赛，看是雷雨天来得快，还是粮食收得快，挣口袋的，送水的，递工具的，热闹得很。

母亲一边回忆一边把草帽挂到墙上，回头说：“六月的天儿孩儿的脸——说变就变。那会儿过麦收就是抢麦收，跟老天爷抢收成，真是不容易！现在，是又快又省事啦！”

妹妹在一旁接过话茬说：“就是，我那会儿最讨厌的活儿就是挣口袋了，粮食哗啦倒下去，尘土飞扬，呛死啦！”我笑了，说：“不挣口袋，让你干别的你也不会。不过，小孩儿毕竟轻松得多，也有不少好玩的事儿。你记不记得咱们经常爬到麦秸垛上去看月亮、在大麦场里跟翠翠姐妹捉迷藏？”“对对对，记得。还有‘月亮在白莲花般的云朵里穿行，我们坐在高高的谷堆旁边，听妈妈讲那过去的故事’……”说着，妹妹唱起小时候经常唱的歌来，好久不唱歌的母亲竟然也小声跟着哼唱起来，大家仿佛回到了过去的时光。

大人们割完麦子，就打发孩子们去地里把落下的零星麦穗都捡回来，一点也不许浪费。只有在捡麦穗的时候大孩子才有机会申请一顶草帽戴，他们觉得无上荣光，小孩子则羡慕得不得了。天气虽热，但是大家比赛看谁捡得多，也不觉得热和累。小一点的孩子挎个小篮子，捡着捡着麦穗就追蚂蚱、逮蝈蝈去了。大一点的孩子们背个筐子，到远一点的地里去捡。捡回来的麦穗交给大人后，男孩子咕嘟咕嘟喝一气儿凉水，抹一把脸，女孩子捋捋贴在前额汗湿的刘海儿，非常骄傲和自豪。

孩子们也像大人一样内心淳朴善良，不贪心，不耍滑，对一切事物充满了好奇。爸爸的大鞋子总想着去试试，下雨天的油布伞晴天也想拿出去玩，连大人们平时戴的草帽都觉得神圣无比。记得其他人戴的都是一样的平顶带气孔的草帽，由洁净透气的麦秸结辫一圈圈编结而成，简单耐用。唯有福伯伯的草帽很特殊，是尖顶的，由薄细柔韧的竹篾十字编插，图案平整精致，帽沿比较宽，不仅美观，遮荫效果也好，既防雨又防晒，于是我就非常羡慕福伯伯有着与众不同的草帽。父亲告诉我说，福伯伯戴的草帽应该叫做斗笠，它是草帽的一种，在南方比较常见。福伯伯可不光是草帽别具一格，干起活来也是能手，是高手，让大伙心服口服。我情不自禁地联想到武侠小说里戴斗笠的世外高人。斗笠自然是高人手中的武器，往空中一掷，旋转飞行，直奔对方头颈，令人叹为观止。我暗暗怀疑福伯伯也一定是武林高手，越发想戴一戴他的“华冠”，可是根本没有机会接近福伯伯，戴着斗笠的时候他老是在忙碌，闲下来喝水的时候也不肯摘下来。偏偏我又是腼腆的孩子，不敢去问他一下能否借我戴戴。于是，在大人午休的时候，我就悄悄溜进去，踮着脚尖把墙上父亲的草帽摘下来，戴到头上，想像成福伯伯的斗笠，在院里玩上一会儿。

那时候，草帽、雨伞、雨靴等用品对于穷困的人家而言，就算是奢侈品了。小时候总是向往能有一顶属于自己的草帽，一把雨伞和一双雨靴，可是实现起来是那么遥远。我心想，如果有一天真的有一顶属于自己的草帽，我一定会在上面别一朵淡雅的小花，那将会多么有趣！如果真的可以得到一顶福伯伯同款的草帽，不，是斗笠，然后再取来习武的叔叔墙上那把宝剑，学一学好男儿仗剑走天涯，做个大侠多好……“怎么又拿草帽弄着玩，弄坏了还怎么戴！”一个声音如晴空霹雳，震碎了我的白日梦，快乐的畅想如美丽的肥皂泡瞬间无踪。

后来，有幸读到《草帽计》的故事，讲的是长征途中，贺龙同志带领一支红军队伍，从湘西向贵州进发，蒋介石的白军一路尾随盯住不放，一面派飞机在天上跟踪轰炸、扫射。在这紧要关头，贺龙同志选择了有利地形，看着战士们头上的草帽，心生一计，让大家将全部草帽丢在路边，然后隐藏起来。晒得人困马乏的白军戴上这些印着红五角星的草帽后，竟被自己的飞机误当作了红军，炸得血肉横飞。贺龙同志带领队伍巧妙地躲过了敌军的空袭，以智取胜，渡过险关，成为一段佳话。我对草帽又产生了一种特殊的感觉，小草帽中隐藏着大智慧，于是更加另眼相看。

长大以后，我还是有着很深的草帽情结。夏日打麦场上那跳跃着、飞舞着、欢腾着的草帽们，仍是我心底最美丽的一道风景。

烈日炎炎之下，火焰山一样的打麦场，农民伯伯全凭一顶草帽遮阳，挥汗如雨，又热又累，效率却不高。改革开放以后，土地承包到户，日子越来越好，生活水平越来越高，劳动工具越来越先进，那个苦和累的时代终于画上了句号。再看如今，翻天覆地的巨变，新农村新气象！农家人也开上了轿车，住上了楼房，用上了手机，还有空调的出现，车里、室内四季恒温，冬暖夏凉。芒种一过，方便快捷的大型收割机开进麦田，全凭电脑操控。然而，无论时光怎么变迁，生活怎么日新月异，再回首，草帽，依然象征着辛勤劳动的人民群众，依然是独特而美好的代言，依然是流动着的时代物语。

母亲的炊烟

王会苓

“又见炊烟升起，暮色罩大地……”经典的老歌，熟悉的旋律，一下子打开了我的记忆。

黄昏，夕阳像一个巨大的画笔把天空肆意涂抹。彩霞满天，炊烟袅袅，美丽的小村笼罩在一片祥和里。

“大牛——回家吃饭——”那声音婉转、悠扬，拖着长长的尾音，转几个圈才罢。

而我却不用母亲喊，我会从母亲的炊烟里闻出玉米粥的香味，于是匆匆往家跑去。

那时的我瘦瘦的，跑得飞快。到了家，我会一口气喝下几碗粥，慰劳自己的饥肠。

母亲是做饭的能手，印象最深的是母亲熬腊八粥。

“谁家灶筒先冒烟，谁家高粱先红尖”。寒冷的冬晨，母亲早早就起床了，五六点钟天还很黑，拉着电灯，刷净大铁锅，淘好了高粱米，放上几斤大枣，再放上点玉米粒，加上合适的水，点火，熬起粥来。

红红的灶火，昏黄的灯光，窗帘上映出母亲挥舞锅铲的身影。浓浓的米香，惹得我和弟弟也早早起来了，看母亲熬粥。

终于熟了。红色的黏稠的粥里是颗颗诱人的大枣，衬着金黄的玉米粒，煞是好看。我和弟弟迫不及待地端起粥碗……

那时的腊八粥不像现在，加上江米、大枣、蜜枣、栗子、菱角等多种食材，甜甜的，糯糯的，那时的腊八粥里只有少数的几种食材，但我们那份开心和满足是现在的孩子体会不到的。

“小孩小孩你别馋，过了腊八就是年”。一过腊八，年就快到了，母亲的柴锅里煮进了太多的期盼，伴着袅袅的炊烟在我们心里升腾。

扳着手指，数着日子，年不慌不忙地到来了。

终于见荤了！队里分肉了！

我和弟弟不再等炊烟召唤，早早就回家了，因为母亲要烙饼了，那可是喷香的猪油饼啊！我和弟弟就像两个馋猫蹲在锅台边，看母亲烙饼。

大块的猪油，大段的葱放进盆里加上油盐，拌匀，再把和好的面擀开，铺上和好的猪油，从一端卷起……灶下烧着柴，饼在锅里冒着油，滋啦作响，屋子里弥漫着葱油混合的香味。

直到现在，每每忆起，那香味犹在眼前……

过了年，天气渐渐暖了，最难熬的春天到了。青黄不接，家家最缺的是蔬菜。饭桌上除了腌菜还是腌菜。我们这一群孩子上学之余都去地里挖野菜。

老天爷是慷慨的。它用大片大片的绿来欢迎我们。地边地角，只要是向阳的地方就是一片生机。我们争先恐后地挖着，不大一会儿筐就满了，把它背回家去，就能看到母亲欣慰的笑脸。

择好，洗净，切碎，放上油盐，再裹上一件金灿灿的外衣，菜团子就成形了。

一锅出两样，菜团子是爸妈吃的，白面卷子是我和弟弟的。爸妈把最好的留给我们，自己却啃着难吃的玉米面。

母亲的炊烟依旧按着饭点，从从容容，缓缓升起。我当时年龄小，不知道母亲的锅里煮进了多少艰难和辛酸，但母亲的炊烟总是执着地升起。

十一届三中全会后，父亲率先搞起了副业，日子好过多了，而我也考上了中学，要到镇上读书了。

每天雷打不动，母亲都给我五角钱，这是我的午饭钱。听父亲说过，他上学的时候，吃饭总是偷偷地去没人的地方吃窝头咸菜，所以每天给我五角钱买饭。

可别小瞧这五角钱。它可以美美地吃一顿。中午去饭店要上一碗烩饼，或者几个烧饼，就能把肠胃哄得美美的。而我的同学大多是自带干粮，去小卖部花八分钱买来一块酱豆腐，用学生尺挑着吃。

等到周日，母亲总是包饺子，因为出去一周的女儿回家了。

水灵灵的白菜剁碎，加上剁好的肉，放上酱油、味精、香油、盐等，精心调制成馅。娘俩边包边说笑，不大一会儿，“元宝”就铺满了盖帘儿。

大铁锅里加上足够的水，点燃柴火。水开了，一群群“白鹅”争先恐后地跳下水，畅游着……

“我一见炊烟就知道咱家包饺子！”父亲工作回来高兴地说。

那时候每到周日必是吃饺子。母亲站在锅前是那样的气定神闲，她用锅铲演奏着一支支动听的交响乐。母亲的脸上常常露出满足的笑意，甚至有时还哼起小曲……

袅袅的炊烟是乡村的生机。它见证着人们的生活。炊烟升起，日复一日，年复一年，它悠悠地、缓缓地缠绕迷漫在红砖绿树之间，就像是一幅静美的水墨画，伴着悠悠岁月。

如今的母亲依然喜欢站在灶前，依然喜欢烧火做饭。只要有时间，必定亲自上阵煮一锅好饭让我们品尝。

母亲的炊烟啊，袅袅地升起，就像那首老歌，飘进我心里。

一路书香

胡芳艳

一

1993 年，我毕业分配到霸州市文化馆。

推开两扇油漆斑驳的木门，见到的是一所很古朴的小院。东西对面的两排低矮的房子，是两个单位，东面是文物所，西面是文化馆。一道爬满了青藤的月亮门儿把狭长的院子隔成了前院和后院，门儿旁一棵古老的榕树，斜斜地伸着枝杈，上面缀着星点粉红的榕花儿，这使得后面的院子看起来幽深了很多。由于长期见不到太阳，后院的墙角砖缝散布着青苔，整日的氤氲着一股潮气儿。

图书室作为文化馆的一个重要科室，占了前院的两间屋子，里屋藏书，外屋阅览。想借书的读者先在书目检索上找到书号，告诉管理员，管理员进到里屋去找书，然后在借书证上登记上书名、日期，才能把书借走。书目检索柜有点儿像中药铺的药柜，暗紫色，一排一排的小抽屉，外面用白色隶书标记，文学、历史、哲学……拉开抽屉是写着书名、书号和内容简介的卡片，都是手写的，笔体不一，字都是好字。

阅览室摆几张很高大的木质阅览桌，桌面成坡型，所以看书看报都得站着。光线很暗，傍中午的时候阳光才能照射进来，照在阅览桌的桌子腿和水泥地上。读者不多，经常来的是几位老者，戴了花镜，闲来翻翻报纸。

刚到文化馆的时候，见了那一屋子的书，心里着实兴奋。仔细一翻才发现，年代久远的书占了绝大部分。馆长说，自从 1961 年建馆以来就没进过几次书，时常更新的也就是报纸杂志了。要想看当下畅销的书，还得自己去买。

下午没事的时候，各科室的老师们就都聚在小院子里，捧着杯茶聊聊天儿。文物所门前错落地摆着两个大石条凳，我们都爱在上面坐坐，尤其是夏天，石凳坐上去凉沁沁的，很是舒服。有一天，我突然发现石条凳上还刻着字。看我惊奇的样子，许老师解释说，这是古代的石碑，应该算得上是文物了。果然，一年后，文物所就把石碑收藏到屋里去了。

来文化馆报到之前，老爸一再嘱咐我，到了单位一定要少说多看。在那里上班的都是霸州顶尖的文化人，文化人学问大，事儿多，爱挑理儿。

老爸只说对了上半句，这个小小的院落确实是藏龙卧虎之地。馆长邢化棣，市摄影协会主席，他拍出来的民俗民风系列作品都成了记录霸州历史的资料。可能是职业习惯吧，他骑车飞快，后来被汽车碰了一次，换成了骑三轮，依然骑得飞快，像去抢镜头。梁旭老师，熟谙人物画。他画的钟馗，寥寥几笔，神形兼备。他是图书室的常客，只借“二十四史”。有的时候为了一个人物的服装头饰，他就要查遍这个朝代的史料记载。有一次我问他，看这些书有意思吗？他说，特别有意思，不信你看看。于是，他还回一本我看一本。虽然只是看了个热闹，但慢慢地也看出了些门道。宁金立老师，当年谱写的《举起哈达唱门合》在全国都传唱。他的办公室里总是器乐和鸣，歌声飞扬，可出了办公室，他就静静的，戴着一副眼镜，镜片特别厚。

马文鸾老师的创作室也在后院，跟我的宿舍挨着。马老师个不高，齐脖短发，穿着朴素，手拎一只黑书包，笑着跟我拉家常，我以为她只是一个普通人。后来在传达室，看到每天都有一大叠她的信，全国各地的，大牛皮纸信封，上面写着，马文鸾先生启。我以为是个先生，后来才明白，先生是对她的尊称。其实也不光是我，听说她曾经去天津参加一个研讨会，一开始大家看她其貌不扬，对她很是怠慢，后来拿起笔来一写一画，马上，坐，请坐，请上座。

马老师的画室很简陋，进门就是一个大画案，门后一个衣架，挂着她的黑书包。熟了之后，我也总去画室玩儿，只见大朵大朵的牡丹花盛开在画案上、地上，不满意的被揉成一团，扔进纸篓。马老师很随和，朋友同事求画她都答应。有调皮的见她不在屋，偷偷拿她一张落了款盖了章的，过后跟她说一声，她也不计较。可惜我那时候小，不懂得求一张收藏。

在后院住宿的还有叶振华老师。叶老师，诗人，全国楹联学会会员。有一天，在他的桌子上看到《小说家》里有一篇文章《长久的天空，长久的雨》，一下便入了迷，说不出哪里好，就觉得对胃口，一时舍不得放下。叶老师告诉我说：这好办，下次作者来，你和他要一本不就行了。我听了很惊讶，觉得能写出如此文章的人虽然不至于远在天边吧，可绝不可能近在眼前。于是嘱咐了又嘱咐，等他来了，一定要告诉我一声。

没过几天，真的见了，这就是阎伯群老师。细细端详，黑黑瘦瘦的，人远不如文字张扬，可有了文字铺垫，形象高大了许多。我心里发怯，问了好便躲在一边，书，也忘了要。

……

那段时间，我对这个小院儿充满了敬意，这里出入的每一个人我都尊称他们为老师。因为我闹不清哪一个是与泥人张齐名的陈中方，哪一个是彻夜不眠把《二泉映月》拉得出神入化的陈胜，哪一个是会写会画会装裱好喝两口儿的小可，哪个是被称为霸州第一支笔的徐逊非。与他们擦肩而过的时候，他们面带微笑地向我点头示意，而我在心里给他们深深地鞠了一躬。

二

1996 年春，霸州图书馆从文化馆分出，我们搬进了市第一招待所餐厅的二楼。餐厅的二楼是一间空空旷旷的大屋子，地上全是灰尘。我们不敢用扫把，只好直接用拖布来拖，蘸满水的拖布只需几下就涩得拉不动了，吸饱水的尘土更是赖在地面不动窝儿。就这样，我们四个人整整用了两天时间，才擦出了地面的原色。

图书馆搬家那天，文化馆的那些同事开玩笑地说，把你们四个扔到那里去，真有点不忍心。我们也有些伤感，不仅是离别，还为那可以称得上荒凉的大院。同事们走后，我们四个人看着凌乱的书和书架发愁。老馆长徐乾带我们用书架把屋子隔成里外间，还找来一块木板，在办公桌和书架中间做了一道门，算是分了藏书室和阅览室。又买来彩纸，写了《读者守则》《借阅须知》。最后，还豪情满怀地写上了一个条幅：为好书找读者，为读者找好书！

我们把霸州市图书馆的牌子摆到餐厅一楼的门口，就这样，霸州市图书馆正式成立了。

那是一段极其寂寞的日子。我们好像被这个社会遗忘了。老读者嫌偏僻慢慢的不来了，其他人压根不知道有我们这个单位。我作为会计，去报表时经常碰到这样的尴尬：图书馆？咱这儿还有这个单位么？卖书吗？是新华书店吧？

困扰我们的不仅仅是寂寞，还有水电、安全。由于经费紧张，我们的水电一直没有解决。为了图书安全，屋子的所有窗户都被钉死了。这样，这间屋子成了真正意义上的冬冷夏热。夏天还好办，自己拿把扇子多扇几下。冬天，冷到彻骨。吴亚梅老师练书法，兑上水的墨汁一会儿就结了冰碴儿。实在冷了，就在屋里打羽毛球，我们戏称安全绿色取暖法。记得张北地震，局里筹集捐款，局领导来图书馆动员的时候，我们几个正在跺着脚取暖。局长说，本来要求一人捐 20，你们几个，随意吧。一句话，说出了我们的眼泪。当然，我们并没有随意，也是一人捐了 20 元。

最让我们担忧的，还是图书的更新。因为没有购书经费，没法更新图书，失去了读者，我们的工作就没了意义。偶尔，有老朋友来看望，调侃道：这地方适合修行。这句话是我们最不爱听的，因为我们需要的是融入社会，服务于社会，而不仅仅是观望。

1997 年，老馆长和另一位老同志退休，就剩下我、吴亚梅、新上任的张馆长三个人上班。馆长几次从廊坊开会回来，都发出这样的感慨：周边几个县市的图书馆都已经是形同虚设了，咱可得守住这份家业。不然，说不定哪天就被合并了呢。

也就是说，现在的图书馆就像火种，只要它摇曳，我们就得悉心的呵护，期待会有燎原的那一天。好吧，我们一起把这火种捧下去。

馆长从书店找来牛皮纸，买来胶水。我们开始修补图书，并根据最新版的《中国图书馆图书分类法》给图书分类，重新登账。

工作之余，我和吴姐总爱站在后窗户那儿往下望。下面是几排家属院儿，原住民大多搬走了，住进去的几户都是外来务工的。看着她们在简陋的屋子里出来进去地忙乎，在院子里洗衣服、看孩子，被煤球炉冒出来的烟呛得咳嗽，有时候烟随着风刮过来，撞在我们面前的玻璃窗上。

再远处是一大片草地，草木久未修剪，长得近乎夸张地旺盛。一棵大洋槐树，一到 5 月，雪白的槐树花开得碰鼻子香。花儿掉下来落在草叶上，草稍微低头又弹起，花儿便长在草上了。

退回到座位上，我拿起了书。现在我看书是豪华奢侈型的，从 A 开始，按着书架子一排一排地看。不感兴趣的就草草翻一翻。喜欢的，在单位看不完拿回家继续看。用这种方法读书，时不时的会有一些惊喜。比如，我在高中时曾在一本杂志上看过聂华苓的《千山外，水长流》上半部分，一直心心念念地想知道结果如何。很偶然地在书架上看到了这本书。哎呀，那高兴劲儿，真像挖到了宝藏一般！

我埋头读书时，吴亚梅老师就在办公桌上练书法。她在文化馆时师从马文鸾老师，字已经写得很有劲道。她总让我留意着报纸和杂志上的隶书，有了好的就收集起来。她对着这些字看来看去，用手比划，用笔临摹，有的还要复印下来。我看她写得有趣，也跟她学了一段时间。后来发现写书法太吃功夫，可不是一件容易事，于是放弃了，只占了个大徒弟的位置。

有来求字的人送了吴姐一个笔筒，上面写的是陶渊明的《桃花源记》。吴姐让我一字一句地解释给她听。“晋太元中，武陵人捕鱼为业。缘溪行，忘路之远近。忽逢桃花林，夹岸数百步，中无杂树，芳草鲜美，落英缤纷……”一天解释一遍。后来我们都背了下来。背着背着，不由得相视一笑，我们现在的日子，虽然有些冷落寡淡，但何尝不似桃花源？

墙角处放着小可在一块木板上雕刻的作品“闲云野鹤”，结字纵逸，筋骨内含。

三

1999 年，一个振奋人心的消息传来，霸州市图书馆将迁至文化活动中心。可以说，霸州市文化活动中心是当时市内气势最宏大的一座建筑。功能齐全的室内设施，宽阔的广场，优美的周边环境，无不显示出市委市政府把文化建设放在了支撑霸州未来发展的战略位置的决心。

我们又一次准备出发了。馆长打包，吴亚梅老师在每个包上注明书号，我登账，我们平常所做的一切准备都发挥了作用。我们三个经常是一边干活一边互相吹嘘着自己具有的前瞻性。

1999 年秋，我们终于捧着我们的火种——图书 2.5 万册，古籍书 510 册，搬迁到文化活动中心。

文化活动中心建成庆典那天，我们聚在二楼大厅的窗前，看广场上花团锦簇，人潮涌动，心里有说不出的滋味。

“赌书消得泼茶香，当时只道是寻常”。现在回头再看，真的感谢那将近四年的时光，感谢它让我们学会了不急不躁、删繁就简、舒缓有序、浅思淡行。让我们懂得了坚守、等待和争取。在沉淀中，我们不知不觉地充实了自己的才识。而这些才识给了我们身心安顿的底气。

随着市委市政府对文化产业发展的重视，对图书馆的资金投入力度逐年增大。从 1999 年开始，不仅恢复了正常的报刊订阅，还相应地更新了部分老化的图书。老读者又和我们见面了，新面孔也越来越多，图书馆的工作终于踏上了正轨。

四

2004 年，霸州图书馆新馆开始建设。2006 年 11 月 4 日，霸州图书馆新馆正式对社会开放。

霸州图书馆座落在市区育华道北侧，外观为博士帽造型，主体六层，建筑面积6500平方米，现有纸质图书25万册，电子图书60万册，可容纳1000余人同时阅览。霸州图书馆在内外设计、藏书规模和管理水平等方面在河北省乃至全国县级市中都位于领先地位，连续三年被文化部命名为县级一级图书馆。

现在的图书馆，不再只是简单的借阅，它还承担起文化信息资源共享县级分中心的职责，先后在75个乡镇村街建了分馆，在乡镇层面实现全覆盖。而且它还兼具中学专业馆和社会公共馆双重职能，既服务于师生，又服务于社会。这都是以前我们做梦都想不到的。

不仅如此，在崔栋馆长的支持下，各种社团活动也在图书馆开展得如火如荼。象棋、五子棋、全国中小学生课文朗诵比赛、书协活动、作协活动、诗社活动、戏剧、宗族文化展览、各类家庭知识讲座，每天人来人往，令图书馆具有了更加宽阔的视野，包容的胸怀。

星星之火，终于燎原了！

所有这些变化，对我们这几位伴随着图书馆一路走来的老同志来说，不仅仅是开心，——因为我们对霸州图书馆的感情已经不再是工作单位与工作人员那么简单。它就像我们一手带大的孩子，又像我们患难与共的兄弟，我们为它的成长而骄傲，为它的未来而憧憬。

如今，吴老师已经退休了。这些年来，她把她的洞察所得，刻入心灵，成为思想，用相应的笔墨技巧使之跃然纸上，她的为人和书法被众多的人熟知称赞。

而我，工作之余，除了读书，还爱上了码字。每天走进景色优美的校园，坐在宽敞明亮的阅览室里，心里是那么的满足。我的同事都比我年轻，她们大多是学图书馆专业的，见了我，尊称我为老师。我特别感谢她们，是她们让图书馆变得年轻，迸发出新时代的活力。

有时，也与当年的老同事聚一聚。去马文鸾老师家赏菊花，吃素饺子；跟梁旭老师探讨一下《史记》；听听徐逊非老师讲周易；半夜了还为了对联上的一个字跟叶振华老师吵个不休；最让我开心的是，我已经得到了好几本阎伯群老师亲笔签名的书。

关于书店的记忆

培 君

自诩算是个读书之人，每到一个地方，重点关注的就是这个地方的书店。即使不买，转一转，看看或古朴或花哨的封面，闻闻渗入空气中的墨香，如果时间不紧，随便翻翻书，心绪自然而然就沉静下来了。

在我看来，书店是衡量一个地方是否有文化氛围、文化底蕴最明显的标志。没有书店、或书店很不成气候的地方，绝非雅地；而如果这个书店架子上放的尽是些课辅教材、时髦杂志、漫画写真，或是哗众取宠的所谓畅销读物，那么，这个地方也绝非雅地。曾经到上海复旦大学进行过几天短期培训，闲暇时习惯性地寻找书香之地。书香之地自然是有的，在一个门脸很小的个体书店，虽然进门显著的位置不例外地被考研、考公务员等等“宝典”所霸占，但往里面走去，分门别类，满满当当，古典文学、现代文学、外国小说、社科读物……不禁让人产生发现宝库的惊喜之感——毕竟是高等学府，连这么个不起眼的小书店肚子里都是有货的。

我不禁想起自己学生时代逛过的那些书店。

1995年，我考入廊坊西小区某个学校求学。那时，刚从一个贫瘠的小县城来到“大城市”廊坊，我最兴奋的就是——这里的书店真多！

这种兴奋感产生的原因在于，家乡县城实在是太贫瘠了——不单单是指物质的匮乏，更是指精神和文化的羸弱。我所居住的小镇是没有书店的，要买书，只能骑自行车跑到十里外的县城。整个县城只有一家书店——自然是国营的新华书店，可里面的书却是“白头宫女在，闲坐说玄宗”，几年、十几年甚至几十年如一日地枯坐在架子上，即使有读书人前来“相亲”，也是“纵使相逢应不识”——只因“尘满面、鬓如霜”，真是“无处话凄凉”。更要命的是，这些闲坐的“白头宫女”，还被几个凶神恶煞、面目可憎的“容嬷嬷”一样的售货员看守着，对于我们这些穷小子，一律铁面冷语伺候。

在这种情况下，书——当然是指课外书——简直比自己暗恋的女孩子还难追到手。而一朝入廊坊，犹如经年累月看不到女人的傻小子掉到美女窝里，怎能不让我心花怒放、鼻血直流？

那时候，家里条件不怎么好，每月只有一二百元的生活费，除去吃饭，所剩无几。但这阻止不了我寻书问道的欲望。每到周末，我就会开启我的精神旅行。从西小区东头，一直到西头，大大小小十几个书店，一家不落，都要巡视一遍。往往是逛到书店快打烊时，才思来想去、比来比去，挑出自己中意的书。

当年，西小区是廊坊大中专学校的聚集区。学校多，学生就多，学生多，书店也就多。那时候，西小区大概有十一二个书店吧，有大有小，各有特色。这其中，我最早知道的一个书店就是博士达书店，在廊坊师专入口处路东，印象中是三间左右的门脸，店主好像是个戴着老花镜的老太太。

知道“博士达”这个书店还是在我来廊坊上学前。村里一个同学的姐姐在廊坊师专读书。那时候村里出个大专生是件惊天动地的大事件。同学姐姐读的中文系，算是才女；我也恰好是个文学少年，对之仰慕万分，寒暑假经常拿着自己写得幼稚的小文章跑到同学家找才女姐姐赐教。在她那里，我看到一本书，三毛的《哭泣的骆驼》。三毛这个名字我是早就知道的，但没想到一个流浪儿童居然还会写书。翻看之后大惊，再大惊——一惊是传说中的三毛居然是个长发飘飘的女子，二惊书中的文章写得如此动人心弦，心仪之下爱不释手。姐姐看出我的“暗恋”情愫，善解人意地借我一阅，后来干脆就把这书送了我。

这书的娘家就是博士达书店——书的扉页上三角形的印章明白无误地告诉我它的身世。后来，从《哭泣的骆驼》到《撒哈拉的故事》，再到《稻草人手记》，最后到《滚滚红尘》和《我的宝贝》，把我迷得五体投地的三毛，迫使我在廊坊上学期间一本本集齐了她的所有作品。当然，大部分都来自博士达书店。

博士达书店是西小区比较热闹的一个书店，每次去，总是顾客络绎不绝，大多是廊坊师专和教育学院的学生。每卖一本书，店主老太太都要热心地在书的扉页上工工整整盖上店里的印章。

经典的三角形印章后来变成了正方形阳文小篆印章。记得老太太说，好像是某位忠实顾客请人给篆刻的。后来，不知什么原因，博士达书店悄悄关门停业了。

同样有印章的书店还有两家，一家是随缘书店，一家是弘源书店。

随缘书店现在仍在西小区屹立不倒，店面比十几年前宽大了许多。那时的随缘书店还在西小区路南的一个二楼上，一楼是做什么生意的记不太清了。老板是个戴眼镜的男子，斯斯文文，那时可能刚刚结婚不久；老板娘个子不高，短头发，不漂亮，但说起话来慢条斯理，对店里的书也都能说上来一二，因此整个人显得很雅气，与书店的墨香很合拍，给人一种挺古典的感觉。

那时候，随缘书店在西小区是个小书店，书不是很多，同博士达一样，也是闭架经营。像我这样的穷学生，买书非常谨慎挑剔，总是反反复复要求老板娘将书拿出来、放回去，很多时候挑了半天也舍不得买，老板娘却从不嫌烦，始终面带微笑，保持着很好的儒雅范儿。这无形中为书店增加了人气，像我一样的穷学生很喜欢到随缘来买书、看书。

后来，毕业了，很少到西小区了，但每次来，都要去随缘转上一转，好歹买上一册，还一定要盖上她家那枚刻着“熊猫盼盼”形象的印章。再后来，有很长一段时间没再去西小区，这中间大概得有四五年。直到几年前调到廊坊工作，晚上没事又跑到西小区，习惯性地走进随缘。恰好老板娘在，脸上多了些岁月的痕迹，但雅气还在，见了我略一迟疑，竟然认出了我，心里不由得一暖。挑了几本，结账时，老板娘招呼店员：这是咱们的老顾客，按会员待遇，折上再打九五折吧。虽然省不了几个钱，但还是很高兴，“故居尤可念，故人安可忘”，别的不重要，重要的是有些东西还在。

唯一失落的是，随缘的那枚印章不在了。

跟随缘截然不同的是弘源。弘源的店面也不大，但书不少，老板是个中年男子，个子不高，平头，瘦，眼珠灵动，说话语速很快、很干脆，一副生意人的精明相。书店本就是生意，精明无可厚非，但在当时的我看来，却有点不屑，总觉得非我族类，于斯文不合，因此从内心就把弘源打成“色目人”。弘源的结局不太清楚，反正后来再去西小区，弘源的招牌已然不见，不知那位精明的生意人是不是转行了。

在这十几家书店中，有一家是最短命，却也是给我印象最深，这家书店有一个非常儒雅的名字——项脊书轩。

项脊书轩的短命几乎是必然的。首先是它的位置非常偏僻，处在西小区最西端路南，再往西就是当时人迹罕至的所谓“森林公园”了，除了如我一样逛书店成瘾的穷光蛋，很少有人能光临于此。其次是店主的经营理念过于理想化。这从书店的形神上可见一斑。我曾经专门为这家书店写过一篇文章，说项脊书轩“应该就是借了《项脊轩志》的意境吧。归有光的项脊轩‘旧南阁子也。室仅方丈，可容一人居。百年老屋，尘泥渗漉，雨泽下注；每移案，顾视无可置者’，却‘借书满架’，是地地道道的雅室书屋，住的也是地地道道的读书人。这个‘项脊书轩’也是坐南朝北，矮小破旧，从表面看，倒也很贴切”。

当然，不止是书店的外观寒酸如项脊轩，店主的想法也清高如归有光。归有光在《项脊轩志》中说“蜀清守丹穴，利甲天下，其后秦皇帝筑女怀清台；刘玄德与曹操争天下，诸葛孔明起陇中。方二人之昧昧于一隅也，世何足以知之，余区区处败屋中，方扬眉、瞬目，谓有奇景。人知之者，其谓与坎井之蛙何异？”瞧，字里行间透着胸怀中的大志，也透着对凡夫俗子的不屑。这个书店的店主是个女孩子，穿着朴素，目光清澈，很是健谈，像是个正在上学的大学生。可她不是什么大学生，她本来也非常喜欢读书的，但只初中毕业，便因家庭不太富裕退学了。后来开了这个小书店谋生，顺便可以弥补一下以前没法读书的遗憾……她说，没钱买书，也可以进来坐下随便看嘛，自己也尝过没钱买书的滋味，很理解我们这些穷学生的，以后她还准备开个“读书会”呢……读完书后在她的小店里讨论交流。说着，她一脸兴奋的样子，仿佛她未实现的梦想已在我们身上延续。

看起来，这女孩没想把书店当作生意来经营，而是在经营自己的梦想。然而，当梦想照进现实，投射出来的幻影虽然美妙，却终究无法成真。将明朝文人的思维，移植到当今的社会，显然有刻舟求剑之嫌。不食人间烟火注定要被饿死。果然，没过多久，再路过那地方时，发现项脊书轩不见了，那小屋被装饰一新，挂着个凯旋百货店的招牌。

其实，项脊书轩不是第一个倒下的书店，更不是最后一个倒下的书店。十几年过去了，当年的十几个书店如今只剩下随缘一家在勉力支撑。西小区还是那个西小区，路比原来宽了，店铺比原来多了，学校没有减少，学生日渐增多，但书店反而越来越少。当然，这里面可能也有时代发展的因素——我现在也很少逛实体的书店了，更多的是在亚马逊和当当淘书——但书店作为一种文化的符号，还是应该在鳞次栉比的大街上占有一席之地的。

在一个地方的文化生态链条上，书店是不可或缺的一环，虽然它存在的价值很大程度上是象征意义。

我想，只要我们不抛弃书店，文化就不会抛弃我们。

盛世欢歌

情洒大清河

郝建福

初识大清河，还是在我的童年时期。

我姥姥家在天津静海县台头镇，大清河就擦着镇子边穿过。记得小时候，每次跟着母亲去姥姥家，都得坐摆渡船过一条大河，母亲告诉我这条河叫大清河。

我从小胆子就小。每当母亲拉着我坐上摇摇晃晃的小船，瞅见湍急的河水，总是吓得又哭又叫，抻着母亲的衣角不敢向前挪动半步，生怕掉到河里去。为这，小舅讥笑我，说我是“北村”的旱鸭子。也怪不得小舅嘲笑，我家乡在永定河故道，地势挺高，到处是沙土，就是没有一条像样的河沟。听说几百年前有一条永定河，可后来改道了，远远离开了我们那儿，只留下了大片沙荒地。打我记事起，能见到的最大水面，就是村南那个土坑里的水。就这还得等到下大雨时，村里的雨水流进坑中，才能和几个小伙伴偷偷溜到坑边，光着身子，小心翼翼地蹭到齐腰深的水中，大着胆过一把洗澡瘾。雨季一过，坑中的水很快让沙子吸走了，我们便又成了“旱鸭子”。

眼前的大清河可不同于家乡的大坑，满河槽的水，打着旋儿，浮浮悠悠从西而来，向东而去，看得我心惊肉跳，每次去姥姥家都提心吊胆。

高中毕业后，到县水利局上班，赶上大清河发洪水，把我分到防汛办公室，主要就是和大清河打交道。哪成想，这一“打”就是 40 多年。现在退休了，又被返聘到市“高标准农田建设”工地做工程监理，在大清河畔修建扬水站、灌溉渠、引水闸，利用大清河水种植水稻、莲藕、小麦等喜水作物，继续为大清河边的农业建设发挥余热。防汛期间，还被市里聘为防汛专家组成员，参与大清河防汛调度，仍然要在大清河上忙活。难怪连妻子都说：“你这辈子算和大清河摽上了。”

几十年沧桑岁月，多少个风风雨雨的日子，我跟着领导、带着同事，走遍大清河每一弯河道、每一段堤防、每一座闸涵、每一处险工，亲历了无数次防洪抢险、引水抗旱、挖河筑堤、巡查维修……儿时对大清河的恐惧与敌视，早已转为关心与眷恋，大清河成了我大半生牵肠挂肚的伙伴、挚友。

2018 年五一前，我和妻一人一辆自行车，沿大清河来了一回骑车自由行。寻思就着我俩身体还行，再走走大清河，既锻炼身体，也可以欣赏大清河的自然风光，还能回味抒发一个老水利人的怀旧情怀。

大清河是海河流域一条主要河流，发源于太行山。如果算上最长的支流拒马河，全长有 480 千米，流域面积 4 万多平方千米，两岸43%是山区。它有9条大的支流，分为南支和北支。南支入白洋淀，北支止于白沟镇。后汇成一条104千米长的大清河干流，穿过雄安新区、霸州、文安、天津静海县流入渤海。如果把大清河比作一把蒲扇，它的干流就是扇把，我们霸州就处在扇把中间，习惯上称作“九河下梢”。

从市区出发，沿着106国道骑行不到10千米，就看见大清河了。营上村坐落在大清河堤上，是霸州最南端的一个村。以中泓线为界，河的北边属霸州，河南是文安地界。从这儿沿河一路西行，便可一直到达大清河起点。我俩毕竟岁数大了，不能和那些敢于和汽车赛跑的年轻骑手相比，所以尽量避开车水马龙的公路，选择河堤骑行。因为防汛上的要求，堤顶一般不允许硬化，大多堤段还保持着原始土堤状态。堤顶平坦而光滑，倒像是给骑自行车的人修了一条专用公路。虽然弯多路远，可路上清静，避免了被机动车干扰刮碰的危险。

春天的大清河处处展露着勃勃生机。这些年国家加强了对河道的治理保护，堤上树木葱绿，河中碧水涟涟，堤坡上五颜六色的小花，在毛茸茸的小草衬托下愈加艳丽夺目。两边农田里，绿油油的麦田像巨大地毯铺在大地上，一眼望不到边；成群的小鸟唧唧喳喳叫个不停；惊起的山鸡扑楞楞一声响，嘶叫着飞出草丛，滑向农田里，着实把我俩吓了一跳。和妻并肩骑行在大堤上，边说笑边欣赏风景，自有一种心旷神怡的感觉。熟悉的河道，平坦的大堤，醉人的风景，让我们忘记了疲劳，上午10点多，便骑到了雄安新区地界。

2017年4月1日，国家决定建设雄安新区，据说初衷是集中疏解北京非首都功能，探索人口经济密集地区开发新模式，调整优化京津冀城市布局和空间结构，培育创新驱动发展新引擎。可以看出，这是千年大计，国家大事，它体现了社会主义国家集中力量办大事的制度优势。很快，一些基础性建设项目率先在雄安新区动起来。整修大清河、恢复提高大清河生态功能，就是其中的一项工程。

进入雄县界，大清河张青口河段已经被彩钢板围挡起来，多台挖掘机、翻斗车在里边作业，施工队伍正在系统治理大清河。热火朝天的场面，不由得让我精神为之一振。我知道，不仅雄安新区，下游的霸州、文安、静海也在全面治理大清河。为了一个目标，全线协同行动。这不就是新时期中国特色社会主义的优越性所在吗？沿线人民期待的恢复通水、恢复通航，千帆竞渡、汽轮轰鸣的大清河盛景，已经向我们走来。

晚上留宿在雄县县城。少不了逛闹市、品特色小吃，买一些大人孩子喜欢的小饰品。真佩服妻的体力和耐力，60多岁的人了，骑行100多里地，还能和广场上并不认识的大姐大妈们跳广场舞。天下舞者是一家，不用介绍，无需培训，站到队伍里，随着音乐节奏就如醉如痴地跳了起来。时代变了，人们也在尽情享受着社会进步带来的轻松洒脱的生活。

休息一夜，我俩又登上自行车，向大清河的起点——新盖房水利枢纽骑去。路途不远，骑行一个多小时便到了。

20世纪六七十年代，国家在这里兴建了一座大型综合性水利枢纽工程，把大清河上游来水分成三股：一股入白洋淀，一股走新盖房分洪道，再一股进入大清河。作为老水利人，我多次见证了这些水利工程在防汛抗旱中发挥的巨大作用。记得1996年大清河发洪水，我和防汛办公室同事深夜冒雨到这里察看水情。还没到大闸前，就听到洪水轰隆隆的咆哮声。近前借着手电光一照，只见波涛汹涌、浊浪翻滚的洪水似脱缰野马，挤过分洪闸、翻过溢流堰，向大清河下游扑去。亏得有这座水利枢纽控制，二十几亿立方米的洪水，通过大清河进入东淀蓄洪区，保护了白洋淀，保住了文安洼，保证了天津市的安全。2018年汛期，大清河再次来水，水量没有当年大。经过综合治理后的大清河，展现出母亲般宽厚温存的一面，给缺水的霸州、文安送去3000多万立方米宝贵的地上水。

站在新盖房分洪闸上，往事历历在目。回想自己的人生经历，能够与大清河为伴、为大清河献出青春年华，该是我人生的一大幸事、一束亮点，不由生出一种甜甜的自豪与成就感。

从这里再往上游，就属大清河的支流拒马河和白沟河了。2013年，我和妻曾经从这里出发，骑车走白沟河，到北拒马河，又来到南、北拒马河分叉的北京市张坊镇的铁锁崖，转而沿南拒马河回来，算是把大清河最大的支流转了一遭。一晃五六年过去了，顾虑到我俩的年龄和身体承受能力，决定还是到此为止吧。

回程中，我和妻特意绕道大清河的另一支流中亭河。穿过雄县城，骑过分洪道，便上了中亭堤（水利部门叫东淀北大堤）。上得大堤，眼前倏地一亮，雄安新区打造的绿色生态林映入眼帘，只见广袤的田野中，松树、柏树、槐树、柳树、玉兰、白蜡、海棠以及不少叫不上名字的树木，成方连片，呈现出葱绿、粉红、鹅黄的阵容，灿烂地迎风摇摆，令人目不暇接。听说这就是雄安新区的千年秀林。我俩沿着弯弯曲曲的大堤骑行好长时间，也没走出林地。面积之广，规模之大，质量之高，我还从未见过。

厉害了，雄安新区！

临近下午，我们又骑回霸州境内。中亭河水渐渐多起来，只见河水清清，野鸭嬉戏，河面上不时有捕鱼小船划过。作为防汛技术人员的我知道，眼前中亭河里的水，大多也是从大清河引进来的。

祝福你，大清河。

古镇红灯

胡镇涛

迎接香港回归祖国怀抱的那天下午，朋友约我们来到这座位于京郊的古镇。

临近傍晚，一场暴雨突如其来，洗涤了这座京畿重镇。老天似解人意，7点刚过，雨便停了下来。走出门外，天更净了，树更绿了，空气更新鲜了，精神一下抖擞起来。夜幕初降，宽敞洁净的大街上，三三两两的居民在信步徜徉，又几乎不约而同地，慢慢地向街中心的广场汇聚。“放炮了！”路上有人喊了一声，我们也快走上前去看。在广场旁一座青檐碧瓦的楼顶上，两个穿着红T恤衫的小伙子擎着两条一通到地的“大地红”，在空中轻轻挥舞着。“劈劈叭叭”，“大地红”欢快地爆响起来，在空中盘旋扭动，迸出明亮的火花。火花向碧青色的楼顶攀升，像两条飞舞的长龙。这一下便开了个好头，像约定好了似的，霎时，大楼的四周也纷纷地响起了“轰轰”和“劈哩叭啦”的鞭炮声，此起彼伏地充满整条街，整个古镇。沉寂的夜晚沸腾了——各色的礼花争先恐后地呼啸着冲向夜空，形成了一道道美丽而喜庆的风景。鞭炮声、礼花在空中爆破声以及人们的欢呼声，久久地萦绕在古镇的上空，汇成了一条快乐的河流。

所有的人都沉浸在喜庆的氛围中。匆匆地吃过晚饭，我们向朋友的住处出发——镇郊的一个小村庄。这是一个发展中的古镇，路灯只把我们送到镇区的出口，眼前就变得漆黑起来，几乎看不到 5 米外的路。清凉的空气中弥漫着淡淡的硝味，身后的鞭炮声和人们的欢呼声渐渐地远去，路两旁的垂柳不时地把辫梢轻轻地拂在我们的脖颈上，洒下几滴清凉的水滴。自行车缓缓地行驶在有些泥泞的城乡公路上，不时的还会轧过一个小水洼，激起一片水花，溅在鞋上，凉丝丝的。

大家小声叙谈着，自然离不开香港回归的话题——这个神圣夜晚的主题。快进村子了，脚下的路越发泥泞起来。看得出是一条砖道，在前面带路的朋友一个劲地嘱咐我们要小心，后来干脆从车子上下来，专捡公路中间高的地方，推着车子走。这种农村的路我是再熟悉不过了，尽管脚下时高时低，我们还是走得很稳，也便有闲暇来环顾一下周围的环境。蓦然一抬头，便发现远处村庄里的两盏如同桔子般大小的灯笼，闪烁着映入眼帘，在这漆黑的夜晚里显得格外引人注目。“你们看，红灯笼！”同行的一个朋友高兴地喊了起来。“看见红灯笼，我们就快到了。”古镇的朋友在给我们鼓劲，似乎脚下这泥泞的行程马上就要结束。

我们慢慢地进入村庄，于是便有机会看清红灯笼的真面目。这是路边三间普通民房，透过淡淡的灯光，深灰色的砖瓦映衬出了它的简朴，矮矮的墙头上，爬满了不时扇动着叶片的粗壮的南瓜秧，两扇被风雨侵蚀的发旧的木门虚掩着，隐隐约约地从门缝里透出电视机彩色的荧光。红灯笼便是从这家的房顶上探出来的，有如两个竹篮大小，一东一西地挂在粗木制的电视杆的两侧，把整个简朴的农家小院衬托得宁静、祥和。

朋友似乎看出了我的心思，放下了他们的话题，绘声绘色地给我们介绍起来："这几年，乡亲们的日子红火了，逢年过节或者有重大喜事的时候，他们便会自然地点上红灯笼，表示祝贺，成为了一种风俗。这不香港要回归了吗，早在好几天前，有的人家就开始挂灯了。"

"那么说不是这一家？"我问。

"不是的，你看。"我顺着朋友指点的方向放眼望去，果然，在村庄的各个角落里，还有许许多多或大或小的光芒，似乎一下子从村民的院落里飘出来似的，在黑暗的天幕下描出一道跳跃的红边。挂得高的，稍微高出房顶；挂得低点的，在院子里微微发出一点红光。一点、两点……连成一线；一条线，两条线，连成一个面，像撒在农家院落里闪亮的珠宝，又像一堆堆熊熊燃烧的篝火。

我被眼前的情景迷住了，心头不禁怦然一动。多么可爱的灯笼啊，像灯塔，指明方向；像篝火，势可燎原；像红日，照亮天下。这一盏盏红灯，除了象征村民们蒸蒸日上的日子外，更多的则是他们与国家同呼吸、共命运的朴素而纯洁的心声的生动写照！在这个静谧而祥和的夜晚，在这一盏盏闪烁的红灯笼下面，我们看到的是多么可爱的人民啊。这种用最普通的方式表达出来的最普通的情感，怎么能不说是人世间最真、最美、最纯朴而又最伟大的情感呢?!

霸台朝阳

王 英

在中国的历史上，霸州曾经有着非常重要的战略地位，尤其是在北宋初期，更是闻名中外的“三关”之一益津关的所在地。相传，大名鼎鼎的杨六郎曾驻守于此。在霸州周边的很多村名，都与杨家将的传说有关，比如披甲营、武将台、挂甲庄等等。要说在霸州从古至今最有名的，就是城内的古霸台了。

据史书记载，霸台始建于宋朝初年，位于古霸州州衙北部，即现在霸州实验中学东南方向、老武装部所在地，当年那里是宋军的演兵场。霸台就是点将台和观察军情的瞭望台，是霸州城内最高的建筑。早晨登台远眺，可最早看到漫天朝霞、东方旭日，故名“霸台朝阳”。古霸台在明朝时已成为一个不高的土台，明朝万历四年，陕西同州举人乔密任霸州知州，在霸州州衙东部，现在城五街和城内西大街交汇十字街之西口建钟鼓楼。楼分两层，高一丈八尺，下有东西方向穿街拱门，宛如城门洞，上有环绕四周的抱厦游廊，登楼可东迎朝阳，一览全城。除钟鼓之公用外，文人学士经常在此雅聚，赋诗吟歌。后经霸州官绅议定，把这座钟鼓楼命名为“霸台”。

我曾无数次在脑海里想象这霸州第一胜景的样子，但是由于它早已湮没在历史的长河里，只能在自己的想象中勾勒它的壮丽和辽阔了。据说，我们的古霸台曾经与邯郸的丛台齐名。丛台建于战国，是赵国阅兵的场所，现在已经成为名闻中外的古迹。经过两千多年的历史风霜，它依然在原地默默地向后人诉说着自己的沧桑。

在我的想象中，霸台耸立的古城的早晨是安谧的，安谧得犹如婴孩沉睡在母亲的怀抱里。那时候，广阔的天空还未吐出晨光，星星犹如点点金色的花瓣浮在夜幕上，轻捷而快活地眨着眼睛，一钩弯月，静静地挂在空中宛若恬静少女的娥眉。

那些古代登霸台的人，内心深处肯定都有诗人的浪漫情结。此时的空气无比清新，山泉一样的甘甜，袅袅凉风拂面，仿佛凌身在山顶之上。此时，大地还是一片沉寂。然而当大家凝神静听，还是会听到草叶舒展弹颤的琴音，露珠坠落圆润的歌喉，树枝招展娑娑的私语，小虫低婉缠绵的吟唱。

夜色像水浸沙滩一样，无声无息地褪去。东方遥远的天际，露出一抹浅灰的白线，就像一幅巨大的帷布被撕开一条口子，它愈来愈大，光线也越来越强，天渐渐地亮了。而远处的树林还是隐约一片，起伏着，犹如模糊的山峦，一层薄雾绸纱一样萦绕在阡陌上，朦朦胧胧恰似海市蜃楼。

星星和月亮不知什么时候隐没在天光里，没有了踪迹。东方的天空露出一线线红光，就像谁不经意间把胭脂倒进了河里，摇曳且扩散。然而它的光线还是那么柔弱无力，所以还带着淡淡的青紫，但它越来越鲜艳，终由一抹幻成一片，周围的云朵也染成了瑰丽的红色。

天空开始露出湛蓝。它蓝得那么柔静，那么祥和，只要朝它望一会儿，人们便觉得身上已长出两翼来，扶摇直朝它飞去。

此刻，站在霸台看日出的人们，将亲眼目睹一场奇观的发生。太阳在地平线上冉冉升起，先是一小块，恰似一瓣切开的西瓜。片刻后，她露出半张脸，恰如“犹抱琵琶半遮面”的少女。忽然，她像被一根巨大的琴弦弹了一下，跳跃而去，稳稳当当地挂在了东方的天空上。当人们望着远处，绿树成荫，碧波环绕，田野间鸡犬相闻，整个天地之上就像奏着一首雄浑的交响曲，令人心驰神往，仿佛置身于世外桃源一般。

明朝霸州才子王乐善曾赋诗赞曰：“高台阿阁郁辉煌，建鼓钟鸣控大荒。碣石烟霏天漠漠，扶桑日上气苍苍。霞标山色盱衡人，树杪河流绕槛长。举废贤侯成胜事，颍川应有凤来翔。”从这首诗里我们可以看出，古人对“霸台朝阳”这幅如诗如画的美景是无比推崇的，人们把它排在益津八景之首，就是最好的证明了。

其实，我也知道，“霸台朝阳”既没有泰山日出的雄浑，也没有黄山日出的壮美，但我觉得它逍遥飘逸，绝不故弄玄虚，就像朴实的霸州人，在历史的洪流里，总能顺势而上，用自己的勤劳和智慧，独守一份云卷云舒的从容。

新中国成立初期，霸台尚存，一直是霸州节庆社火活动的场所。但因残破失修，终于在 1956 年被拆除。2010 年，霸州市政府高瞻远瞩，修建牤牛河历史文化公园，并在迎恩村东牤牛河畔依照历史原貌，修了一座新的霸台。新霸台更加高大华丽，在绿柳的掩映下，楼台高耸，层檐欲飞，俯观丽水，东迎朝阳，让人们重新目睹霸州这一千年胜景。

在当今和谐的大环境里，巍峨耸立的霸台，正如春日里怒放的迎春花，灿烂满脸，每天笑迎八方游客，向世人默默展示着我们霸州历史的厚重与深沉……

老堤晚渡

王 英

夕阳西下，红霞满天，湛蓝的长空漂浮着淡淡的白云，淼淼河水清澈见底，岸边细沙融融，爬满丰茂的水草、蒲苇，间或有水鸟掠过河面，又箭一样冲向高空。

风自远处吹来，带着稻秸的气息以及隐约的犬吠。两岸翠带如林，灿灿落日将林子染红，大小不同的船只在河面上穿梭，那长篙和船桨击打着水面，使平静的河面开出了许多生机和惬意。河岸上延绵不绝的是忙碌奔波的人。每当货船归来，抵达岸边，只见船家将撑杆在空中划出一条美丽的弧线，拢住船身，停稳。人们陆续上岸，卸货的卸货，搬运的搬运，一派繁忙的丰收景象。月上柳梢头，水面渔火点点，满天星光投入水面，宛如一幅画卷。这就是霸州历史上著名的景观“老堤晚渡”。

“老堤晚渡”遗址位于老堤村南、营上村北 2.5 千米新河、中亭河地段。据《霸州志》记载，老堤原名“老堤头”，位于霸州城南 5.5 千米处，是中亭河大堤和六郎堤的交汇点，堤南就是白洋淀和东淀的分界。每当夏秋水大，东淀和白洋淀就连成一片，霸州去淀南就要用船摆渡，老堤头就成了重要的渡口，霸州益津关的“津”就是指的这个渡口。

据霸州地方文史专家樊文稷老师介绍，从北宋开始，霸州逐渐发展成重要的商埠，人来车往，日渐繁华。而老堤渡口，是南来北往的商旅行人必经之处。明人记曰：“残霞明水，凉雁团沙，鸡鹭凫鸥，唼喋吟叫于遗禾野草之中。而人之篙者，浆者，进者，返者，呼者，应者，升者，降者，担而趋者，骑而牵着，立而俟者，踞而谈且笑者，影杂声错。回视柴门茅舍，相向背于荒野。返照孤洲浅水，又恍如鲛人居。”这首古诗词，鲜活地反映了当年霸州商贸繁荣昌盛的景象。

岁月流逝，沧桑巨变，时光的流沙，湮没了曾经的繁华。而今在曾经的渡口，两座大桥高高耸立，一条是 106 国道上的新河大桥，一座是京九铁路的高架桥。两座桥就像两条长龙横跨在古渡口之上，成为这两条国内重要的交通大动脉上的重要枢纽。

更让人欣喜的是，这里毗连雄安新区，在京津冀协同发展深入推进和雄安新区加快建设的大背景下，霸州市政府把造林绿化工作作为“服务支持雄安新区规划建设大文章”的破题之策，按照“转型升级是基础，生态修复是关键，文化再造是归宿”的总体工作思路，将造林绿化与环境保护、生态修复同步推进。这座千年古渡口附近，随处可见新栽植的樱花、海棠、银杏、元宝枫等成方连片的高端树种。“千年秀林”“千亩海棠”“千亩樱花海”，一处处景观带，令游人走进一幅美丽的画卷。

如果你想感受一下“老堤晚渡”昔日的美景，霸州人也不会令你失望。而今它又重现于新建的牤牛河公园之中。高大的石坊临河矗立，庄严凝重，是仿古码头的标志。傍晚，站在码头上凭栏眺望，在感受古人落日归舟情怀的同时，激起人们对未来的畅想。想象着古人渡船来往的繁荣景象，顿时觉得那种画面很美好。

月牙弯弯，皎光盈盈。当你漫步在忙牛河公园，站在古老的码头，拥抱梦里的渡口和渔船，感受到的是今天生活的富足和幸福。

家乡日新月异的变化，让我们每个人都感到无比骄傲。

故乡的河

张淑娟

以前，读萧红的《呼兰河传》时，常常有一种冲动，想写写自己的家乡和家乡的大清河，可几次提笔都觉得言辞干瘪，像一段凝涩不通的音乐。最近，又一次回老家。正是落日时分，当车子驶过跨河大桥时，我看到，曾经干涸的大清河里泛起了波光。霎时，我的心里温暖起来。

大清河离我家乡的村庄有四五里远。童年时，爷爷每天都去河堤旁放羊，我跟在后边。这些羊，个头大小参差不齐，像一支队伍，在路上浩浩荡荡。赶羊的鞭子在爷爷手里甩得很响，他却不舍得抽在羊身上。经过一条小路之后，羊群就爬上高高的河堤，望见了堤南面的大清河。紧接着，它们一阵俯冲，争先恐后奔向水草茂盛的河滩。夏天天气闷热，等羊吃饱了，爷爷就把它们赶到浅水里，给它们洗澡。为此，爷爷常常遭到其他老伙计的嘲笑："养个羊跟养孩子似的，哪里有那么金贵哩！""倒不是金贵，它们灵着哩，跟小人儿一样，喜欢洗澡。"几十只羊洗澡，通常是要分批次的。爷爷总是先让"大卷尾"洗。这是一只受主人偏爱的绵羊，形体瘦削，尾巴却异常肥大舒展，几年下来它生了十几只羊羔。齐膝的水里，爷爷攥着一把破旧的梳子，蘸着水，从头到尾给它慢慢梳理。当时，我的个子比大卷尾略高。我常常目不转睛地盯着它，等着看它“痛快”时的表情。粘在身上的苍耳被爷爷一个个摘下来了，绞缠的羊毛梳得顺滑了，撩一把水，爷爷着意帮它洗一下眼周。大卷尾发出咩咩的轻唤，站在水边的它的孩子们随即应和着，咩咩的叫声此起彼伏。它的眼睛比平日看起来更温和更明亮，里面像是住着一束光。

这样的回忆让人觉得大清河是清浅的。实际上，也只有在雨水汇聚之后，大清河的水位才会上涨。记得我 9 岁那年的初秋，大人们在地里忙着干农活，长我几岁的两个表姐偷偷带了我去河的对岸捡枣子。虽是刚过正午，可时令不饶人，河水发凉，穿着单薄的我一脚迈进水里，忍不住就打起了寒颤。最大的表姐十三四岁，她一手拉着我们，一手攥着一根一人多高的竹竿，每走一步，都要用竹竿探路，测试水的深浅。越往前走水越深，颜色也是越来越暗。无奈，已经到了中流，表姐不允许我打退堂鼓。走到最深的地方，水位已经和我的下巴齐平了，表姐捏起我的下巴向高处抬，她不准我说话不准我低头。终于，我们到了河对岸。夜幕降临之前，我们每人捡了半小篮儿的枣子。这是一次成功的冒险，也为我招来了平生第一次严厉的责罚。父母真是后怕了！那年夏天，邻村的两个孩子到水边玩耍再也没有回来，十里八村的人们正陷入空前的恐慌。可这样的恐慌在孩子们的世界里却居然是可以忽略不计的。

从那以后十多年，大清河几乎是断流的。冬季，河水退去，留下大片的细沙。风一次次地经过，留下一层又一层的纹路，像叠在一起的鱼鳞又像风吹水面时的涟漪，均匀而细腻。河边的沙土也是又细又柔的，抓在手里软绵绵的。村里的许多人家来到河边，用细箩把沙土筛上一遍，然后把它装进备好的布袋，运回家，放在自家的热炕上。等到沙土温润起来，大人们就把细皮嫩肉的婴儿放到袋子里，——老家的人管这叫“穿土”。这软绵绵、热乎乎的土穿在孩子身上，不光干爽洁净，连睡眠都会变得香甜。几年前，读到牛汉的诗《绵绵土》，看到他写他家乡的孩子有诞生在绵绵土上的习俗时，心里不觉亲切起来。“这习俗是怎么形成的，祖祖辈辈的先人从没有解释过，甚至想都没有想过。它是圣洁的领域，谁也不敢亵渎。它是一个无法解释的活神话。我的祖先们或许在想：人，不生在土里沙里，还能生在哪里？就像谷子是从土地里长出来一样的不可怀疑。”读到这几句，我几乎要流下泪来。是啊，绵软的土包裹着柔弱的身体，这多像慈悲的土地馈赠给生命的华衣！土里有先人的哭声笑语，也有岁月的腥风日丽。祖祖辈辈的乡邻们大概早已洞悉：穿上这身土，孩子就成了有家的人。

一方水土养一方人。谁与故乡不是互为表里？年少离乡，频频回望，看故乡的山水、故乡的云，想家乡的亲人、树木甚至田里的作物。故乡是那冰雪中的炭，暗夜里的光，是枝头的四月，人生的艳阳。直到有一天，萍漂千里，我们真的成了风雪夜归人，故乡也就真的成了一件衣裳。

呵，大清河，我永远的家。

站在益津关口

林梅朵

如果让霸州人说出一个最具代表性的地方，益津关定是排在第一位的。这古老的关口是这座小城记忆的闸门。

游益津关，你顶好选在清晨，顶好不带一个同伴。唯有宁静才可点燃历史赋予这里不灭的烟火气息，才能让心灵与千年的历史脉搏同节奏地跳动。露珠、草芽、鸟鸣、微风，刚刚苏醒的益津在晨雾缭绕中像极了一位鹤发童颜的老人，仙风道骨，风度翩翩。走近，聆听，每一块砖石都诉说着自己的故事。

随着缀满乳头钉的厚重的大门轧轧而开，一条幽静深远的青砖路在眼前延伸开来。青砖砌成的台阶、巍峨矗立的城楼、古朴厚实的围墙……这里的一切，散发给周围的树木、虫鸟以及人，一种肃穆沉静又深邃的感觉。抚着渗着凉意的青砖城墙，人是极容易心静如秋水的，历史的温度却在一点点回升。

据《读史》记载：霸州“春秋时燕地。秦属上谷郡……唐初属幽州。五代石晋时，入契丹”。历史上有名的儿皇帝石敬瑭将燕云十六州割让给契丹20多年后，后周皇帝柴荣开始了收复失地的征程。血气方刚的后周帝所向披靡，“未伤一人、未发一矢，连克三州、三关、十七县”，何等的霸气！公元959年，柴荣在益津关筑城，城名：霸州。明代蒋一葵《长安客话》曰：“霸州，故益津关也……”

历史的硝烟早已散尽，古老的城郭也荡然无存。多少年来，人们却早已经习惯将益津关看作霸州城，将霸州城称作益津关。从未有人想过这座城池如果没有益津关会是什么样子，这是不消去想的，正如每个生命都会有灵魂，城市也是一样。

“益津”是这里曾经水量充沛的写照。站在益津关的城楼向下望去，那小桥、流水、芦苇、人家……目光所及之处是一片宁静，所有的事物都默默地生长着发展着，早已褪尽了当年的霸气。鸟儿叽叽喳喳在头顶欢叫，传达着忙碌和愉悦，如这片土地上勤劳的人们。谁曾想到，这里曾是连接中原腹地和北方少数民族的水寨边城，曾一次次站在风口浪尖之上，见证着百转千回的历史的分分合合？彼时，这高高的城墙，北面抵挡着塞北的风沙，南面护佑着城池内的万千百姓，甚至于更远的万里河山。

时光剔尽了冰冷和残酷，余下脉脉温情和人们脑海中斑驳的故事片段。看那小桥，桥上车水马龙，桥下碧荷婷婷，一个悠远的故事在桥面扑腾：烽火连天的宋辽战乱中，夕阳如血。城内的百姓哭嚎一片，守城将士焦灼的嘴唇裂出一道道血口——辽军两队兵马正一左一右杀向背腹受敌的益津关。城池和城池内的百姓霎时危如累卵……守城将军杨六郎淡定地扫了一眼烟尘滚滚的上空，转身将白马系在了桥头。他抖擞银枪，率全部兵士杀入另一支辽军。长风，吹起了将军的斗篷……待气焰嚣张的辽军主力冲到益津关口时，他们看到的是空关和白马。白马气定神闲，打着响鼻，辽军犹疑不决，眼神慌乱。随着慌乱的蔓延，恐惧像野草一样疯长，辽军终于被吓得退兵而返。益津关，又一次成为系在百姓心头的一道平安符，小桥也从此有了一个情意浓浓的名字：六郎桥。

至今，这桥，这水，这六郎，以及六郎的故事，在当地百姓口中不倦地流传着。故事越传越精彩，这个古老的关口愈发显得风流倜傥了。如果你寻着历史的脚印，咀嚼着故事站在这城墙上，又恰好有风吹过，透过风云雾气，仿佛天那边，就是另一个时空的铁马冰河。

而今，在益津关的最高处，在这个曾经烽烟四起的古战场，赫然屹立着一个书画院。一排排缀着深黄色流苏的八角宫灯，一扇扇别致典雅的木质窗格……微风徐徐，花香阵阵，空气也甜润起来。书香墨香透出窗子，浸润着周围的草木和砖石。一缕墨香，把铁一样坚硬的益津关缠绕得细腻温润、柔情似水。

站在关口，吹着微风，风中飘着千军万马般奔涌而来的思绪。霎时间，欢笑、悲伤、史卷、尘埃……种种不具形态的东西一齐浮动起来，却又一齐拥堵于心，固若金汤，丝毫也表达不出来。唉，人类的语言是多么地贫乏，我们只能用血泪、哀嚎、烽火、墨香这样简单直接的字眼来描述这个古老的地方。这些，和益津关的深沉厚重相比，是多么单薄无力。

是谁将一个杀气腾腾的益津关改写为墨香缕缕的书画院？把那些铁甲银枪、哭声呐喊凝结成身边这一块块青砖，一丛丛碧草，化作缠绕在书画家笔尖的一轮明月、几幅丹青？我不说，这里的人们都知道。

站在城楼至高处，脚下的牤牛河水无声地汇入更远的河道中。河岸边晨练的老大爷哼着“海岛冰轮初转腾”的京腔，慢悠悠打着太极拳；一对小情侣在绿柳下的长椅上情意绵绵；几个青年埋首在手中的书卷中；孩童们围在奶奶身边，故事听得入了神，连放在嘴中的手指头也忘了拿出来；一曲悠扬的歌儿由远及近，越听越真：“今天是个好日子，赶上了盛世咱享太平……”此时，林中鸟音婉转，地上翠草如茵，夏末的微风，拂过城墙的青砖，拂到人的脸上来……

牤牛河中，芦苇一如千年以前那样生长，河岸的人家也正是前人当年所繁衍的后代。这座古老的关口，不语地洞悉着一切，在雾气褪尽的朝霞里微微笑着。

这里的太阳，每天都从关底升起。

越来越好

王 爽

斗转星移间，我们迎来了共和国 70 岁的生日。70 年来，我们的祖国发生了天翻地覆的变化。尤其是改革开放以来，科技的腾飞一直在提升着广大人民生活的质量。比如 20 世纪末人们通过 BP 机的传呼，可以马上联系到要找的人。当令人惊奇的感叹声还没落下，它就被手机给取代了。之后，手机又在一代代地更新。可以说，我们赶上了一个蒸蒸日上的伟大时代。

一

在 20 世纪 70 年代的课本中，我接受到的重量单位除了“斤”和“两”，还有更小的“克”和更大的“吨”。但生活中，常常从老辈人的言谈里听到“升、斗、斛”。

原来，那是早期用来称量粮食的器具，也属于计量单位。升最小，五斤为一升，十升为一斗，十斗为一斛。在民间，盛五百斤粮食所用的斛并不常见，但升和斗则普及到寻常百姓家。升和斗以木制的居多，四面为梯形，底小口大，两侧有对称的把手，以便端捧或抬起。儿时的我在四姥姥家见过升，俗称板升子，当时它已沦落为容器。在升里装满粮食，用一个平直的木板在上面刮平，里边的粮食就是一升。我用它测试过不同品种的粮食，由于密度和质量不同，每升量出来的粮食再用杆秤称一下，并非刚好五斤。

当有刻度的杆秤出现后，人们发现它们比升和斗更方便，更精确。于是，升和斗从此退出了长达几千年的历史舞台。

杆秤是运用杠杆的平衡原理，由带有秤星的木制秤杆、金属秤砣、结实的提绳、铁制秤盘（或秤钩）组成。衡量时，将砣绳在秤杆上移动，使其保持平衡后，砣绳挂在秤杆上那一处的星点，即可读出所量物体的重量值。杆秤制作精细，使用方便，一桩桩交易，便在秤杆的起起伏伏间完成了。

改革开放后，杆秤也逐渐淡出了人们的视线，取而代之的是有指针的坐式盘秤。尤其在 21 世纪之初，坐式盘秤遍及大大小小的商场、菜市场，打破了杆秤占居交易市场多年的风头。

在秤的发展史上，还有大秤（由两个人扛着的）、磅秤、弹簧秤、体重秤……后来又出现了电子秤，不但精确，甚至连交易的价格也显示出来，毫厘不差。

二

儿时的一个阴雨天，家里来了一位客人，他是来村里走家串户了解什么的。来到我家时刚好雨停了，他就把油纸伞寄放到我家，说临走时再来取。于是我有机会偷偷摆弄了一下这件稀罕物，发现它有一定的重量，伞骨是竹子做的，很精致。

后来我在生产队的墙上见过一幅《毛主席去安源》的画像，老人家手里也拿着一把那样的油纸伞。

伏天里，过来一块儿较大云彩就有可能下雨。我并没见过早年的蓑衣，倒是常见有人在雨中披个麻袋。我家离学校比较远，父亲怕我路上被雨淋，便给我弄了一块塑料布放在书包里。对于和风细雨，塑料布还是管用的，若遇到风雨交加的时候，塑料布也是无济于事。

进入 80 年代，开始盛行一种弯钩手柄的黑布伞。与当年的油纸伞相比，黑布伞既轻巧，又便于携带。布伞撑开后犹如撑起头上的那块天，收起来又像一根文明棍，确保雨天不会遭雨淋，晴天不会被日晒。拥有这样一把布伞，在当时是很令人羡慕的。

随着市场经济的日益繁荣，陆续出现了漂亮的花格伞，小摊贩们撑起的是太阳伞……样式各异，五颜六色，让人应接不暇。

紧接着又有了新的变化，出现了折叠伞、防紫外线伞、多功能伞……品牌繁多，精致小巧，揣在兜里即可。

如今在公交车上和一些窗口单位，都给乘客、顾客配备了应急的雨伞，令人感觉到来自这个社会方方面面的温暖。

三

小时候，听说城里有汽车、楼房、公园、电影院什么的，因此我一直向往有机会进城。

有一天，父亲赶着生产队的毛驴车，把我和母亲送到十几里外的站点儿，等着乘车去城里舅姥家串门。我们在清冷的公路旁等了好长时间，才过来一辆敞篷大卡车。原来进城的车已经不再是大马车，而是乡下很少见到的大卡车，我们叫它大板车。父亲摆了摆手，车便停在我们面前。女车长收了车票钱后，母亲上了车，然后父亲又把我举起，车上有一位小伙子伸手相助，把我接到车上。车厢里放着几个长条木凳子，是提供给乘客坐的。

车行驶在不算平整的沙石路上有些颠簸，偶尔还要爬坡下岭。我特别兴奋，因为这是我第一次坐汽车，也是第一次进城。每过一会儿我就问母亲是不是要到城里了。母亲却总是说，还得等一会儿。这时，天有些阴了，稀稀拉拉地掉着雨点。于是汽车停下来，司机爬到车顶，将一卷硬帆布打开，大家七手八脚地把它盖在车顶的几道横栏上，四周绑好。

城里有很多新鲜东西令我目不暇接，尤其看到不同样式的车辆，真是大开眼界。

自那以后，进城成了我心中的一个节日，坐车也成了这个节日里不可或缺的重要环节。随着时代的发展，进城的车也几经变迁。先是大板车改为大客车，冬季里脚下还有暖气管子。后来又换成了豪华大巴，车内有空调，前边还有电视机，播放着小品或二人转光碟，使乘客在一路欢乐中度过。

随着改革开放的不断深入，经济建设的飞速发展，人们生活水平的不断提高，私家车已开始在普通市民家普及，就连庄稼院也是家家户户都有农用车，甚至开着轿车去下田劳动的也不稀奇了。

第一次

张玉强

1983 年，我 6 岁，家里第一次通了电。

我看着一群人在我家进进出出，喝酒吃饭。他们每个人都笑嘻嘻地夹点什么给我吃，我一会儿就吃撑了。后来我的肚子就开始难受。我奶奶把我抱在怀里，轻轻地替我揉肚子。远远地，村子里的大喇叭呜啦呜啦喊了一阵子，我奶奶说，晚上有电影。

我看着那群人在我家进进出出，他们酒气熏天，叼着烟卷，一会儿爬上墙头，一会儿跑进屋子。他们还时不时地过来逗我一下，可是我肚子又疼又胀，绵软无力地趴在我奶奶怀里，一点也不想搭理他们。

有人喊了一声：好了，试试吧！我听到清脆的“啪嗒”一声，电灯亮了。我啊地大叫了一声，跳了起来，肚子一点也不难受了。

1986 年，我 9 岁，家里第一次买了电视机。

我知道家里要买电视机，我影影绰绰地听到我爸爸说要买电视机了，可是我不知道他到底哪一天买。每天晚自习回到家，看到还是没有电视机，心里就不免对我爸爸有所抱怨。

有电视机多好啊。有了电视机，我就不用每天去姓黄的那家人家里看电视了。姓黄的那家人对我们很不好，高兴了就让我们这些小孩进去看，不高兴了就插起大门不让我们进去。我们在他们家外头徘徊，听着里边传出的《警犬卡尔》的声音，馋得心里火烧火燎的。

那天我晚自习回家，刚走到我家后窗下，就看到了窗户上映出的蓝荧荧的光，我马上知道那是电视机的光！我欢喜得心都要跳出来，呱呱地跑进家门，果然是买回电视机来了！一家人都在等我，等着看我欣喜若狂的样子。

那天电视上演的是《聂耳》，聂耳穿着个中山装，在河边走来走去。走着走着就停电了，我们点上蜡烛，一边吃饭一边等，等了一会儿就来电了，又打开电视，聂耳还在走来走去。

1989 年，我 12 岁，第一次打电话。

全村唯一一台电话，放在电工家里。那天，我妈妈想起来要我爸爸下班的时候捎一袋化肥回来，就让我去电工家打电话。我刚走出门我妈妈又喊我回来，递给我一个篮子，篮子里是刚收的花生。

我走到电工家，电工老婆懒洋洋地正坐在门口剔牙。我把篮子放在她跟前，说：“嫂子，我妈让我给我爸打个电话。”电工老婆指指屋里：“床头那里，打去吧。”

电话机搁在床头写字台上，蒙着一块方方正正的手绢。我揭开手绢，茫然无措。电工老婆听屋里半天没动静，就走过来，问我："往镇里打？"我说是。她就拉开抽屉，找出一个小本来，翻了几页，然后拿起电话，一边看着小本一边拨号，拨了半天把电话递给我："好了。"我接过来，把话筒使劲贴到耳朵上，就听见里边嘟——嘟——地响了一会儿，忽然哗啦一声，传来一个男人的声音："哪里啊？"我慌慌张张地对着话筒大声说："我找我爸爸！"对方说："小点声！——你爸爸是谁啊？"我就说了我爸爸的名字。那人说："等会儿。"我就听到拉椅子的声音，听到脚步声，还听到似乎那边有一屋子的人在叽里呱啦地说话。过了好半天，忽然听到了我爸爸的声音："干么？"我爸爸的声音在电话里显得怪怪的。我说："我妈说让你下班买回化肥来。"我爸爸在那头说："知道了！"然后又听见哗啦一声，电话里又响起嘟——嘟——的声音。

一回头，电工老婆正抱着肩膀剔着牙看我。她从我手里接过听筒来，用手绢擦擦，把像弹簧一样的电话线捋顺了，放回去，又慎重地盖上手绢，轻蔑地说："一袋化肥——值电话费么？"

1990 年，我 13 岁，我爸爸买了一台录音机。

我发现录音机的时候，同时发现家里气氛不大好，我妈妈和我爸爸在吵架，我妈妈不赞成买这台录音机。吵了一会儿我爸爸就上班去了。我坐在录音机旁边，想开不敢开。我妈妈走进来，拉长着脸盯着录音机瞅了半天，问我："你会开吗？"我说我会。我妈妈说："你开开试试。"我就从录音机旁边拿起一盘磁带，放进录音机里，按一个键，一会儿录音机就嗷嗷地唱起《打金枝》来了。我妈妈站着听了一会儿，说："光会买唱戏的。"然后她就出去了，走到院子里了又喊我："小点声！"

1992年，我15岁。我考上了师范，第一次到离家两百多里的地方去上学。

放寒假了，我收拾了半天，临近中午才背着死沉死沉的行李包回家。先坐公交车到市里，再换乘一路公交车到长途汽车总站。等我到了长途汽车总站的时候，天上开始飘起了小雨雪。我发现，最后一趟到我们县去的公交车已经上满了人。我慌不迭地去买了票，司机却不肯开门。我隔着车窗求他，他连看都不看我一眼。这时一个穿制服的女人要上车清点人数，我就跟着一起挤了上去。车上是比罐头塞得还紧的满满一车人，我把行李包从人腿缝里塞到个地方放下，人就背靠着车门站着。等车出了站，旁边一个人悄悄告诉我，下次再遇到这种情况，不要在站里等，要在站外等，站外等的人买了票，钱全归司机。

我一路站着，两个小时才到我们县。天已经擦黑了。县城的公共汽车站里，也只剩下最后一辆去我们镇的车。司机开口就要比平时贵两倍的价钱，我没有办法，只能按他的要求买票。等到了我们镇，天黑透了。我把包放在路口小商店里，去我爸爸单位看看车棚里有没有我爸爸的自行车。没有。我就背着死沉死沉的行李，冒着冰针一样的小雨雪，走了八里地回家。

多年以后，我妈妈还念念不忘那天开门看见我的样子：背着个大行李包，浑身湿透，头发一绺一绺的，脸上辨不清是泪水还是雨水，像个小鬼。

1995年，我18岁，被分配到县实验小学。我第一次领到了工资，280块钱。

我们四个新分来的小伙子同住一间单身宿舍。那间屋子放了四张床，也就没有多少空地儿了。我去总务处要来一张行将肢解、遍体鳞伤的桌子，买了钉子、油漆、腻子，一个人忙了一上午，把它修得像要办喜事一样簇新。晾了两三天，我把它挨着床头摆好，立起一排书，放上笔筒，铺上毛毡，又买来一个小小的台灯。我看着它们，心里想：这就算安了家了。

1998年，我21岁，买了第一套房子，80多平米的三室一厅。

尽管房子还在盖的时候我就已经不知道去看过多少次，但是，领到钥匙的那一天，还是格外激动。我问年纪大的老教师，进新房应该做些什么？人家说，至少也得放一挂鞭炮。我买了鞭炮，和女朋友一起去新房。到放鞭炮的时候才想起来一个问题：该在哪儿放？我想了想，决定就在屋子里放。我把鞭炮挂到阳台的晾衣绳上，点着，扭头跑回客厅。鞭炮炸响，耳朵都快被震聋了。鞭炮响完了，屋子里所有的窗户玻璃还在嗡嗡作响。满屋子弥漫着呛人的烟，熏得人都睁不开眼睛。

1999年，我22岁，结婚了。

我们是在国庆节那天在老家举行的婚礼。建国50周年，普天同庆的日子，想沾沾喜气。可是事与愿违，那天下了大雨，婚车根本进不了村，只好临时找了辆三轮车把新娘子接到家里。我二姑父怕我们扫兴，安慰我说：你属小龙，龙行带水，大吉大利！——为这话，我感激他老人家一辈子。

本来计划在老家多呆几天，可是我感觉心情糟糕透了，于是婚礼后的第二天傍晚，我不顾一切地带着新娘回到了我们自己家。夜色中，我蹬着自行车，跑到一家蛋糕店做了一个他们店里最大的蛋糕，又去商场花300多块钱买了一块坤表。我简直不知道该怎么做才能弥补自己心里的缺憾和内疚。新娘子却不以为然，她笑眯眯地看着我做这一切，没有对狼狈的婚礼作任何抱怨。我们切开蛋糕吃着，我看着我的新房，彩带、气球、亮闪闪的红喜字儿，安静的原木色柜子，温婉的浅蓝色真皮沙发。啊，我开始欣喜起来——我真的是有了家了。

2001年，我24岁，用差不多一个月的工资，买了第一部手机。后来就是跟着潮流走了，人家翻盖儿我也翻盖儿，人家彩屏我也彩屏，大家都智能了，我也就跟着智能了。小米、华为、苹果，反正用不到两年就换一块，家里的手机能塞满一抽屉。

2002年，我25岁，那年冬天，我儿子出生了。

我儿子出生后，我爸爸高兴之余，决定重修族谱。我妈妈说，要是你们生个女孩，你爸爸才不会这么起劲儿。我爸爸不承认，为了自证无重男轻女观念之清白，他当即决定：家族里的女孩也要入谱。

在给孩子起名的事情上，我和我爸爸发生了小小的矛盾。我爸爸干了一辈子文化工作，是十里八乡知名的有文化的人，给人家新生的孩子起名字是家常便饭。他本来是卯足了劲要给自己亲孙子起一个最得意的名字，万万没想到让儿子挡住了。我不大满意他提出的那些明显不合时宜的名字（而且他一定要依着族谱排定的辈分起名字），就自己起了名字。他在电话里听了我起的名字，大有不以为然之意，说笔画太多了。后来在修族谱的时候，他依然执拗地在我儿子名字的第二个字旁边添注了一个“传”字，表明辈分。

2007 年，我 30 岁，买了第一台电脑。现在家里笔记本都换了好几台，最早的那个台式机早就搬回老家去了。

2009 年，我 32 岁，花 6 万多买了第一辆车。买车后的第二年，我带着老婆孩子去野生动物园，回来的路上顺道去我当年上学的师范学校看了看。师范早已不存在，成了省实验中学的分校。门口的保安礼貌地拦住我，我说我是当年师范的学生，保安说，除了事先预约的学生家长，就是当年师范的校长来了，也不能随便进去。我们悻悻而归，出了镇子一会儿就上了高速，不到一个小时就回到了家。

2012 年，我 35 岁。老家集体搬迁，住进了楼房，小村子被彻底推平，变成了新鲜的田地。

2015 年，我 38 岁，买了第二套房子。房子紧挨着滨河公园，从客厅的大窗户望出去，湖光山色尽收眼底。新房子几乎所有的家具、家电都来自网购。我做了整墙的书架，买了一套鸡翅木的大书案，终于有了一间虽然不大、但很像样子的书房。

今年，我 42 岁，卖掉了旧车，买了一辆宝马。

我记了这些流水账，无非是想说，生活一天比一天好了。我相信这个国家的大多数人都和我有着差不多的经历，和差不多的感受。我们当然可以说，这一切都是我们用诚实的劳动换来的，但我们的祖祖辈辈，哪一代的人不是在辛苦着、劳作着？和他们不同的是，他们一直梦想着的时代，我们赶上了。

祖国礼赞

十月礼赞

王福亮

20 世纪中叶
当解放战争的炮火映红五星红旗
便诞生了一个不朽的季节——十月
70 年以前
当天安门上的伟人向世界发出庄重宣言
世界上便诞生了伟大的中华人民共和国
从此，十月的辉煌被浓缩成一张鲜艳的日历
十月的寓意被升华为一个隆重的盛典
炎黄子孙有了属于自己的节日
华夏儿女有了收获希望的家园

西柏坡的白杨
为十月擎起一片亮丽的晴空
长安街的华表
为十月翻开一页崭新的画卷

曾记否，六亿神州扬眉吐气主沉浮
曾记否，千年雪莲喜逢盛世竞争妍

十月是火红的
火红得令人心醉
十月是金黄的
金黄得让人流连
春风为十月染翠
夏雨为十月洗尘
秋菊为十月绽放
冬梅为十月绚烂
黄河文明打造了你的傲骨
长城巍峨铸就了你的璀璨

自从十月具有了非凡的意义
一个伟大的民族才真正觉醒
自从十月孕育了超群的内涵
这片神圣的国土才锦霞满天

历史不会忘记
三中全会的宏伟构想
人民不会忘记
金色十月的万民狂欢

勇毅的十月
把钢铁锻造成齿轮
目送东方巨舰扬帆远航
勤劳的十月
把麦穗编织成花环
给共和国戴上金色桂冠

雄浑的十月
从夸父的传说里走来
捧起长江洗日月
英武的十月
在后羿的神话中奋起
舞动黄河写诗篇

十月在紫荆花的芳香中微笑
十月在白莲花的旖旎中丰满

在春天的故事里
你把一颗颗珍珠镶满东部沿海
在西部的呼唤中
你把一道道彩虹挂上雪域高原
在瓷的古都
五代英才承前启后创伟业
在龙的故乡

无数风流继往开来谱新篇
“一国两制”是你大胆构想
“南水北调”是你多年夙愿
“嫦娥”飞天抒写民族神话
“东风”腾跃捍卫祖国尊严
“命运共同”——使新时代旋律响彻寰宇
“一带一路”——使共和国魅力倜傥壮观
十三个五年计划
龙腾虎跃凯歌壮
十九次代表大会
群英荟萃写江山
燕赵沃野为你积蓄满腹豪情
中华大地为你铺就遍地花环

十月歌如海
十月诗如潮
红旗漫卷正为十月尽情飘扬
礼花怒放正为十月色彩斑斓
让我们在新时代的航程里
让我们在新征程的洪流中
共同祝福
——十月万岁
共同祝愿
——祖国平安

我亲爱的祖国

李桂玲

70 个寒秋暑往
70 载日月星辰
伴随着 10 月 1 日的诞生
祖国是我必唱的歌

祖国啊
我是您旗帜下诞生的拳拳赤子
我是您改革开放 40 年跳动的脉搏
我是您跨越新时代的足音
我是您走进蓝海深洋的船舶
我是依赖您
才有了今天舒心幸福自信的生活

祖国啊

即使站在国际的舞台
我怦怦跳动的心啊
依然提醒自己
我代表着长江
代表着黄河
长城是我的巨臂
泰山是我的脚脖

一路一带
砥砺前行
全面的小康
为万家挑起灯火
我是新时代中国特色社会主义思想的
践行者!

想想您擘画的蓝图啊
富强、民主、法治、文明……
那个象征绿色、和谐的中国梦啊
满满的都是
美好、自由、平等、公平的新图景!

亲爱的祖国啊!
新时代的人民

是多么的幸福
更是在世界上挺直了腰！
忠诚、奉献
牢记着初心的使命
矢志不渝
才能在“两个一百年”的征程上
续写中华民族的伟大梦想
一冲飞天
试比高！

十月

黄大庆

站在十月的田野，仰望夜空
我的灵魂
被一群坚定的马列主义者的精神光芒
引领着越过黑夜
与一条悲壮的足迹相遇
二万五千里艰辛的跋涉
我清楚地看到
这一群人，风餐露宿、野菜充饥
他们羸弱的身体
却让那个缺钙的时代
焕发出勃勃生机
征途中
他们不忘初心的目光
比手里的火把

还要炙热一万倍
而握紧战刀的雄姿
在惨烈的厮杀中
早已演绎成万山红遍的朝霞
我知道
一月的赤水很凉
却不能阻挡
他们驰骋川黔滇
日行千里的肉足
乌江险峻
铁索桥寒
却无法阻隔他们冲锋的号角
绽放的皑皑雪山
谱写出一曲曲悲壮的战歌
茫茫草地
沼泽泥潭
吞没了多少大无畏的生命
却吞不没他们北上抗日的激情
再一次走进《七根火柴》的故事
那堆在手掌心的火柴
化成春天甘甜的雨露
再一次浸透我
日渐干枯的心田

今夜，时光的雪
早已把他们雕刻成一尊尊静止的雕像
可在我的耳畔
你们前进的步伐和嘹亮的军歌
依然铿锵
响彻五霄
就如同 1949 年 10 月 1 日
那一声响彻天宇的巨响
在“中国人民从此站起来了！”的豪放中
我们新中国的每一个人
深深地读懂了
这句话的深刻含意
那就是——
站起来了——我们就
永远不会再倒下
今天的万紫千红
每时每刻都会映入我的眼帘
但站在
硕果累累十月的日光下
我看见露珠的闪烁里
依然藏着这群先烈们夺目的光辉
而从他们深邃的目光里
我深深懂得

竞争的大船从未搁浅
伟大中国梦的征程上
“长征精神”是时代必不可少的冲锋要素
它应该融入到
我们每个中国人的骨髓和细胞

回　望

——记抗日英雄魏大光

顾国强

霸州大韩家堡村并不大
在中国版图上
用放大镜都看不到的地方
养育了抗战英雄魏大光

1937 年 7 月 7 日
是每一个中国人内心
无法愈合的创伤
日本鬼子的铁蹄
撕碎黎明的安详
血泊中
万千父母失去养老送终的儿女
儿女失去问暖嘘寒的父母

惨烈的大地上
仇恨汹涌，怒火激荡
有人出人有钱出钱有枪出枪
魏大光聚拢一帮血性男儿
大旗迎风呼啸
刀枪笼罩四野
好男儿上战场
打鬼子保家乡
华北人民抗日联军 27 支队
夜色里穿行
游击中壮大
这支队伍像一块钢铁
在一次次锻打与淬火中
提升更高的硬度
广袤的华北大平原
每一片芦苇荡都涌泻怒吼
每一片青纱帐都喷射子弹
凶残成性的鬼子
变得狼狈变得仓惶
魏大光是他们甩不掉的阴影
是向他们讨还血债的神灵
鬼子深一脚浅一脚
都把地雷踩响

永清吴家场霸县王庄子
献县沙河桥任丘卧佛堂
河间齐会
一起布下人民战争的
天罗地网

一个八路军旅长
你爱自己的战士
把一双冻脚暖进怀里
把身上的棉衣脱给伤员
你爱自己的百姓
把牙缝里省下的干粮留给饥饿的孩子
把仅有的津贴塞给孤寡的大伯大娘
这支队伍活在百姓中间
像根，拥抱泥土
像花朵，托举阳光

1939 年 8 月 26 日
一个苍天垂泪的日子
这个早晨在枪炮声中倾斜
水鸟的哀鸣
掠过鲜红的河面
英雄倒下去了

而战士没有在悲痛中停留
复仇的烈焰在燃烧
战士身后的冲锋号
依然高亢嘹亮

年仅 28 岁的魏旅长
没有子女更没有家产
连掩埋忠骨的黄土
也被岁月抹平
但今天当我们透过历史的烟云
回望那烽火岁月
回望你的身影
却比石雕的纪念碑
更加高大

把田野的高粱谱成盛歌

黄甜甜

我深情地关注着
我故乡的土地
在一片无垠的棉花地的海洋里
一眼就瞧见了远处那束
火焰般的红
他们多像一个个挺拔的北方汉子
在醉酒豪放过后
毫不吝惜地把属于自己的
爱
透过沉甸甸的果实
洋溢在大地上

偌大的秋风
一个劲地摇摆着

从腰部拼命地推着红红的高粱
一会儿朝东
一会儿向西
又从南部协调地向下俯身
它们没倒
就像我的父辈们
在艰辛的岁月里
一路坚守
在命运的骇浪惊涛中
拼命地挺直腰杆
把自己站成一个个燃烧的高粱
是父辈们的梦想

他们的梦想啊
与土地和飞翔有关
与勤劳和奉献有关
他们把火焰一样的激情啊
燃烧在这片希望的田野上
从生到死
都像奔赴沙场的战士
不屈的长矛中始终洋溢着
热情的笑脸

他们战士般地

站在一起
大声地说出
土地、祖国
我是你殷殷的赤子
一生的忠诚
才是心灵深处
豪迈的战歌

我沉默着
久久地凝视
一只鸟
欲将我无边的
感慨背走
我却舍不得片刻的离舍——
就在故乡的田头
我手持一把月亮般的镰刀
来到父辈们耕耘过的土地
一步步
收割起
它们种植的果实
再酿成一坛坛美酒
奉献给
新中国 70 华诞的盛歌!

梦里家乡

胡博涛

初春的夜
美丽的霸州悄悄进入了我的梦乡
那里有邻家郁郁葱葱的梧桐树
那里有村外一串一串的槐花香
那里有桥下静静流淌的新河水
那里有一直伴我长大的土坯墙
那里有秋天压弯枝头的马牙枣儿
那里有门外蛙鸣一片的荷花塘
虽无三秋桂子
却有十里荷香
伴随着奶奶那蹒跚的脚步
守候着辛苦一生的爹娘
你在身旁
我也在身旁

初秋的夜
美丽的河北悄悄地进入我的梦乡
从黄粱一梦的邯郸城
到杨家将金戈铁马的古战场
从碧波万顷的渤海之滨
到巍峨耸立的燕山太行
梦中的我走遍了
家乡的南方和北方

五千年来
河北的历史像凛冽的西风
携着一缕穿破金甲的狂沙
掠过千年不朽的长城
吹开了中华民族的沧桑

“风萧萧兮易水寒，壮士一去兮不复还”
燕赵之地
慷慨悲歌的勇士用手中的长剑
刺破了历史浓烈的风霜
多少故事，多少惆怅
一直诉说到滔滔的漳河旁

听，那抗击日寇的号角

从汹涌碣石湾吹到雁翎队一展身手的芦苇荡
从苍凉的古北口吹到五壮士奋不顾身的狼牙山上

看，红色的西柏坡
毛主席带领着开国的将士们大步走来
步履铿锵
他们走上天安门
宣告了中华人民共和国的诞生
那胜利的歌声至今还在我耳边回响

看如今
国富民强，兵强马壮
新民居、小城镇，比比皆是
新农民、大步伐，奔向小康
冬奥会、塞罕坝、曹妃甸、新机场
京津冀深度融合一体化发展
翻天覆地说的就是我的家乡

京雄高铁霸州段施工现场畅想

叶振华

挖掘机如风扫残云
人们在惊叹中发现并欢呼
国字号长臂上的五个手指
伸出来还真是一般齐

水泥，很亲和
钢筋也一改前生的倔强
让一条举世闻名的新龙
在一个名叫北落店的驿馆
落脚折身，舒腰
并永远留宿

一条雄性十足的牤牛河
甘愿做它的长枕

从而
与不远处那块古今称雄的宝地
雄霸牵手
融入中国梦中一段
磅礴的情节

一排似雁阵般排列的桥墩
借当年古榷场上
一传千里的吆喝声
托起域内八方交通十字架上
层层迭交的笛声
托起“一区三园”上空
民营企业相谐共振的春雷

北站，北站
早已被我们提前叫响名字的
霸州北站啊
你忠实的扩桩机仍在轰鸣
寻找着霸水河下
急于和你对接的
磐石般的霸州风骨

一脉新潮的风从远方袭来

正值青春期的麦浪
渐渐地
漾出金色的笑纹

拥抱祖国壮丽的山河

叶 子

70 年的征程经历了太多
我对你的爱无法用语言诉说
我只有踏遍高山大河
去触摸你的脉搏

站在世界屋脊去仰望珠穆朗玛的巍峨
昆仑山的雪水正流进祖国的胸膛
青海湖边的牦牛徜徉于湛蓝的天空下
春风吹摆着呼伦贝尔草原的云裳

月牙泉的水是莫高窟的血液
贺兰山的岩画告诉了我们古人的畅想
蜀道不再难
科技成就了高铁的梦想

太行的粗犷，壶口瀑布的奔放
映射着晋商的风骨
华山的险要
难阻中华源远流长
站在山城之上
透过巫山的云雾俯视三峡的瑰丽
黄果树瀑布的奇景
犹如侗族的大歌一路张扬

中原大地游走着清明上河的场景
岳阳楼里回荡着“先天下之忧而忧”的惆怅
登上韶山追忆伟人
游走在如画的桂林
让自己倒映在漓江的风光中

迎客松在黄山云海中屹立
庐山的瀑布真的如诗人般的敞亮
特区诉说着春天的故事
天涯海角把梦的故乡打造

踏遍了祖国的天南地北
用双脚难以丈量华夏的广阔
走遍了祖国的名山大川
胸中筑起的江山牢不可破